W0402863

Über den Autor:

Marcus Hünnebeck wurde 1971 in Bochum geboren und lebt inzwischen als freier Autor in Leipzig. Er studierte an der Ruhr-Universität Bochum Wirtschaftswissenschaften.

Im März 2001 erschien mit *Verräterisches Profil* sein erster Thriller, 2003 und 2004 folgten *Wenn jede Minute zählt* und *Im Visier des Stalkers*.

Dank der Möglichkeiten, die das E-Book-Publishing bietet, veröffentlichte er im Jahr 2013 seine alten Thriller als überarbeitete E-Books. *Im Visier des Stalkers* erhielt aus rechtlichen Gründen den Namen *Die Rache des Stalkers* und schaffte im Juli 2013 den Sprung in die Top 10 der Amazon-Bestseller-Charts. Dem Roman *Verräterisches Profil* gelang dies im Dezember 2013. *Wenn jede Minute zählt* erreichte im Juni 2014 die Spitzenposition der Kindle-Charts und gehörte 2014 zu den zehn meist verkauften E-Books bei Amazon. Die Fortsetzung um den Kommissar Peter Stenzel erschien im Juni 2015 (*Stumme Vergeltung*).

Als Erstausgabe erschien im Juni 2014 *Kainsmal* bei Amazon Publishing. Mit *Die Drahtzieherin* führte er die Serie um Oberkommissarin Katharina Rosenberg fort. Die Trilogie schloss der Roman *Tödlicher Komplize* ab.

Im September 2015 veröffentlichte Egmont-Lyx den ersten Band einer neuen Reihe, der den Titel *Im Auge des Mörders* trägt. Im Mittelpunkt dieser Serie stehen die Journalistin Eva Haller und der Leibwächter Stefan Trapp.

Der zweite Band folgte im September 2016 und heißt *Abschaum*.

In *Sommers Tod* taucht zum ersten Mal Oberkommissar Lukas Sommer auf. *Sommers Schuld* ist sein zweiter Solo-Fall.

Die Namen des Todes bildet den Auftakt einer neuen Serie um den BKA-Kriminalkommissar Robert Drosten und sein Team. *Schuld vergibt man nie* ist der Folgeband. Die Romane sind genau wie der dritte Teil *Rudelfänger* und der vierte Teil *Rudeljagd* unabhängig voneinander zu lesen.

In *Die Todestherapie* ermitteln Lukas Sommer und Robet Drosten zum ersten Mal für eine neue Polizeibehörde namens KEG (Kriminalermittlungstaktische Einsatzgruppe). *Der Wundennäher, Der Schädelbrecher, Blut und Zorn, Die TodesApp,* Muttertränen und *Todesschimmer* setzen diese Zusammenarbeit fort. In Vaters Rache stößt die Oberkommissarin Verena Kraft zum Team hinzu. *Rachekrieger* und *Der Geisterfahrer* setzen die Zusammenarbeit fort. Der Thriller *Der Wundennäher* war 2018 Finalist beim *Kindle Storyteller Award*.

Außerdem ist Hünnebeck noch als Autor mit dem ersten Band *Rampensau* an der ersten Staffel der vierteiligen Serie *Mordkommission Leipzig* beteiligt und ebenso mit dem ersten Band *Blender* an der zweiten Staffel.

Über das Buch:

Ohne Vorwarnung verwandelt sich das Leben einer Familie in einen Albtraum, als ein Maskierter in ihr Haus eindringt. Er überwältigt seine Opfer und quält sie erbarmungslos. Am Ende der Tortur stellt er den Vater vor die Wahl: Entweder tötet er sich selbst durch einen Geisterfahrerunfall, oder er sieht hilflos bei der Hinrichtung seiner Frau und seiner Kinder zu.
Lukas Sommer und Robert Drosten jagen den skrupellosen Serientäter. Ein überlebender Familienvater versorgt sie mit wichtigen Informationen. So stoßen die Polizisten auf eine Gemeinsamkeit bei den Opfern, die zwei Jahre zurückliegt. Unterdessen beobachtet der Täter die nächste Familie, um in der Nacht über sie herzufallen und eine tödliche Entscheidung zu verlangen. Schaffen es die Ermittler rechtzeitig, den Wahnsinn zu stoppen?

Marcus Hünnebeck

Der Geisterfahrer

Thriller

Impressum

Der Geisterfahrer: Thriller

1. Auflage, September 2019

Covergestaltung: © Artwize
Im Coverdesign werden 3 Stock Images verwendet.
"There is no such thing as bad weather..." von Tobias Hüske - cc-zero Lizenz
url: https://unsplash.com/photos/Bj6p5SZWQiY
"filter-square-instagram-texture" von PinkPanthress - cc-zero Lizenz
url: https://pixabay.com/en/filter-square-instagram-texture-1990470/
Hoodie - Depositphotos - Standard License
url: https://de.depositphotos.com/157771656/stock-photo-protect-your-privacy.html

Lektorat: Ruggero Leò
Korrektorat: Kirsten Wendt

Herausgeber:
Marcus Hünnebeck
Hegelstraße 11, 40789 Monheim

ISBN: 978-1691132904

1

Ein Fehltritt oder eine schlechte Entscheidung zur falschen Zeit. Vielleicht hat man am Anfang ein schuldgeplagtes Gewissen – doch selbst das verschwindet im Laufe der Wochen und Monate. Man ist ja nicht aufgeflogen. Alles ist gutgegangen, niemand hat davon erfahren.

Bis jemand kommt und dich an deine Sünden erinnert. Einen Preis einfordert. Dich zwingt, eine Entscheidung zu treffen. Du oder deine Familie? Wer wird deinetwegen sterben?

***

»Papa! Guck mal!«, sagte Emma.

Michael Kleefisch schaute zu seiner vierjährigen Tochter, die es kleckerfrei geschafft hatte, eine Portion

Spaghetti auf der Gabel aufzurollen. Stolz hielt sie ihm die Gabel entgegen. Ein kleines Tomatenstück fiel zurück auf den Teller.

»Super! Und jetzt ab in den Mund damit.«

Gewissenhaft folge Emma der Aufforderung. Michael wandte sich wieder seinem Sohn zu.

»Wann?«, fragte der nörgelnd.

»Nach dem Essen«, antwortete seine Mutter Martina stellvertretend.

Demonstrativ schob Elias seinen noch halbvollen Teller zur Tischmitte. »Bin satt.«

Irgendwie schaffte es Michael, einen ernsten Gesichtsausdruck beizubehalten. »Ganz sicher nicht.« Er beförderte den Teller zurück.

»Außerdem stehen wir erst auf, wenn alle fertig sind«, belehrte Martina ihn.

Sehnsüchtig warf der Sechsjährige einen Blick zu der noch verschlossenen Packung Sammelbilder. Michael hatte an der Supermarktkasse vier Stück davon gekauft. Bei seiner Rückkehr hatte er das zu früh erzählt und Elias' Neugierde entfacht. Auf das Ende der Mahlzeit zu warten, schien für ihn die größte Geduldsprobe der Welt zu sein. Missmutig zog er den Teller zu sich und stopfte sich Nudeln in den Mund.

»Hat sich dein Problem mit Joachim geklärt?«, fragte Martina.

Joachim war Michaels Kollege. Die beiden saßen gemeinsam in einem Büro und verstanden sich meistens ziemlich gut. Seit die Firma ein neues Computerprogramm eingeführt hatte, mit dem der sieben Jahre ältere Kollege Bedienungsprobleme hatte, herrschte jedoch Unmut. Joachim wollte unter allen Umständen zur vorherigen Software zurückkehren, Michael hingegen sah die Vorzüge des aktuelleren Programms. Ihr Chef hatte sich nach ihren ersten Erfahrungen erkundigt, und seitdem fühlte sich Joachim hintergangen, weil Michael die Vorteile detailliert aufgezählt hatte.

»Probleme geklärt? Ganz im Gegenteil. Rate mal, wer sich heute krankgemeldet hat.«

»Nicht sein Ernst«, stöhnte Martina.

»Ich hatte zwei Stunden Zeit, seinen Teil der Präsentation auf Vordermann zu bringen«, fuhr Michael fort. »Richtig zufrieden war der Chef nicht. Was soll ich machen? Ich kann nicht zaubern.«

»Schade!«, mischte sich Emma ein. »Ich fänd's toll, wenn du zauberst.«

Michael lächelte seiner Tochter zu. Aus Kindersicht wirkte die Welt viel einfacher.

»Seid ihr jetzt endlich fertig?«, fragte Elias genervt. »Oder warum quatschen alle?«

Fünf Minuten später prüften Vater und Sohn die Ausbeute. Da das Fußballsammelheft schon gut gefüllt war, hatten sie natürlich einige doppelte Bilder angehäuft. Trotzdem war ihr Ergebnis zufriedenstellend. Vierzehn neue Klebebilder.

»Soll ich dir beim Einkleben helfen?«, fragte Michael.

»Das schaffe ich allein«, antwortete sein Sohn.

»Dann gehe ich zu deiner Mutter.«

Michael erhob sich, gähnte und legte den Kopf in den Nacken. Der anstrengende Tag hatte ihn ausgelaugt, und er freute sich darauf, die Kinder ins Bett zu bringen. Doch das würde noch mindestens eine Dreiviertelstunde dauern.

Martina stand am Kühlschrank und überprüfte die Verfallsdaten verschiedener Speisen.

»Wir müssen mal wieder aufräumen. Was sich hier alles ansammelt.« Sie stellte eine Tube Senf zurück ins Seitenfach.

Michael gähnte erneut. »Was für ein Tag.« Er griff zu einer Flasche Schwarzbier, öffnete den Verschluss und trank einen großen Schluck.

»Trink die in der Küche aus. Die Kinder sollen dich nicht dabei sehen.«

»Mein Vater hat am Tisch immer Bier getrunken. Hat mir auch nicht geschadet.«

»Glaubst du.« Sie zwinkerte ihm zu. Wenigstens war sie wegen des Alkohols nicht auf Streit aus.

***

Aus sicherer Entfernung schaute er zu dem Einfamilienhaus. In wenigen Stunden würde er der darin lebenden Familie einen Besuch abstatten, der alles veränderte. Wahrheiten kämen ans Licht, und eine Entscheidung würde mindestens einen Toten fordern. Vielleicht auch drei. Das lag nicht in seiner Hand.

Im Fußraum des Beifahrersitzes stand ein kleiner Rucksack. Er öffnete den Reißverschluss und holte eine Mappe heraus. Darin steckte ganz oben das Porträtbild seiner großen Liebe. Adriana. Er hatte sich in der ersten Sekunde in sie verliebt, sich viel zu schnell ein Leben mit ihr vorstellen können.

Bis alles auf einen Schlag vorbei gewesen war.

Er streichelte über ihr hübsches Gesicht und schloss dabei die Augen. Für einen Moment stellte er sich vor, ihre Haut zu spüren. Die Illusion zerplatzte, als ein Lkw polternd an seinem Wagen vorbeifuhr.

Er konzentrierte sich wieder auf das Haus am Ende seines Sichtfeldes.

Was unternahm die Familie gerade? Brachte das Ehepaar gemeinsam die Kinder ins Bett? Oder litt ihre Ehe unter schwelenden Konflikten?

Verwundert hätte es ihn nicht – immerhin hatte der Mann mindestens einmal seine Frau betrogen.

Er griff zum nächsten Bild. Es zeigte den Ehemann und Adriana, die gemeinsam in die Kamera lachten.

Er wusste, welche Dienstleistungen seine Liebste angeboten hatte. Zwanzig Euro Aufpreis für eine Handentspannung. Fünfzig Euro für oralen Spaß. Achtzig Euro für eine Viertelstunde *all inclusive*.

Adriana war nie eine Nutte gewesen. Sie hatte lediglich Schulden gehabt, die sie ohne jede Hilfe abtragen wollte. Daher hatte sie bei ihrer Arbeit als Masseurin in einem Fünfsternehotel heimlich Zusatzdienstleistungen angeboten, die frustrierte Männer gern in Anspruch nahmen.

Wofür hatte sich Michael Kleefisch entschieden? Für das kleinste Verwöhnpaket? Die mittlere Nummer?

Alles? Er würde es in ein paar Stunden gestehen müssen. Um sich danach zu entscheiden, welches Leben wertvoller war. Sein eigenes oder das seiner Familie.

Falls er jedoch ein ganz anderes Geständnis ablegte, bliebe ihm die finale Wahl erspart.

Noch einmal fixierte er Adrianas hübsches Gesicht. Wäre er damals mutiger gewesen, wäre er für immer mit seiner großen Liebe vereint geblieben. Fehler der Vergangenheit konnte er nicht mehr ändern. Doch zumindest würde er für Gerechtigkeit sorgen.

***

Michael lag bereits im Bett und las einen Artikel des abonnierten Nachrichtenmagazins. Aus dem angrenzenden Badezimmer hörte er seine Ehefrau, die soeben die Mundddusche abschaltete. Nun konnte es nicht mehr lange dauern, bis sie zu ihm käme.

Er klappte die Zeitschrift zusammen und legte sie auf den Nachttisch. Erwartungsvoll schaute er zum Badezimmer. Am Nachthemd, das Martina trug, könnte er seine Chancen auf ein wenig abendliche Entspannung ablesen.

Die Tür öffnete sich, seine Frau sah seinen Blick und lachte verhalten. »Tut mir leid.« Natürlich trug sie die bequemere Unterwäsche.

»Was denn?«

»Heute nicht. Ich bin echt zu kaputt.«

»Keine Ahnung, wovon du redest.« Er grinste ebenfalls.

»Morgen Abend ziehe ich das andere Nachthemd über. Versprochen.«

Martina legte sich zu ihm ins Bett, und sie küssten sich. Das kurze Gefühl der Enttäuschung verging. Auch Michael war müde. Der morgige Tag konnte eigentlich nur besser werden.

»Kannst du morgen früher Feierabend machen? Dann hätte ich Zeit, mir Emma zu schnappen und in die Stadt zu fahren, während du auf Elias aufpasst. Sie braucht dringend neue Schuhe.«

»Ich versuch's. Versprechen kann ich es nicht. Hängt davon ab, ob Joachim weiter krankfeiert und was mein Chef plant.«

»Wäre schön. Schlaf gut.«

»Du auch.«

Martina griff zu ihrer Schlafmaske. Seit der Geburt des ersten Kindes hatten sie es sich beide angewöhnt, eine Maske zu tragen, um unabhängig von den Lichtverhältnissen einschlafen zu können. Michael folgte dem Beispiel seiner Frau und tastete anschließend nach dem Lichtschalter.

***

Um Mitternacht musste er seine Ungeduld zügeln. Je länger er wartete, desto höher die Wahrscheinlichkeit, dass die Familie im Tiefschlaf lag. Er hatte das Haus in den letzten Tagen immer wieder überprüft. Einmal war er sogar mit einer Tageszeitung in der Hand zur Haustür gegangen, um sich das Schloss näher anzusehen. Hätte ihn dabei jemand beobachtet, hätte er die Zeitung in den Briefkasten gestopft und wäre umgekehrt. Das Schloss war ein Standardmodell, das er mit seinem Werkzeug leicht öffnen würde. Hinweise auf eine Alarmanlage hatte er nicht entdeckt. Alle Fenster und die Terrassentür waren mit Rollläden versehen. Offenbar glaubte die Familie, das würde ausreichen, um Eindringlinge abzuschrecken.

Ein tödlicher Irrtum.

Inzwischen war es eine Viertelstunde nach Mitternacht. In zehn oder fünfzehn Minuten würde er den Motor starten und sich einen Parkplatz in Hausnähe suchen.

Er schloss die Augen. Auf der Straße war es ruhig. Niemand fuhr um diese Uhrzeit hier entlang.

Zwanzig Minuten später stellte er seinen Wagen in einer Parklücke ab, nur wenige Meter vom Haus entfernt. Das war perfekt. Bevor er ausstieg, musterte er eingehend die Umgebung. Aus dem Rucksack holte er Werkzeug und eine kleine Taschenlampe heraus. Er steckte die Sachen in die Kängurutasche des Hoodies. Dann stieg er aus, schulterte den Rucksack und lief auf den Eingang zu. Kies knirschte unter seinen Schuhen. Vor der Tür blieb er stehen. In der linken Hand hielt er die Taschenlampe, mit der anderen führte er das Einbruchswerkzeug ins Schloss ein und betätigte den Knopf. Auch Schlüsseldienste arbeiteten mit diesem Werkzeug, das er ganz legal im Internet besorgt hatte.

Er brauchte nicht einmal eine halbe Minute, um das Schloss zu knacken. Dank seiner Observation wusste er, dass die Familie keinen Hund besaß. Eine Katze hingegen hätte ihm durchaus entgehen können. Langsam betrat er den Hausflur und lauschte.

Ihm kam kein wild fauchendes Tier entgegen. Nichts deutete auf Schwierigkeiten hin. Lautlos schloss er die Tür und stellte den Rucksack ab. Aus der Vordertasche holte er eine Ledermaske. Sie zu tragen war für ihn der unangenehmste Teil des Unterfangens. Eines der Familienmitglieder würde überleben. Deswegen musste er sein Gesicht verhüllen. Egal, wie sehr er unter der Maske schwitzen mochte. Als Nächstes zog er dünne Lederhandschuhe über, um keine Fingerabdrücke zu hinterlassen, und rückte sie zurecht. Dann nahm er die illegal erworbene Pistole aus dem Rucksack. Jetzt war er bereit. Er musste in eines der Kinderzimmer, denn Eltern reagierten auf Drohungen gegen ihre Kinder wie Rehe auf Scheinwerferlicht. Je jünger das Kind, desto besser. Also würde er sich Emma schnappen und sie als Druckmittel einsetzen.

Mit der kleinen Taschenlampe leuchtete er sich den Weg. Von der Diele ging das große Wohnzimmer mit integriertem Essbereich ab. Er schaute zum Esstisch. Die Stühle hatten hohe Rückenlehnen. Ideal, um Menschen daran zu fesseln.

Er sah sich weiter um. Die Küche grenzte ans Wohnzimmer. Er kam an einer Gästetoilette vorbei. Direkt daneben lag ein großes Bad. Auch hier kontrollierte er die Gegebenheiten. An die Handtuchheizung würde er mindestens einen Erwachsenen fesseln können. Außerdem könnte er den innen steckenden Schlüssel abziehen und das Badezimmer von außen absperren.

Vor ihm lagen noch vier Türen. Vorsichtig öffnete er die erste und erblickte mehrere am Boden verstreute Bälle. Er leuchtete über das Bett, in dem eindeutig der Junge schlief.

Der Mann zog sich zurück und schloss die Kinderzimmertür.

Beim nächsten Zimmer handelte es sich um einen geräumigen Hauswirtschaftsraum. Waschmaschine, Trockner, Staubsauger, Putzutensilien. Hier war alles untergebracht. Er entdeckte eine kleine Axt und mehrere Hämmer. Sollte die Familie nicht wie gewünscht agieren, wären diese Werkzeuge möglicherweise hilfreich.

Er öffnete die nächste Tür und schloss sie gleich wieder. Das leise Schnarchen eines erwachsenen Mannes verriet eindeutig genug, wo er gelandet war.

Also schlief die kleine Prinzessin im letzten Zimmer. Er drückte die Türklinke herunter und schlüpfte in den Raum. Das Mädchen lag in Seitenschläferstellung. Sein schulterlanges, blondes Haar wirkte verschwitzt. Im Schlaf hatte es ein Bein und die Hälfte des Körpers freigestrampelt.

Er steckte die Pistole zurück in die Kängurutasche. Um ein Kindergartenkind im Zaum zu halten, brauchte er keine Waffe. Er nahm die Taschenlampe in den Mund und hob das Mädchen hoch. Es regte sich leicht, erwachte aber nicht. Er drückte es an seine Schulter, umfasste die Taschenlampe mit der freien Hand und verließ das Kinderzimmer. Im Elternschlafzimmer schaltete er das Deckenlicht an. Die Erwachsenen trugen Schlafmasken. Er wechselte die Taschenlampe gegen die Schusswaffe aus. Die Frau regte sich zuerst. Sie hob den Körper leicht an und schob die Maske zur Stirn. Auch die Schnarchgeräusche des Ehemannes erstarben.

Die Frau blinzelte verschlafen. Es dauerte einen Moment, bis sie die Situation erfasste und einen Schreckensschrei ausstieß. Nun war auch der Mann endgültig erwacht. Ihre Tochter hingegen schlief noch immer.

»Macht keine unüberlegten Bewegungen!«, warnte er das Ehepaar.

»Wer sind Sie?«, fragte der Mann.

»Das erfahrt ihr früh genug.«

Er bemerkte die beiden Smartphones auf den Nachttischen.

»Schmeißt eure Handys her. Sofort!« Um seinen Worten mehr Gewicht zu verleihen, hielt er die Pistolenmündung nah an den Blondschopf.

»Bitte nicht!«, flüsterte die Frau.

Sie griff zu ihrem Telefon und warf es in seine Richtung. Das Gerät landete auf dem Teppich zu seinen Füßen. Der Ehemann folgte ihrem Beispiel.

»Lassen Sie Emma los«, flehte die Mutter.

»Ich soll sie einfach fallen lassen? Das wäre grausam«, erwiderte er.

In diesem Moment erwachte die Tochter. Sie sah in sein maskiertes Gesicht, schrie erschrocken und zappelte wild.

»Macht ihr keine Dummheiten?«, fragte er.

»Garantiert nicht«, versprach die Mutter.

Der Mann setzte Emma am Boden ab. Sofort lief sie zu ihrer Mutter, die sie schützend in den Arm nahm. Das Mädchen weinte.

»Was wollen Sie?«, fragte der Vater.

»Bloß eine einfache Entscheidung.«

Verwirrt sahen die beiden Erwachsenen ihn an.

»Was heißt das?«, erkundigte sich die Frau.

»Das erfahrt ihr gleich. Aber zuerst solltet ihr Elias aufwecken. Und dafür sorgen, dass sich Emma beruhigt. Das ist nervtötend. Wir gehen alle an den Esstisch. Falls irgendwer von euch auf dumme Gedanken kommt, jage ich demjenigen eine Kugel in den Kopf. Das ist meine einzige Warnung. Ihr nehmt mich besser ernst.«

2

Obwohl Melanie verstohlen aufstand, erwachte Robert Drosten, noch bevor sie die Tür erreichte. Schweigend wartete er ab. In den letzten Nächten hatte seine Frau öfter unruhig geschlafen und war immer mal wieder zur Toilette gegangen. Trotzdem erkannte er einen Fortschritt, denn sie verzichtete mittlerweile auf Schlaftabletten, die sie noch vor wenigen Wochen regelmäßig eingenommen hatte. Seit ihrer Rückkehr vom Ostseeurlaub mit Dana und deren Onkel hatte sich einiges zum Positiven geändert. Melanie wirkte ausgeglichener und sorgte sich nicht mehr darum, dass der Onkel ihr Dana wegnehmen könnte.

Nur ihre Schlafstörungen wunderten Drosten. Sie tranken momentan abends nicht mehr als sonst. War das bloß ein Zeichen, dass sie älter wurden?

Nach drei Minuten war Melanie noch nicht zurück. Ungewöhnlich. Ob sie nach Dana oder ihrem Hund Rocky schaute? Drosten schaltete die Nachttischlampe ein. Mittlerweile war er hellwach. Sein Blick glitt über den Nachttisch seiner Frau, auf dem kein Handy lag.

Hatte sie es mit zur Toilette genommen? Weswegen? Zur nächtlichen Zerstreuung?

Er schaltete die Lampe aus und wartete. Es dauerte fast zehn Minuten, bis sie zurückkam.

»Geht's dir gut?« Drosten versuchte, müde zu klingen und nuschelte absichtlich.

»Ich wollte dich nicht wecken. Entschuldige. Alles in Ordnung. Schlaf weiter.«

»Okay.« Er wartete und imitierte nach einer Weile einen regelmäßigen Atem. Melanie lag wach neben ihm. Sie wälzte sich von einer Seite zur anderen, etwas schien sie zu beschäftigen.

Warum teilte sie das nicht mit ihm? Er würde sie morgen früh in einer unverfänglichen Situation darauf ansprechen. Hoffentlich gab sie ihm eine zufriedenstellende Antwort.

***

»Sie haben nichts von Fesseln gesagt«, beschwerte sich Michael Kleefisch.

Seine Frau Martina versuchte unterdessen, die weinenden Kinder zu beruhigen.

»Eine Hand hinter den Stuhl. Das tut keinem von euch weh, verhindert aber Schlimmeres. Macht schon!« Er stand mehrere Meter vom Esstisch entfernt und entnahm dem Rucksack vier Paar Handschellen. »Los, Michael! Sonst wird das hier unangenehm.«

Er warf die Handschellen auf den Tisch. Sie rutschten über die Holzplatte, fielen jedoch nicht herunter. Der Familienvater griff danach. Zuerst wandte er sich seinem Sohn zu. »Elias, es tut mir leid«, flüsterte er. »Du musst jetzt tapfer sein. Wenn wir das überstanden haben, kaufe ich dir ein ganzes Paket Sammelbilder.«

Der Junge nickte und wischte sich die Tränen aus dem Gesicht.

»Ich nehme vorsichtig deine Hand und führe sie nach hinten. Wenn ich dir weh tue, sag mir Bescheid.«

Langsam zog er den Arm seines Sohnes nach hinten und legte ihm einen Bügel ums Gelenk.

»Und jetzt?«, fragte er.

»Den zweiten Bügel um das Stuhlbein.«

Der Familienvater folgte der Anweisung. Dann wandte er sich dem Mädchen zu.

»Ich will das nicht«, schluchzte es laut. »Tu mir nicht weh!«

»Das tut nicht weh.« Sanft nahm er Emmas Hand. Ihre Schreie steigerten sich zu einem ohrenbetäubenden Crescendo. Hilflos schaute Michael zu seiner Ehefrau. Die streichelte ihrer Tochter beruhigend über den Kopf und flüsterte ihr etwas zu.

»Beeil dich! Das ist ja nicht zum Aushalten!«

Der Vater wiederholte den Fesselvorgang wie bei seinem Sohn.

»Jetzt deine Frau.«

Martina streckte ihm die rechte Hand entgegen. Michael fesselte sie ans Stuhlbein.

»Setz dich deiner Frau gegenüber«, sagte der Mann.

Ohne Widerspruch folgte der Familienvater dem Befehl, während der Eindringling ihn mit der Pistole bedrohte. Er griff zur letzten Handschelle, ließ sie eng um das Gelenk einschnappen und befestigte den zweiten Bügel am Stuhlbein.

Zufrieden beäugte der Fremde die Familie. »Wunderbar. Dann kann ich vorläufig die Pistole wegpacken.« Er steckte die Waffe zurück in den Rucksack und lehnte ihn an die Wand. »Erinnert ihr euch? Ich verlange bloß eine einfache Entscheidung.«

»Was für eine Entscheidung?«, fragte Michael.

Der Mann zögerte die Antwort absichtlich hinaus. Sobald er die Worte laut ausspräche, gäbe es für die Familie keine Hoffnung mehr. Michael und Martina starrten ihn ängstlich an. Wussten sie, was sie erwartete?

»Ob du weiterlebst oder deine Familie«, sagte er leise.

»Was?«, fragte Michael.

»Du wirst entscheiden. Entweder du stirbst oder deine Familie.«

Elias konnte die Tränen nicht länger zurückhalten und weinte hemmungslos. Der Fremde ließ ihn gewähren; er zweifelte nicht daran, dass den Kindern irgendwann die Kraft ausginge.

»So was können Sie doch nicht von mir verlangen.«

»Ist sogar ganz einfach. Aber ich verstehe deine Reaktion. Darf ich euch etwas zeigen? Ihr seid nämlich nicht die Ersten, die ich besuche.«

Er ging zum Rucksack und öffnete den Reißverschluss eines Seitenfachs. Darin steckten

Zeitungsartikel. Genüsslich holte er sie heraus und legte sie dem Mann zum Lesen hin. Der starrte fassungslos auf die Schlagzeilen.

»Lies es vor!«

»Wieso machen Sie uns Angst?«, fragte Michael.

»Das will ich gar nicht. Ihr sollt bloß verstehen, wie todernst es mir ist. Lies vor!«

»Familiendrama. Frau und Kind tot. Ehemann liegt gefesselt im Badezimmer.« Er schluckte. »Polizisten machten heute in Stuttgart einen schrecklichen Fund. Nachdem bei der Polizei ein Notruf eingegangen war, bei dem sich niemand meldete, verfolgten die Beamten den Anruf zurück. In dem Haus, zu dem der Anschluss gehörte, fanden sie die Leichen der 32-jährigen Conny G. und ihrer 7-jährigen Tochter Isabel. Die Toten wiesen Schusswunden auf. Eine Pistole lag in ihrer unmittelbaren Nähe. Im Badezimmer stießen die Ermittler auf den an der Heizung geketteten Ehemann und Vater Konrad G. Seinen Aussagen zufolge sei ein maskierter Mann in der Nacht ins Haus eingebrochen und habe eine Entscheidung verlangt. Entweder sollte der Vater sterben oder die Mutter und das Kind. Der Vater weigerte sich, in seinen Wagen einzusteigen und als Geisterfahrer einen tödlichen Autounfall zu verursachen. Daraufhin habe der Maskierte ihn im Badezimmer eingeschlossen. Sekunden später habe der Mann zwei Schussgeräusche gehört. Eine Sonderkommission hat die Ermittlungen übernommen.«

Der Maskierte tippte auf den daneben liegenden Artikel. »Jetzt den!«

»Wende im Familiendrama«, las Michael stockend vor. »Ermittler verhaften Konrad G.« Michael schluckte. »Oh Gott. Was haben Sie getan?«

»Lies weiter!«

»Spektakuläre Wende im Stuttgarter Familiendrama. Der Vater Konrad G., den die Polizei bislang als Opfer angesehen hat, steht im Visier der Ermittlungen. Dem Polizeisprecher zufolge fand man keine Einbruchsspuren am Tatort. Allerdings habe man Hinweise auf Eheprobleme entdeckt, sowie die Tatsache, dass das Paar eine hoch dotierte Lebensversicherung abgeschlossen habe. Die Ermittlungen dauern an.«

Der Maskierte schob einen dritten Artikel nach vorn. Diesmal las er ihn selbst vor. »Anklage gegen Konrad G. wegen zweifachen Mordes erhoben.«

»Sie Mistkerl!«, stöhnte Martina.

»Wer flucht denn da vor den Kindern?«, fragte der Mörder amüsiert. »Konrad sollte eine einfache Entscheidung treffen. Sein Leben oder das der Ehefrau und Tochter. Er hat sich für seine eigene mickrige Existenz entschieden. Allerdings hat er wohl nicht mit den Konsequenzen gerechnet. Euer Schicksal könnte jetzt dazu beitragen, seine Prozessaussichten zu verbessern.«

»Warum tun Sie das?«, fragte Michael. »Kennen wir uns? Haben wir Ihnen etwas getan?«

»Eine sehr vernünftige Frage. In gewisser Weise kennen wir uns, obwohl wir uns noch nie persönlich begegnet sind.«

»Ich verstehe kein Wort«, bekannte Martina.

»Mallorca. Euer Familienurlaub vor zwei Jahren. Erinnerst du dich?«

»Natürlich«, sagte sie.

»Hat sich dein Mann bei dir entschuldigt? Hast du ihm verziehen?«

»Was soll sie mir verzeihen?«, fragte Michael. »Verwechseln Sie mich?«

»Deinen Seitensprung. Also hast du ihn nicht gebeichtet. Schäm dich!«

Genüsslich beobachtete er Martinas Reaktion. Sie runzelte die Stirn und schaute zu ihrem Ehemann.

»Das stimmt nicht«, beteuerte er. »Ich habe dich nie betrogen.«

»Vielleicht frischt das hier deine Erinnerungen auf«, sagte der Mörder. Er nahm ein ausgedrucktes Foto aus dem Rucksack, auf dem Michael mit der Spanierin Adriana in die Kamera strahlte.

»Erinnerst du dich jetzt?«, fragte der Mann.

»Wer ist die Frau?«, erkundigte sich Martina.

»Das ... wenn ich mich nicht irre, war das eine der Masseurinnen. Ja, genau! Sie hat mich nach der Massage um das Foto gebeten. Nichts weiter!«

Der Mörder lachte. »Das nenne ich ein verdammt gutes Gedächtnis. Zwei Jahre nach einer harmlosen Massage kannst du dich noch an die Masseurin erinnern? Respekt! Du warst wohl im früheren Leben ein Elefant.«

»Schatz, du darfst ihm nicht glauben«, flüsterte Michael. »Ich habe dich nie betrogen. Auch damals nicht.

Wir hatten einen total schönen Familienurlaub. Warum hätte ich das riskieren sollen?«

»Die Frage beantworte am besten ich«, sagte der Mann und trat hinter den Familienvater. »Adriana hatte ganz besondere Dienstleistungen für frustrierte Ehemänner im Angebot. Wie alt war euer Sonnenschein da? Zwei? Hatten sich da bereits wieder Zärtlichkeiten zwischen euch entwickelt? Oder warst du noch nicht so weit? Wäre ja für eine junge Mutter nicht ungewöhnlich.« Genüsslich registrierte er, wie Martina zwischen ihm und ihrem Gatten hin und herblickte. Offenbar hatte er einen wunden Punkt erwischt. Bestimmt wäre Michael jetzt gerne aufgestanden, um seine Partnerin zu umarmen.

»Sie hatte eine gestaffelte Palette. Zwanzig Euro. Fünfzig. Achtzig. Handentspannung. Französisch. All inclusive. Und sie hat sich die Männer, denen sie das angeboten hat, genau angeguckt. Ein einziger Tipp an die Hoteldirektorin hätte sie den Job gekostet. Deswegen musste sie vorsichtig sein. Wäre ich ein treuer Ehemann und Vater, hätte ich sie angeschwärzt. Also, Michael, was hast du dir ausgesucht?«

»Gar nichts«, versicherte er. »Sie hat mir nichts angeboten, und ich hätte nichts davon gewählt. Ich liebe meine Frau. Mir ist das Ehegelübde wichtig.«

Der Maskierte applaudierte höhnisch. »Schöne Worte!«

Emma schluchzte nur noch leise – eine deutliche Verbesserung. Auch Elias hatte resigniert. Er hatte sogar die Augen geschlossen.

»Aber ich weiß, dass du schuldig bist«, fuhr der Maskierte fort. »Und dafür wird jemand von euch bezahlen.«

3

»Ging es dir heute Nacht nicht gut?«, fragte Robert Drosten.

Dana war kurz zuvor vom Tisch aufgestanden, um sich für die Schule fertigzumachen.

»Wieso?« Melanie räumte Lebensmittel in den Kühlschrank und schaute nicht einmal zu ihm herüber.

»Ich hatte den Eindruck, du warst lange auf der Toilette. Hattest du Magenprobleme?« Drosten erhob sich vom Tisch und stapelte das benutzte Geschirr.

»Das kam dir nur so vor. Ich musste pinkeln. Meine Blase.« Sie lachte. »Rocky fand das wahnsinnig spannend, er hat sich kurz streicheln lassen. Dann bin ich zurück.«

»Du weißt, wenn's dir nicht gut geht, könnte ich Dana zur Schule bringen. Momentan ist es egal, ob ich fünfzehn Minuten früher oder später im Büro erscheine.«

»Das wird sich leider wieder rasch ändern.« Sie drehte sich zu ihm um und zwinkerte. »Alles in Ordnung, Robert. Wirklich. Jetzt muss ich mich sputen. Sonst kommt Dana noch zu spät.«

Er schaute ihr nach. Warum log sie ihn an? Sie hatte rund zehn Minuten im Bad verbracht und nicht bloß gepinkelt. Was verbarg sie vor ihm?

Drosten bemerkte ihr Handy auf dem Küchentisch. Sie hatte das Telefon in der Nacht mitgenommen. Wieso?

Unsicher trat er an den Tisch. Sollte er es tun? Er kannte ihr Entsperrmuster. Doch eigentlich wollte er seiner Frau nicht nachspionieren. Sie hatte ein Recht auf Privatsphäre. Die Ehe lief seit der Rückkehr ihres Urlaubs deutlich besser als in den Monaten zuvor. Robert wollte diese Entwicklung nicht mit seinem Misstrauen zerstören. Allerdings erinnerte er sich daran, in welche Gefahr sie schon einmal geraten war, weil sie Geheimnisse gehabt hatte. Das hätte fast ihren Tod bedeutet.

Er überwand seine Skrupel und gab das Entsperrmuster ein. Rasch überprüfte er SMS, WhatsApp und die Anrufliste. Er fand nichts, was auf eine nächtliche Aktivität hindeutete.

In diesem Moment hörte er Melanie aus dem Badezimmer treten. Sofort sperrte er das Display und legte das Telefon zurück.

***

Die Nerven der Familie lagen blank. Genau das hatte dem Mörder vorgeschwebt. Nur deswegen hatte er auch die Kinder an die Stühle gefesselt. Sie sollten leiden, um den Vater zur richtigen Entscheidung zu zwingen. Die Kinder waren zwischendurch eingeschlafen und schreiend wieder aufgewacht. Emma hatte sich den Schlafanzug eingenässt. Ehe Elias eingenickt war, hatte er sich zwar zusammengerissen, aber die Tränen trotzdem nicht zurückhalten können.

Der Maskierte schaute auf seine Armbanduhr. Ein billiges Modell, das er in den folgenden Stunden entsorgen würde, weitab vom Tatort. »Der Berufsverkehr setzt bald ein. Das weißt du ja«, sagte er. »Bist ein Pendler. Die nächste Autobahnauffahrt ist zwei Kilometer entfernt. Keine lange Strecke.«

»Lassen Sie uns bitte in Ruhe. Sie haben es selbst gesagt: Wir kennen Sie nicht. Wir können Sie nicht identifizieren. Zeigen Sie Erbarmen«, flehte Michael.

In der Nacht hatten die Tränen seiner Kinder ihn ebenfalls zum Weinen gebracht. Seine Stimme klang nasal und rau.

»Hast du Adriana getötet?«, fragte der Mörder unvermittelt.

»Was? Getötet? Spinnen Sie?«

Die spontane Reaktion überzeugte den Mörder. Mit Adrianas Tod schien der Familienvater nichts zu tun zu haben. Trotzdem hatte er große Schuld auf sich geladen. Für die er bezahlen müsste.

»Du hast sie also nicht getötet, sondern nur sexuell ausgebeutet. Sie vergewaltigt. Immerhin.«

»Ich habe nichts getan«, schwor Michael. »Niemanden getötet, niemanden vergewaltigt.« Bei den letzten Worten sah er seiner Ehefrau in die Augen. Die lächelte ihm leicht zu. Offenbar hatte sie beschlossen, ihm Glauben zu schenken. Gleichwohl sprach sie ihn nicht offen von dem Verdacht frei. Wieso nicht? Steckten noch Restzweifel in ihr, oder fürchtete sie, dadurch den Zorn des Unbekannten auf sich zu ziehen?

Der Mörder überlegte, ob es ihm in den nächsten Minuten gelingen könnte, die Frau gegen ihren Gatten aufzustacheln, verzichtete jedoch darauf. Er hatte Wichtigeres zu erledigen.

Er beobachtete die Kinder. Emma hatte die Augen geschlossen. Aus ihrem Mund lief ein kleiner Speichelfaden. Elias war ein paar Minuten zuvor erwacht.

»Martina, weck deine Tochter«, befahl er.

»Wieso?«

»Ihr Vater trifft jetzt gleich eine Entscheidung, die Auswirkungen auf sie hat.«

»Nein! Bitte nicht!«, bat Michael ihn inständig. »Ich kann das nicht.«

»Du weißt, was die Konsequenzen wären.« Der Mörder hob den Rucksack an, zog die Pistole heraus und richtete sie auf Emma. »Weck deine Tochter!«, befahl er der Mutter. »Sonst kratzt du ihre Gehirnmasse von der Tapete.«

Die Drohung wirkte. Sofort streichelte sie dem Mädchen sanft die Haare. »Emma, mein Schatz, du musst aufwachen.«

Die Augen der Tochter flatterten. »Mama?«, wisperte sie.

»Ja, meine Süße.«

Die Kleine brach in Tränen aus. »Das Monster soll weg«, schluchzte sie.

»Bald«, versprach der Mörder. »Sobald dein Vater sich entschieden hat.«

Auch Elias hielt die Tränen nicht länger zurück. Spürte er den nahenden Zeitpunkt des Abschieds?

»Was wollen Sie?«, fragte Michael.

»Wirst du weiterleben oder deine Familie? Wie lautet deine Wahl?«

Michael ließ den Kopf sinken. »Meine Familie soll leben.«

»Bitte nicht!«, flehte Martina. »Nehmen Sie den Kindern nicht ihren Vater. Mir nicht den Gefährten.«

»Löblich, dass du ihm verzeihst«, sagte der Mörder. »Trotzdem kann ich deinen Wunsch nicht erfüllen.«

»Was muss ich tun?«, fragte Michael leise.

»Zuallererst sperrst du deine Familie im Badezimmer ein. Wir beginnen mit deiner Frau, damit ihr nicht auf dumme Gedanken kommt. Danach die Kinder. Sobald das erledigt ist, steigst du in den Wagen. Du positionierst dein Handy so, dass du deine Fahrt live streamen kannst.«

»Wie soll ich das ...«

»Ich habe das notwendige Equipment dabei«, unterbrach der Mörder ihn. »Außerdem habe ich in den letzten Tagen immer wieder die Mobilfunkverbindung bis zur Autobahnauffahrt geprüft. Sie ist absolut stabil.

Sollte die Übertragung auf Facebook abbrechen, weil du einen Trick probierst, richte ich sie mit drei Kopfschüssen hin. Dann verschwinde ich einfach. Alarmierst du die Bullen, töte ich sie ebenfalls. Du fährst auf die Autobahn. Als Geisterfahrer. Ich gebe dir telefonisch Anweisungen, gegen welchen Wagen du fahren wirst.«

»Dann treffe ich einen Unschuldigen«, sagte der Vater erschüttert.

»Lass das meine Sorge sein«, erwiderte der Mörder kalt. »Ich leite dich gegen ein großes Fahrzeug. Die Insassen darin werden jede Chance dieser Welt haben.«

»Tun Sie das nicht!«, flehte Martina.

»Sobald du deinen Teil erfüllt hast, verschwinde ich von hier. Die Polizei wird im Laufe des Vormittags den Halter des Wracks identifizieren und deine Familie retten. Du kannst mit einem guten Gefühl sterben. Sie dürfen weiterleben.«

»Papa!«, schluchzte Elias.

Emma begann zu kreischen.

»Verlangen Sie das nicht«, bettelte Michael. »Ich zahle Ihnen jeden Betrag dieser Welt.«

»Mit Geld kaufen sich Männer Sex, aber keine Gerechtigkeit.«

»Ich habe die Masseurin nicht ...«

»Schnauze!«, zischte der Mörder. Er trat hinter Emma und richtete die Pistolenmündung auf das Mädchen. »Wie lautet deine Entscheidung? Ich will sie jetzt hören.«

Michael seufzte. »Nehmen Sie die Waffe weg. Ich mache alles, was Sie wollen. Meine Familie soll leben.«

Sofort senkte der Mörder die Pistole. »Das ist ein Wort. Dann bringen wir deine Liebsten ins Badezimmer. Einen nach dem anderen. Der kleinste Versuch, mir Widerstand zu leisten, bedeutet für eines deiner Kinder den sicheren Tod.« Er zog den Schlüssel für die Handschellen aus der Hosentasche. »Du darfst dein geliebtes Weib befreien.«

***

Michael kniete sich hin. Zuerst löste er den Bügel um Martinas Handgelenk. Während sie ihr Gelenk massierte, öffnete er den zweiten.

»Ich verstehe euer Bedürfnis, euch zu verabschieden. Ihr habt ein bisschen Zeit. Aber übertreibt es nicht. Ich bin kein geduldiger Mensch«, warnte der Mörder sie.

»Mama! Nicht gehen!«, jammerte Emma.

»Du kommst gleich zu mir«, versprach Martina.

Auch Elias protestierte.

»Macht schon!«, zischte der Mörder.

Michael berührte seine Frau an der Hand. Seine Beine waren wegen des langen Sitzens eingeschlafen. Sie kribbelten wie verrückt. Martina litt unter demselben Problem. Ihre ersten Schritte wirkten wackelig.

Als sie im Badezimmer ankamen, bemerkte er den von außen im Türschloss steckenden Schlüssel. Michael ließ seine Frau vorgehen.

»Wir müssen etwas tun«, flüsterte sie verzweifelt.

»Er tötet unsere Kinder.« Michael hatte resigniert. »Du musst mir versprechen, sie liebevoll aufzuziehen. Durch das Haus und die Lebensversicherung ...«

»Sag das nicht.« Martina presste sich an ihn und küsste ihn. Dann schaute sie sich um. »Vielleicht das Haarspray. Man könnte es anzünden. Das habe ich schon oft ...«

»Er hat eine Pistole. Es ist hoffnungslos.«

»Beeilt euch!«, rief der Mörder.

Michael nahm ihre beiden flauschigen Duschhandtücher von den Haken und legte sie vor die Heizung auf den Boden. »So habt ihr es bequemer.«

»Mein Schatz! Ich kann nicht ohne dich leben.«

»Doch das kannst du! Den Kindern zuliebe. Und du musst eins wissen. Ich habe dich nicht betrogen. Niemals.«

»Das weiß ich.«

»Aber er hat recht«, flüsterte er. »Sie hat mich gefragt, ob ich an einem Happy End interessiert sei.«

Martina schaute ihn mit tränenverschleierten Augen an. »Das ist nicht schlimm! Nicht deine Schuld.«

»Ich hätte es der Direktion melden müssen. Das war mein Fehler. Es tut mir so unendlich leid.«

»Ich liebe dich«, hauchte sie. Sie legte ihm die Hände auf die Wangen und küsste ihn erneut.

»Letzte Warnung!«, rief der Mörder. »Meine Geduld ist erschöpft.«

»Moment!«, erwiderte Michael. »Ich hab's ihr nur bequem gemacht.« Er wandte sich seiner Frau zu. »Setz dich!«

»Nein!«

»Emma und Elias zuliebe.«

»Ich liebe dich«, wiederholte sie verzweifelt.

»Ich dich auch. Unendlich.« Ihm fiel es schwer, nicht in Tränen auszubrechen. Sein Herz raste, und in seinem Magen schien ein schwerer Klumpen Blei zu liegen. Doch er musste für seine Familie Stärke zeigen. »Kontaktiere meinen Bruder. Der hilft dir bei den Versicherungsangelegenheiten.«

Sie nickte und setzte sich widerstrebend aufs Handtuch.

»Ich lege ihr die Handschellen um«, rief Michael. Zuerst befestigte er eine Fessel an der Heizung. Dann nahm er zärtlich ihr Handgelenk und ließ vorsichtig den Bügel darum zuschnappen. »Du bist die tollste Frau der Welt«, flüsterte er ihr zu.

Er küsste ihr tränenverschmiertes Gesicht, ehe er aufstand und zur Türschwelle ging. Dort blieb er kurz stehen. Trotz der Angst um sein eigenes Leben empfand er tiefe Liebe für seine Frau. Es tat ihm körperlich weh, sie hemmungslos schluchzen zu sehen. Trotzdem musste er stark bleiben.

Michael kehrte ins Wohnzimmer zurück.

»Jetzt deine Tochter«, sagte der Mörder. »Lass dir diesmal weniger Zeit.«

»Darf ich sie tragen?«, bat der Familienvater ihn.

»Meinetwegen.«

Er löste ihre Handschellen und hob sie vom Stuhl.

Das Mädchen presste das kleine Gesicht in seine Halsbeuge. Es weinte bitterlich. »Papa!«

Er streichelte Emma über den Kopf, während er sie vorsichtig ins Bad trug und sie neben ihre Mutter setzte. Wegen ihrer zarten Gelenke war er beim Anlegen der Handschellen besonders behutsam. »Versprichst du mir, immer lieb zu sein und auf deine Mutter zu hören?«

Zur Antwort schluchzte Emma nur laut. Martina nutzte ihre Bewegungsfreiheit, um das Mädchen an sich zu pressen.

Michael befürchtete, dass ihn der Mut verlassen würde, und verließ zügig den Raum.

»Diesmal komme ich mit«, sagte der Mörder.

Er richtete die Pistole auf Michael, während der seinen Sohn befreite und ihn ebenfalls ins Badezimmer trug.

»Papa! Wann kommst du wieder?«, fragte Elias verzweifelt.

»Ich liebe dich«, wich Michael aus. »Du musst immer auf Mama hören. Ärgere deine Schwester nicht.«

Er setzte seinen weinenden Sohn ab und fesselte auch ihn.

»Komm raus«, sagte der Mörder, der darauf verzichtete, den Sitz der Handschellen zu überprüfen.

Wäre das ihre Chance gewesen? Verzweifelt warf Michael einen letzten Blick auf seine Familie. Dann stolperte er aus dem Raum, den der Mörder von außen abschloss.

»Wir gehen ins Wohnzimmer!« Grob stieß er Michael an.

»Bitte tun Sie ihnen nichts an. Sie haben es mir versprochen.«

»Ich halte mein Wort, wenn du meine Anweisungen befolgst. Setz dich an den Tisch.«

Kraftlos sank Michael auf einen Stuhl. Der Mann griff in den Rucksack und zog ein Handy hervor, das bereits in einer Pkw-Halterung steckte. Er schaltete das Gerät ein. »Ich starte gleich eine Facebook-Liveübertragung«, erklärte der Maskierte. »Du befestigst die Halterung so, dass die Kamera den Verkehr vor dir einfängt.« Er gab Michael dessen Handy zurück, an das ein Kopfhörer angeschlossen war. »Steck dir die Stöpsel in die Ohren. Ich rufe dich vom Telefon deiner Frau an.«

Michael folgte der Aufforderung.

Der Einbrecher nahm Martinas Handy zur Hand und rief ihn an.

»Hörst du mich?«, fragte er.

»Ja«, antwortete Michael.

»Du rettest deine Familie. Bei allen Fehlern, die du vorher gemacht hast, tust du jetzt das Richtige.«

»Ich habe nie ...«

»Ruhe!«, schrie der Mann. »Das waren genug Lügen für ein ganzes Leben! Los geht's.«

Fühlten sich so zum Tode Verurteilte auf ihrem letzten Weg? Michael stand auf und stützte sich am Tisch ab. Unterdessen hantierte der Maskierte an dem

Handy in der Halterung herum, nickte nach ein paar Sekunden zufrieden und reichte es Michael.

Unsicher griff der nach dem Smartphone. »Ist es an?«, fragte er.

Der Mörder nickte und legte sich den Finger auf den Mund.

Mit kleinen Schritten ging Michael Richtung Ausgang. Sein Blick fiel auf die geschlossene Badezimmertür, hinter der er seine Familie weinen hörte. Er schluckte und schlich zur Haustür. Auf einem Sideboard neben der Tür lag der Autoschlüssel.

»Wenn du draußen jemandem begegnest, sagst du kein Wort«, erklang die leise Stimme des Einbrechers in seinem Ohr. »Um Höflichkeiten unter Nachbarn musst du dir keine Gedanken mehr machen.«

Michael öffnete die Tür. Am Himmel hingen dunkle Wolken. Bestimmt würde es bald regnen. Er zog die Tür hinter sich zu und ging zum Wagen. Als er im Inneren saß, befestigte er den Saugnapf der Halterung an der Windschutzscheibe.

»Ich empfange ein klares Bild«, sagte der Mörder. »Ich sehe alles, was du machst. Und du kennst die Konsequenzen für deine Familie, wenn du auf dumme Gedanken kommst. So schnell können die Bullen gar nicht hier sein.«

Michael startete den Motor und legte den Rückwärtsgang ein. Langsam parkte er aus dem Carport aus und fuhr auf die Straße.

»Ich kann das nicht«, flehte Michael keine zehn Minuten später. Vor ihm tauchten die Autobahnhinweisschilder auf.

»Dann sterben Martina und die Kinder«, warnte ihn der Mörder. »Schnall dich ab!«

Wie ferngesteuert löste er den Gurt. Sofort erklang der piepende Warnton des Sicherheitssystems.

»Es tut mir so leid. Man zwingt mich dazu«, murmelte er.

Ohne nachzudenken, bog er an der ersten Ampel abrupt nach links ab und gab Gas. Wartende Autos blendeten das Fernlicht auf oder hupten. Michael erreichte die Abfahrtspur der Autobahn, die für ihn nun die Auffahrt darstellte. Noch kam ihm kein Wagen entgegen.

»Bleifuß!«, zischte der Mörder.

Michael beschleunigte.

»Du hast Glück.«

Für einen Moment spürte Michael Hoffnung. Überlegte es sich der Psychopath anders?

»Das wird keine sehr lange Fahrt. Du siehst den Lkw? Ramm ihn frontal. Jetzt! Sonst ist deine Familie tot.«

Der Lkw-Fahrer hatte den Geisterfahrer bemerkt. Sein Fernlicht leuchtete auf, und er versuchte, über die Standspur auszuweichen.

»Gib Gas! Sonst stirbt Emma zuerst!«

Als sie nur noch zwanzig Meter trennten, riss Michael das Lenkrad herum. Dem Lkw-Fahrer blieb keine Reaktionszeit. Im nächsten Moment prallten die Fahrzeuge frontal zusammen.

4

»Da vorne links«, sagte Hauptkommissar Stüber zu seiner Kollegin Traner, die am Steuer saß. »Hausnummer siebenundvierzig.«

Evelyn Traner reduzierte die Geschwindigkeit.

»Scheiße«, brummte Stüber. »Die Rollläden sind alle heruntergelassen.«

Er schaute sich um. Da der Himmel wolkenverhangen war, gab es keinen Grund, das Haus vor zu starker Sonneneinstrahlung zu schützen. Schon gar nicht Mitte September.

Oberkommissarin Traner und er waren an der Unfallstelle die ranghöchsten Polizisten gewesen. Nachdem sie die Aussage des nicht lebensbedrohlich verletzten Lkw-Fahrers aufgenommen hatten, war in Stüber ein Verdacht gekeimt. Alles sprach dafür, dass der Pkw-Führer Suizid begangen hatte. Anhand des Kennzeichens hatten sie den Namen und die Adresse des Fahrzeughalters ermittelt. Eine kurze Recherche über die Polizeidatenbank förderte wichtige Informationen zutage. Der Halter Michael Kleefisch war verheiratet und Vater zweier Kinder.

»Ich hoffe, das ist kein Familiendrama«, sagte Stüber. »Erweiterter Suizid oder dergleichen.« In seiner fast dreißigjährigen Laufbahn hatte er zweimal mit diesem Tatbestand zu tun gehabt. Es war immer ein schrecklicher Anblick gewesen.

»Mal den Teufel nicht an die Wand«, sagte Traner betrübt.

»Wäre das dein erstes Mal?«

Sie nickte.

»Ich kann zuerst reingehen, wenn du willst.«

»Wir müssen wahrscheinlich ohnehin jemanden anfordern, der uns die Tür öffnet.«

Traner parkte das Dienstfahrzeug vor dem Carport. Gemeinsam stiegen sie aus und liefen zum Eingang. Stüber klingelte. Als ihnen niemand öffnete, klingelte er erneut.

»Gehen wir einmal ums Haus herum«, schlug er vor. »Vielleicht können wir durch eines der hinteren Fenster hineinsehen.«

Gemeinsam umrundeten sie das kleine Einfamilienhaus. Doch an sämtlichen Fenstern waren die Rollläden heruntergelassen. Stüber griff zu seinem Telefon und informierte die Zentrale. Der Kollege versprach, ihnen einen Schlüsseldienst vorbeizuschicken.

Zwanzig Minuten später öffnete ihnen ein Mitarbeiter des herbeigerufenen Schlüsseldienstes die Haustür.

»Gibst du ihm die Unterschrift?«, bat Stüber.

Traner nickte dankbar. Unterdessen betrat Stüber den Hausflur und lauschte. Nichts zu hören.

»Hallo?«, rief er wenig hoffnungsvoll. »Frau Kleefisch?«

»Wir sind hier!«, erklang eine kaum vernehmliche Stimme. »Im Badezimmer.«

»Wo ist das Bad?«

»Zweite Tür links.«

An der betreffenden Tür erblickte Stüber den von außen steckenden Schlüssel. Zuerst rüttelte er an der verschlossenen Tür.

»Polizei!«, rief er. »Bedroht Sie im Inneren jemand?« Er wollte nicht in eine Falle laufen.

»Nein! Der Einbrecher ist vor Stunden verschwunden.«

Traner trat an seine Seite. »Welcher Einbrecher?«, flüsterte sie leise.

»Keine Ahnung.« Er drehte den Schlüssel herum.

***

Polizeirat Karlsen empfing die Mitglieder der Kriminalermittlungstaktischen Einsatzgruppe KEG um neun Uhr zu einer kurzfristig anberaumten Besprechung. Auf dem Weg zu Karlsens Büro spekulierten Kraft, Drosten und Sommer über den Anlass des Termins. Es hatte in den letzten Tagen keine Berichte über ungewöhnliche Morde in den Medien gegeben. Auch auf den internen Kommunikationskanälen der deutschen

Polizeibehörden, die vor allem Drosten stets im Auge behielt, war es zuletzt ruhig gewesen.

»Guten Morgen«, begrüßte Karlsen sie. »Nehmen Sie Platz.« Gehetzt schaute er auf seine Armbanduhr. »Ich hab nicht viel Zeit, deswegen kommen wir gleich zur Sache. Haben Sie die Presseberichte über die tödliche Geisterfahrt in Koblenz verfolgt?«

»Das war gestern, oder?«, fragte Drosten. Er hatte im Internet Berichte dazu gelesen.

»Genau. Ein Mittdreißiger, Familienvater, glücklich verheiratet, zwei Kinder im Alter von vier und sechs, fährt ohne erkennbaren Grund als Geisterfahrer auf die Autobahn. Dabei kannte er die Strecke, denn das war sein normaler Arbeitsweg. Er kollidiert mit einem Lkw-Fahrer, der den Zusammenstoß zum Glück einigermaßen unbeschadet übersteht. Von zwei gebrochenen Handgelenken und weiteren, weniger schlimmen Verletzungen abgesehen. Der Speditionskaufmann gibt an, der Fahrer habe den Unfall absichtlich herbeigeführt. So viel haben die Medien herausgefunden und veröffentlicht. Allerdings ist das nicht einmal die Hälfte der Wahrheit.«

Karlsen erzählte in den Folgeminuten, was die zuständige Polizeidienststelle bislang ermittelt hatte. Drosten malte sich vor seinem inneren Auge die Schrecken aus, die die Familie in der Nacht durchgestanden hatte. Es musste ein Albtraum gewesen sein. Trotzdem verstand er nicht, inwiefern die Tat für die KEG eine Rolle spielte.

»Koblenz liegt in Rheinland-Pfalz, an der Grenze zu NRW. Hat der Familienvater die Landesgrenze überfahren?«, vermutete Kraft. »Sind wir deswegen im Spiel?«

Karlsen schüttelte den Kopf. »Schlimmer. Es gab vor ungefähr drei Monaten einen ähnlichen Fall. In Stuttgart.«

Verwirrt runzelte Drosten die Stirn. »Warum stand dazu nichts in den Medien?«

»Weil es seither keine zweite Geisterfahrt gab.« Karlsen schlug einen Aktenordner auf und reichte ihnen kopierte Zeitungsartikel. Drosten überflog die Berichte, in denen zunächst von einem im Badezimmer gefesselten Mann die Rede war, dessen Frau und Tochter mit Kopfschüssen hingerichtet worden waren. Angeblich von einem Einbrecher. Doch nach wenigen Tagen stand der Ehemann und Vater unter Verdacht.

»Der Prozess gegen ihn beginnt schon in einigen Wochen. Ich hatte Kontakt zum zuständigen Staatsanwalt Skibbe. Der ist nicht sonderlich begeistert. Er hält den Ehemann Konrad Graf für einen zweifachen Mörder.«

»Die arme Sau!«, brummte Sommer. »Falls er unschuldig ist.«

»Genau das müssen wir herausfinden. Die Vorgänge haben ein sehr medienträchtiges Potenzial. Leider. Die Koblenzer Kollegen haben eine Nachrichtensperre verhängt. Kein kluger Schachzug, wenn Sie mich fragen. Aber nicht mehr zu ändern. Ich habe dem zuständigen Präsidium bereits mitgeteilt, dass Sie gegen Mittag eintreffen. Ich hoffe, Sie verzeihen mir das.«

Sommer schnaubte. »Das wird meine Frau Jennifer freuen. Wir hatten andere Pläne.«

»Verständigen Sie Ihre Familien. Von Koblenz schicke ich Sie direkt weiter nach Stuttgart. Es wird mehr als ein Tagesausflug. Sie sollten sich vor Ort ein Bild verschaffen. Einen Mörder, der Ehemänner vor eine schreckliche Wahl stellt, müssen wir stoppen. Bevor die Boulevardblätter das ganze Land in Panik versetzen.«

***

Am späten Mittag trafen die KEG-Mitglieder in der Kriminalinspektion ein. Insgesamt verfügte Koblenz über sechs Fachkommissariate, von denen das sogenannte K1 Ermittlungen in Todesfällen übernahm.

Hauptkommissar Stüber begrüßte die KEG-Polizisten am Empfang und führte sie in sein Büro. Dort wartete eine mehrere Jahre jüngere Polizistin, die Stüber als Oberkommissarin Traner vorstellte.

»Wir sind nur einen Fußmarsch von der Mosel entfernt«, sagte Stüber. »Falls Sie im Laufe der nächsten Stunden Bedarf an frischer Luft haben, könnten wir gern dorthin spazieren. Aber erst einmal wollen Sie wahrscheinlich die knallharten Fakten hören.«

An der Art des Koblenzer Hauptkommissars erkannte Drosten gleich, dass der Mann für eine

Zusammenarbeit aufgeschlossen war. Ein wichtiger Pluspunkt.

Stüber und Traner wechselten sich als gut eingespieltes Team bei der Präsentation der Fakten und Zeugenaussagen ab. Besonders interessant war, dass der Täter den Ehemann eines Seitensprungs bezichtigt hatte. Der in Stuttgart Inhaftierte hatte nichts dergleichen berichtet.

»Frau Kleefisch und die Kinder sind bei ihren Eltern untergekommen. Sie stehen unter Schock und werden psychologisch betreut.«

»Gibt es trotzdem die Möglichkeit, mit ihnen zu sprechen?«, fragte Kraft.

»Wir haben Ihren Besuch angekündigt. Der Psychiater bittet lediglich darum, seine Patientin nicht länger als eine Viertelstunde zu befragen.«

»Das ist nicht viel Zeit.«

Martina Kleefischs Eltern lebten auf einem weitläufigen Hof, ein paar Kilometer außerhalb von Koblenz. Sie besaßen Pferdeställe, Kühe grasten auf Weideland, außerdem liefen Hühner frei herum. Das Hauptgebäude maß vermutlich über vierhundert Quadratmeter.

Aufgrund des äußerlichen Eindrucks vermutete Drosten, dass ihnen ein Angestellter die Tür öffnen würde. Doch Hauptkommissar Stüber begrüßte die Frau, die ihnen öffnete, mit dem Geburtsnamen der Tochter.

»Frau Schiffer, das sind Kollegen aus Wiesbaden, die eine Querverbindung zu anderen Verbrechen untersuchen«, stellte er sie vor. »Ist Ihre Tochter zu sprechen?«

»Ja, kommen Sie.«

Frau Schiffer führte sie an diversen Zimmern vorbei, bis sie an einer Doppelflügeltür stehenblieb und sanft an das weiße Holz klopfte.

»Herein«, erklang eine matte Stimme.

Frau Schiffer öffnete die Tür. »Schatz, hier sind Damen und Herren von der Kriminalpolizei. Fühlst du dich dafür stark genug?«

»Ja«, antwortete sie. »Kümmerst du dich darum, dass Emma und Elias nichts mitbekommen?«

»Mache ich.« Die Hausherrin zog sich zurück.

Drosten stellte sich und seine Partner vor. Obwohl er wusste, wie knapp ihre Zeit bemessen war, führte er ausführlich aus, warum eine bundesweit tätige Behörde in die Ermittlungen einbezogen war.

»Ich war die ganze Zeit unsicher, ob die Zeitungsartikel, die er uns gezeigt hatte, wirklich mit ihm in Verbindung standen.«

»Genau das versuchen wir herauszufinden«, sagte Kraft.

»Ich möchte mit Ihnen über die spanische Frau sprechen, die der Mörder erwähnt hat. Sie hat in einem Hotel als Masseurin gearbeitet?«

Frau Kleefisch nickte. »Wir waren vor zwei Jahren in dem Hotel auf Mallorca. Haben es uns gut gehen lassen. Michael hat sich von dieser Bitch massieren lassen. Als wir uns gestern früh voneinander verabschieden mussten, hat er mir gestanden, dass sie ihm ein unmoralisches Angebot gemacht hat. Aber er ist nicht darauf eingegangen.« Tränen liefen ihr die Wangen hinab. »Wissen Sie, was ich schlimm finde? Ich fürchte, Michael hat geglaubt, ich hätte an seiner Treue gezweifelt. Hoffentlich ist er nicht mit diesem Gedanken in den Tod gegangen.« Es dauerte eine Weile, bis sie sich wieder beruhigt hatte.

»Hat der Täter nur den Vornamen der Spanierin genannt?«, fragte Drosten. »Oder kennen Sie den Nachnamen?«

»Nein. Adriana. Das ist alles, was ich weiß.«

»Was ist passiert, nachdem Ihr Mann aufgebrochen ist?«

»Irgendwann habe ich die zufallende Haustür gehört. Danach stundenlang nichts. Bis Sie gekommen sind.« Dankbar schaute sie zu Stüber und Traner.

»Er hatte davon gesprochen, dass er einen Livestream der Todesfahrt überwachen würde. Hat er dazu mehr erwähnt? Zum Beispiel die Plattform?«

»Ich meine, er hätte Facebook gesagt.« Sie zuckte unsicher die Achseln.

»Wir stehen im Kontakt mit Facebook«, erklärte Stüber. »Die Untersuchung ist bislang ohne Ergebnis. Ein Live-Video ist im Anschluss nur dauerhaft verfügbar, wenn es jemand nach Beendigung der Übertragung postet. Ich schätze, darauf hat der Täter verzichtet.«

»Wissen Sie, was mir bei dem Mörder die ganze Nacht durch den Kopf ging?«, fragte Martina Kleefisch.

»Ich hatte den Eindruck, er verfolgt eine Mission. Als sie beendet war, ist er einfach wie ein Geist verschwunden.«

Drosten dachte über die Worte der Witwe nach. Hatten sie es mit einem Mörder auf Rachefeldzug zu tun? Solche Täter waren besonders gefährlich – das hatte ihn die Vergangenheit schmerzlich gelehrt.

***

Am späten Nachmittag beratschlagten sich die Polizisten über ihr weiteres Vorgehen. Sie hatten den Namen des mallorquinischen Hotels, allerdings kein Foto der Spanierin. Auf keinem der Bilder, die es von dem Hotel im Internet gab, hatte Frau Kleefisch die Masseurin erkannt.

»Momentan kommen zwei Varianten in Betracht«, sagte Sommer. »Entweder hat derselbe Täter in Stuttgart wie bei Ihnen zugeschlagen, und die Ehemänner haben unterschiedliche Entscheidungen getroffen.«

Stüber nickte zustimmend.

»Oder Ihr Täter hat von dem Fall gelesen und sich inspirieren lassen«, fuhr Kraft fort. »Bei dieser Variante müsste es hier Spuren geben.«

»Lassen Sie uns weiter eng in Verbindung bleiben«, schlug Drosten vor. »Wir fahren noch heute Abend nach Stuttgart, um morgen früh mit dem zuständigen Kriminalkommissariat und dem Staatsanwalt Rücksprache zu halten. Der inhaftierte Mann hat in den Vernehmungen nie etwas von einem Seitensprung in

Spanien erwähnt. Mich interessiert der Grund dafür. Ich will ihn sprechen.«

»Falls der Staatsanwalt das zulässt«, schränkte Sommer ein.

»Warum sollte er nicht?«, fragte Stüber.

»Leider begrüßt uns nicht jeder so kooperationswillig wie Sie«, erklärte Drosten.

Er stand auf und schüttelte den Koblenzer Polizisten die Hand. Sommer und Kraft folgten seinem Beispiel. Ihnen stand eine knapp dreihundert Kilometer lange Fahrt bevor. Zum Glück konnte sich Drosten währenddessen entspannen, denn seine beiden Kollegen genossen es, hinterm Steuer zu sitzen, und wechselten sich ab. Er hingegen legte darauf keinen Wert. Stattdessen würde er während der Fahrt aus dem Fenster schauen und nachdenken. Über die Fakten des Falls, aber auch über Melanies Verschlossenheit.

5

Pünktlich wie vereinbart klopfte Drosten um halb zehn an die Bürotür des zuständigen Stuttgarter Hauptkommissars.

»Herein«, erschallte es aus dem Inneren.

Drosten öffnete die Tür. Hinter einem altmodischen Schreibtisch, der aus den Sechzigern zu stammen schien, saß ein Mann, der ungefähr Drostens Alter hatte.

»Die KEG ist eingetroffen«, begrüßte er seine Gäste ohne Anflug eines Lächelns.

»Hauptkommissar Fontane?«, vergewisserte sich Drosten.

»Das bin ich. Frank Fontane. Nicht verwandt mit dem deutschen Schriftsteller Theodor. Kennen Sie seine Werke? Ich habe sie mir erspart.« Zum ersten Mal lächelte der vollbärtige Mann. Er erhob sich vom Stuhl und reichte ihnen nacheinander die Hand. »Der zuständige Staatsanwalt Skibbe verspätet sich leider ein wenig. Er hat darum gebeten, dass wir nicht ohne ihn anfangen. Ein Wunsch, den ich ihm nicht abschlagen konnte. Ich führe Sie in den Besprechungsraum.«

Er ging durch den langen, engen Flur voraus, blieb schließlich an einer Glastür stehen und öffnete sie.

»Setzen Sie sich«, bat er.

Drosten betrat den Raum zuerst. Er entdeckte nirgendwo Getränke oder eine Kleinigkeit zum Essen.

»Sobald Staatsanwalt Skibbe eingetroffen ist, komme ich zu Ihnen. Bis gleich.«

»Ich habe gedacht, Schwaben sind gastfreundliche Zeitgenossen«, sagte Kraft eine Viertelstunde später genervt. »Er hätte uns wenigstens Wasser anbieten können.« Sie erhob sich und öffnete eines der drei Fenster, um Luft in den stickigen Raum zu lassen.

»Das ist der schwäbischen Sparsamkeit geschuldet«, vermutete Sommer. »Warum Wasser an unerwünschte Besucher verschwenden?«

Nach fünf weiteren zähen Minuten kehrte Fontane zurück, einen Mittdreißiger im Schlepptau. Der Mann trug einen gut sitzenden Anzug, sein dunkelblondes Haar war akkurat kurz geschnitten. Drosten bemerkte die schwarzen Knöpfe in der Umschlagmanschette seines weißen Hemdes.

»Hallo«, begrüßte er die Gäste. »Entschuldigen Sie meine Verspätung. Ich bin der zuständige Staatsanwalt Ludger Skibbe. Der Prozess gegen Konrad Graf steht kurz vor der Eröffnung, weswegen ich diverse

Verpflichtungen habe. Da ist es ungünstig, wenn Sie hier Unruhe stiften.«

Er setzte sich. Im gleichen Moment erhob sich Sommer. Drosten ahnte, was nun passieren würde. Normalerweise hätte er versucht, seinen Kollegen zu zügeln, doch die Art, wie die Stuttgarter sie behandelten, war nicht in Ordnung.

»Über Ihr Verhalten muss ich mich sehr wundern«, sagte Sommer mit schneidender Stimme. »Nicht nur, dass Sie uns unverschämt lange warten lassen. Nein, Sie bieten uns nicht einmal etwas zu trinken an. Geht es noch unkollegialer? Und dann Ihre Wortwahl, Herr Staatsanwalt. Sie wollen also lieber einen Prozess verlieren, statt vorab wichtige Hintergründe zu ermitteln? Um *Unruhe* zu vermeiden? Ist das Ihre Berufsauffassung?«

»Wie reden Sie mit mir?«, fragte Skibbe, der sich ebenfalls wieder erhob.

»So, wie Sie es bei Ihrem flegelhaften Auftreten verdienen«, entgegnete Kraft. »Und jetzt setzen wir uns alle. Ich würde mich übrigens sehr über ein kaltes Wasser freuen.« Ihre ruhige weibliche Stimme kühlte die testosterongeschwängerte Luft herunter.

»Entschuldigen Sie. Das war mein Versäumnis«, murmelte Fontane. »Zu meiner Verteidigung kann ich nur anführen, dass ich deutlich früher mit Herrn Skibbe gerechnet habe.«

Fünf Minuten später hatte Fontane alle Anwesenden mit Wasser versorgt und ihnen einen Überblick über die letzten Wochen gegeben.

»Als wir von den Nachbarn hörten, dass das Ehepaar sich oft laut gestritten hat, wurden wir hellhörig«, erklärte Fontane. »Im Haus der Familie Graf fanden wir keine Einbruchsspuren. Herr Graf war mit einer Hand an die Badheizung gekettet. Allerdings hätte er sich auch selbst daran fesseln können.«

»Hatte er Schmauchspuren an den Händen?«, fragte Drosten.

»Nein«, bekannte Staatsanwalt Skibbe. »Wir vermuten, er hat bei der Hinrichtung einen Handschuh getragen, wahrscheinlich sogar andere Kleidung.«

»Aber Sie haben nie einen Handschuh gefunden?«, vergewisserte sich Sommer.

Skibbe schüttelte den Kopf.

Drosten runzelte die Stirn. »Also ein reiner Indizienprozess.«

»Ein maskierter Einbrecher stellt Graf vor die Wahl, als Selbstmörder zu sterben oder seine Familie zu opfern?« Skibbe schnaubte verächtlich. »Glauben Sie ihm das?«

»Nach den Ereignissen in Koblenz spricht ja einiges dafür«, entgegnete Sommer.

»Oder Sie haben es mit einem perfiden Nachahmungstäter zu tun«, brachte Fontane eine Variante ins Spiel.

Drosten nickte. »Nicht auszuschließen. Jedoch erwähnt kein Artikel, wann der Unbekannte ins Haus eingebrochen ist. Das geschah bei beiden Familien zwischen Mitternacht und ein Uhr. Außerdem verlangte der Einbrecher jeweils zu Beginn des Berufsverkehrs eine Entscheidung.«

»Ihr Täter hätte sich die Informationen aus den Zeitungsartikeln zusammenklauben können«, sagte Skibbe. »Sie dürfen eins nicht vergessen. Die Grafs wurden angeblich im Schlafzimmer bedroht. Die Familie Kleefisch hingegen im Wohnzimmer. Das ist ein Unterschied. Der nach Nachahmungstat klingt.«

»Oder einem leicht veränderten Vorgehen des Täters«, meinte Kraft. »Lernkurveneffekt. Vielleicht hielt er das Schlafzimmer für suboptimal aufgrund seiner Erfahrungen in der ersten Nacht.«

»Fakt ist auch, Graf hat nie erwähnt, dass der Mörder ihn nach einer Spanierin ausgequetscht hat. Das hätte er wohl nicht verschwiegen«, vermutete Fontane.

»Ja«, bestätigte Drosten. »Von all diesen Dingen stört mich das am meisten. Warum schweigt er dazu?«

»Die Antwort ist einfach«, sagte Skibbe großspurig. »Weil er nie danach gefragt worden ist.«

»Wir möchten Herrn Graf sprechen«, bat Drosten den Staatsanwalt. »Noch heute. Können Sie das arrangieren?«

Skibbe presste die Lippen zusammen. Er zögerte den unvermeidlichen Moment hinaus. »Ja. Allerdings wird das ein paar Stunden dauern. Wir müssen in der JVA ein Vernehmungszimmer herrichten und außerdem Herrn Grafs Anwalt Bescheid geben. Der

Inhaftierte spricht nämlich nicht ohne anwaltlichen Beistand mit uns.«

»Kein Problem«, erwiderte Drosten. »Bis dahin könnten Sie uns einen Gefallen tun. Hat einer der Grafs einen Account in den sozialen Medien?«

»Frau Graf nutzte Instagram«, erklärte Hauptkommissar Fontane. »Sogar recht regelmäßig aufgrund ihres Jobs. Sie war bis zu ihrem Tod freiberufliche Fotografin.«

»Wunderbar«, sagte Drosten. »Können Sie mir die Zugangsdaten zur Verfügung stellen?«

»Ich sage der Technik Bescheid«, versprach Fontane.

***

Knapp drei Stunden später erwies sich Drostens Verdacht als richtig. Zufrieden schaute er auf die Urlaubsfotos, die Conny Graf zwei Jahre zuvor gepostet hatte. Sie hatte als freiberufliche Fotografin hauptsächlich Instagram genutzt, um eine Auswahl ihrer Bilder zu posten. Im Frühling des vorletzten Jahres hatte sie gemeinsam mit Ehemann und Tochter im selben Hotel auf Mallorca Urlaub gemacht wie Familie Kleefisch. Allerdings wenige Wochen früher. Trotzdem zeigte diese Tatsache eindeutig, dass es zwischen den Fällen einen Zusammenhang gab. Wieso hatte Graf in seinen Aussagen nie angegeben, dass ihn der Maskierte nach einer spanischen Masseurin befragt hatte?

***

Um fünfzehn Uhr betraten die KEG-Mitglieder zusammen mit Staatsanwalt Skibbe und Hauptkommissar Fontane den größten Besprechungsraum der JVA Stuttgart. Dort wartete bereits Grafs Anwalt Enrico Frohmann auf sie.

»Wow«, sagte der dunkelhaarige Mann. »Da haben Sie mich schön in die Irre geführt, Herr Skibbe. Nach Ihrem Anruf habe ich geglaubt, dass *ein* auswärtiger Polizist meinen Mandanten sprechen will. Nicht drei.« Der Anwalt sprach mit leicht südländischem Akzent. Setzte er den bewusst ein, um sich einen italienischen Touch zu verleihen? Je nach Klientel könnte ihm das Vorteile verschaffen. »Was wollen Sie von meinem Mandanten?«

»Wir ermitteln bezüglich einer Nachahmungstat«, behauptete Drosten.

»Ein weiteres Familiendrama. Hier in Stuttgart?«

»In einem anderen Bundesland. Deswegen wurde unsere Behörde hinzugezogen.«

Bevor der Anwalt nach weiteren Einzelheiten fragen konnte, öffnete sich die Tür zum Besprechungsraum. Ein Justizvollzugsbeamter führte einen Mann in Handschellen herein. Drosten hatte schon Bilder von ihm gesehen, daher fiel ihm der eklatante Unterschied gleich auf. Der ehemals leicht übergewichtige Enddreißiger war im Gefängnis abgemagert. Mindestens zehn bis fünfzehn Kilo hatte der Mann verloren. Seine Wangen wirkten eingefallen, seine Gesichtsfarbe fahl.

Verwirrt schaute er die fremden Polizisten an. »Was soll der Auflauf?«, fragte er mit leiser Stimme.

»Nehmen Sie meinem Mandanten die Handfesseln ab.«

Der Beamte vergewisserte sich bei Staatsanwalt Skibbe, bevor er dem Wunsch nachkam.

»Setzen Sie sich«, sagte Frohmann. »Die Herren sind von einer bundesweit tätigen Behörde und ermitteln im Rahmen einer Nachahmungstat.«

Langsam nahm Graf Platz. Er suchte Sommers Blick. »Ein Nachahmer? Was ist passiert? Vielleicht war es derselbe Hurensohn wie bei mir.«

»Natürlich ermitteln wir auch in diese Richtung«, beteuerte Drosten, was ihm Grafs Aufmerksamkeit sicherte.

»Was ist passiert?«

Drosten nannte ein paar grundlegende Details des Koblenzer Falls – inklusive der Entscheidung, die Michael Kleefisch getroffen hatte.

Skibbe verzog den Mund. Der Staatsanwalt ahnte offenbar, dass sein Indizienprozess nun schwerer zu gewinnen sein würde. Der Einbruch bei Familie Kleefisch bot Frohmann Munition, um die Anklage zu torpedieren.

»Der Maskierte hat der Familie Zeitungsausschnitte über Ihren Fall vorgelegt. Deswegen glauben wir, dass Sie als Vorbild für seine Nachahmungstat dienten«, brachte sich Sommer ein.

Frohmann schüttelte den Kopf. »Ziehen Sie die Wahrscheinlichkeit, dass es derselbe Täter ist, überhaupt ernsthaft in Betracht?«

»Durchaus«, sagte Sommer. »Deswegen suchen wir ja nach weiteren Parallelen. Herr Graf, Sie waren mehrere Stunden in der Hand des Maskierten. Worüber haben Sie gesprochen?«

»Er wollte immer bloß eine Entscheidung von mir: ich oder meine Familie. Leider habe ich seine Entschlossenheit nicht ernst genommen.«

»Hat er irgendwann erwähnt, wieso Sie in sein Visier geraten sind?«, fragte Kraft.

Der Anwalt runzelte die Stirn. Graf hingegen blickte zu Boden.

»Er hat etwas sehr Privates über Sie gewusst«, mutmaßte Drosten aufgrund der Reaktion des Untersuchungshäftlings. »Was?«

Frohmanns Blick wechselte zwischen Graf und Drosten hin und her. Auch er bemerkte, dass sein Mandant eine Information zurückhielt. »Reden Sie! Ich glaube, das wird uns helfen.«

Graf zögerte. Schluckte. Sein ausgeprägter Adamsapfel bewegte sich. »Der Kerl wusste über einen Seitensprung Bescheid, der fast zwei Jahre zurücklag.«

»Seitensprung mit wem und wann?«, fragte Sommer.

»Im Familienurlaub mit einer spanischen Hotelangestellten. Scheiße! Jetzt ist es raus.«

»Warum haben Sie das vorher nie erwähnt?«, erkundigte sich Frohmann. »Das ist ein wichtiges Detail. Ich hätte das wissen müssen.«

»Seinetwegen.« Graf deutete zu Fontane. »Er hätte das gegen mich verwendet.«

»Eine infame Unterstellung!«, verteidigte sich der Hauptkommissar.

»Erzählen Sie uns davon«, bat Drosten. »Ausführlich.«

Graf berichtete von dem Urlaub und dass er sich am zweiten Tag des zweiwöchigen Aufenthalts habe massieren lassen. »Die Frau war hübsch und hatte kräftige Hände. Ich hatte einen neunzigminütigen Termin gebucht. Während sie mich massierte, unterhielten wir uns. Es war lustig mit ihr. Plötzlich fragte sie mich, ob ich Interesse an weiteren Dienstleistungen hätte. Ich ahnte sofort, was sie meinte. Sie bot es in drei Abstufungen an. Hand. Mund. Alles. Ehrlich gesagt, erwischte sie mich zum richtigen Zeitpunkt. Conny und ich steckten mal wieder in einer sexlosen Phase. Da ich nicht so viel Geld dabeihatte, nahm ich den kleinsten Aufschlag für eine Handentspannung. Eine Woche später wählte ich das komplette Programm. Einerseits habe ich mich mies gefühlt, andererseits großartig. Wir mussten leise sein, damit uns niemand hörte. Na ja. Sie bat mich nach dem ersten Termin um ein gemeinsames Foto. Und dieses Bild hat der kranke Mistkerl aus seinem Rucksack geholt. Er wollte wissen, was ich bei ihr gebucht habe. Ich war so überrumpelt. Er hat es mir sofort angemerkt. Conny auch. Sie war fuchsteufelswild.«

»In jener Nacht?«, vergewisserte sich Kraft.

Graf nickte. »Ehrlich gesagt ...« Unvermittelt brach er ab.

»Reden Sie weiter!«, forderte Drosten ihn auf.

Graf schaute ihm in die Augen. »Ich war davon überzeugt, dass er es nicht durchziehen würde. Warum sollte er Isabel und Conny töten, wenn er sauer auf mich war? Hauptsächlich deswegen habe ich mich entschieden, nicht in den Wagen zu steigen. Aber Connys Reaktion auf meinen Seitensprung war das i-Tüpfelchen.« Er zuckte die Achseln.

»Hat er Sie gefragt, ob Sie Adriana getötet haben?«, fragte Sommer unvermittelt.

»Ist das der Name der Spanierin?«, reagierte Frohmann überrascht.

»Ja, hat er«, flüsterte Graf. »Das war natürlich Quatsch. Wieso hätte ich sie töten sollen? Sie hat mich ja nicht erpresst.«

Frohmann grinste triumphierend. Er zählte zwei und zwei zusammen. »Derselbe Ablauf. Die gleichen Vorwürfe. Geben Sie es zu!«

Drosten ignorierte ihn. »Warum haben Sie das in keiner einzigen Aussage erwähnt?«

»Wie hätte Herr Fontane denn reagiert, wenn ich ihm gesagt hätte, dass ich wegen diesem Mistkerl eines Seitensprungs überführt worden bin?«

»Ich hätte einen wichtigen Ermittlungsansatz gehabt«, sagte Fontane.

»Nein! Sie hätten behauptet, der Streit wegen des Seitensprungs wäre der Auslöser der Tat gewesen. Sie und Ihr Gehilfe haben sich immer nur die Rosinen herausgepickt.« Wütend schaute er Staatsanwalt Skibbe an. »Ihnen ging es nie darum, mir einen fairen Prozess zuzugestehen. Ich bin unschuldig und habe meine Familie verloren. Das sage ich seit zwei Monaten!« Zornig haute er auf den Tisch. »Endlich kommt die Wahrheit ans Licht.« Graf richtete sein Augenmerk auf Frohmann. »Wann komme ich hier raus? Ich ertrage es nicht länger. Ich konnte nie um Isabel und Conny trauern.«

»Ihre Frau hätte sich scheiden lassen«, sagte Skibbe. »Sie feiger Hund. Deswegen haben Sie die beiden geopfert.«

»Herr Staatsanwalt, mäßigen Sie Ihre Wortwahl. Unterstellen Sie meinem Mandanten nichts, was weder strafrechtlich relevant noch beweisbar ist.«

Skibbe sprang auf, eilte zur Tür und verließ den Raum.

»Ich stelle so schnell wie möglich den Antrag, dass man Sie aus der Untersuchungshaft entlässt«, versprach der Anwalt seinem Mandanten. »Hauptkommissar Drosten, ich will alle Einzelheiten über den anderen Fall, damit ich sie dem Richter vortragen kann.«

6

Vor weniger als achtundvierzig Stunden war ihm sein Leben noch nicht so verdammt kompliziert vorgekommen. Ludger Skibbe schaltete den Motor aus, blieb jedoch hinter dem Steuer sitzen. Er nahm die Brille ab, die er nur zum Autofahren benötigte, und rieb sich müde das Gesicht. Sein Ehemann Rüdiger wäre gleich nicht begeistert über seine Verfassung. Vornehmlich jedoch schwirrte Skibbe etwas anderes im Kopf herum. Wie würde Johann Materna auf die neueste Entwicklung reagieren?

Seufzend griff er zur Aktentasche und stieg aus. Von der Tiefgarage des Neubaus gelangte er direkt in die Wohnung, die er und Rüdiger vor zwei Jahren gekauft hatten. Den Zuschlag für das begehrte Penthouse verdankte er nicht zuletzt Materna.

Ludger Skibbe betrat den Fahrstuhl und steckte den Schlüssel ins Schloss. Die Türen glitten lautlos zu, und der Aufzug setzte sich in Bewegung. Die Fahrt endete im vierten Stock im Vorraum zur Maisonettewohnung.

»Schatz, ich bin wieder da«, rief Ludger.

»Wurde ja auch Zeit, Liebling«, erklang Rüdigers Stimme.

Ludgers drei Jahre jüngerer Ehemann kam aus der Küche. Wie angewurzelt blieb er stehen. »Bist du von einer Dampfwalze überfahren worden?«

»So fühle ich mich zumindest.« Skibbe ging zu seinem Mann und begrüßte ihn mit einem flüchtigen Kuss. »Endlich zu Hause. Was für ein beschissener Tag.«

»Erzähl!«

»Gleich. Ich muss erst mal ein unangenehmes Telefonat hinter mich bringen. Dann berichte ich dir alles.«

Ludger ging in sein Arbeitszimmer und schloss die Tür. Schwerfällig setzte er sich auf den Bürostuhl. Er dachte an Johann Materna, Vater der ermordeten Conny Graf, Großvater von Isabel und Konrad Grafs Schwiegervater.

Eigentlich wäre Ludger nicht der zuständige Staatsanwalt gewesen, doch hatte er den Fall Graf aus alter Verbundenheit zu Johann Materna übernommen. Johann war seit der Schulzeit mit Ludgers Vater Wilhelm befreundet gewesen. Nach dem viel zu frühen Tod des Vaters hatte Johann ihn unter seine Fittiche genommen. Der Richter a. D. hatte ihm berufliche Steine aus dem Weg geräumt, sich nie wegen Ludgers Sexualität abfällig geäußert und ihm beim Eigentumserwerb geholfen. Nach der Ermordung von Johanns Tochter und Enkel hatte Ludger seine Chance gesehen, zumindest einen Teil der Schuld abzutragen. Eine schnelle Verurteilung des Mörders hätte Johann Gerechtigkeit verschafft – zumal er und sein Schwiegersohn ihre Probleme miteinander hatten.

Doch nun musste Ludger ihn über eine sehr unangenehme Entwicklung in Kenntnis setzen. Er wählte Johanns Festnetznummer, die er auswendig kannte.

»Hallo, Ludger«, meldete sich der alte Mann nach wenigen Sekunden Freizeichen. »Gibt's Neuigkeiten? Wann startet der Prozess?«

»Guten Abend, Johann. Ich habe leider keine erfreulichen Nachrichten. Grafs Anwalt wird voraussichtlich morgen früh einen Antrag auf Entlassung seines Mandanten aus der U-Haft stellen. Spätestens übermorgen. Ich fürchte, er kommt damit durch.«

Materna keuchte. »Unmöglich! Was ist passiert?«

Skibbe erzählte ausführlich von der Tat in Koblenz und der heutigen Befragung Grafs.

»Und darauf fallt ihr herein?«, schrie Materna. »Das ist ein abgekartetes Spiel. Von langer Hand vorbereitet.«

»Natürlich dehne ich die Untersuchungen in diese Richtungen aus.«

»Es ist offensichtlich. Graf kooperiert mit einem Mörder. Erst tötet der Bastard meine geliebten Conny und Isabel, dann schaltet sein Partner die andere Familie aus.«

Skibbe hörte wenig überzeugt zu. Hätte in Koblenz ebenfalls der Ehemann überlebt, ergäbe die Variante mehr Sinn.

»Ich weiß genau, was du denkst«, sagte Materna. »Du fragst dich, wieso in Koblenz der Mann gestorben ist. Ein Ablenkungsmanöver. Was denn sonst? Ich wette mit dir, irgendwann überlebt wieder nur der Mann. Dann bekommst du Grafs Partner auf dem Silbertablett serviert.«

»Vielleicht. Aber bis dahin habe ich nicht viel Spielraum. Ich werde gegen eine Haftbeschwerde Einspruch erheben. Trotzdem sehe ich keine Chance auf Erfolg. Konrad kommt morgen frei. Eventuell erst übermorgen. Das solltest du von mir erfahren.«

»Das nach allem, was ich für dich getan habe.«

Unvermittelt hörte Skibbe das Besetztzeichen. Johann hatte sich nicht einmal verabschiedet.

***

Wie so oft saßen Kraft, Drosten und Sommer am Ende eines langen Arbeitstages in einer Hotelbar zusammen, um die Ereignisse zu rekapitulieren. Sie hatten einen Tisch in der hintersten Ecke gefunden, Getränke bestellt und vom Kellner eine kleine Schüssel Erdnüsse serviert bekommen.

Drosten nippte an seinem Weißwein. »Spielen wir die Kooperation zweier Täter durch.«

»Ich halte diese Möglichkeit für unwahrscheinlich«, brummte Sommer.

»Auch für unmöglich?«, fragte Kraft.

Sommer sang den früheren Werbejingle einer japanischen Automarke. »Okay. Konrad Graf kooperiert mit einem anderen Täter. Er tötet Frau und Kind. Die Polizei nimmt ihm die Geschichte nicht ab, weswegen Plan B greift. Der engagierte Killer dringt in Koblenz ein und sorgt so für Grafs Quasi-Alibi.« Er trank einen Schluck Bier. »Graf und der Auftragskiller hätten Familien finden müssen, die zu einem ähnlichen Zeitpunkt im selben Hotel Urlaub gemacht haben. Außerdem idealerweise in einem Haus leben. Ganz schön kompliziert für ein Alibi. Mir fallen Dutzende Möglichkeiten ein, wie man sich leichter von jedem Verdacht reinwaschen kann.«

»Ja.« Kraft nippte an ihrem Pils. »Ist ziemlich weit hergeholt.«

»Was haben denn beide Fälle gemein?«, fragte Drosten und korrigierte sich gleich selbst. »*Wer* ist der gemeinsame Nenner?«

»Adriana«, antwortete Kraft.

»Wir wissen, wo sie zu einem bestimmten Zeitpunkt gearbeitet hat«, sagte Sommer.

»Und wir müssen davon ausgehen, dass sie tot ist«, fügte Drosten hinzu. »Sonst hätte der Maskierte nicht beide Männer gefragt, ob sie Adriana ermordet haben.«

»Sofern das nicht metaphorisch gemeint war«, sagte Kraft. »Ihr wisst schon, Männer, die Frauenseelen töten, weil sie die Frauen sexuell ausbeuten.«

»Wir sollten das Hotel in Spanien kontaktieren. Vielleicht erhalten wir Auskünfte über eine ehemalige Mitarbeiterin namens Adriana«, schlug Drosten vor.

»Spricht einer von euch beiden Spanisch?«, fragte

Kraft.

Die Männer schüttelten die Köpfe.

»Dann könnt ihr verdammt froh sein, mich in eurem Team zu haben«, sagte sie lächelnd.

»Du sprichst Spanisch?«, wunderte sich Drosten. »Wieso?«

»Leistungskurs in der Schule. Ich mag romanische Sprachen und hatte eine tolle Lehrerin. Da ist viel hängen geblieben, zumal ich schon mehrfach Urlaub in Spanien gemacht habe. Sevilla, Madrid, Barcelona. Alles wahnsinnig spannende Städte.«

»Ich wusste, deine Einstellung war kein Fehler«, sagte Drosten. Er schaute auf die Uhr. »Heute ist es allerdings zu spät. Das verschieben wir auf morgen. Jamas!« Er hob sein Glas.

Kraft lachte. »Jamas ist Griechisch, du Fremdsprachengenie.« Auch sie hob ihr Glas. »Salud!«

***

Seine Freilassung war nur eine Frage der Zeit, dennoch war Konrad Graf viel unruhiger als in den vergangenen Wochen. Frohmann hatte ihm angekündigt, entweder morgen oder übermorgen Haftbeschwerde einzulegen. Je nachdem, welcher Richter am betreffenden Tag dafür zuständig wäre. Außerdem wollte der Anwalt die Beschwerde mit Details untermauern, um Graf in jedem Fall aus dem Gefängnis herauszuholen.

Nach Wochen der Niedergeschlagenheit blickte er erstmals optimistisch nach vorn. Graf erinnerte sich an die Nacht, die sein Leben verändert hatte. Der Maskierte vor dem Bett, Connys Vorhaltungen wegen des Seitensprungs. Als hätte sie das überraschen können, so kalt, wie sie sich seit Isabels Geburt verhalten hatte, was seine körperlichen Bedürfnisse betraf. Am frühen Morgen hatte der Einbrecher eine Entscheidung verlangt. Überzeugt davon, dass er bloß pokerte, entschied sich Graf, nicht in den Wagen zu steigen. Der Mann brachte ihn ins Badezimmer und kettete ihn an die Heizung. Plötzlich fielen zwei Schüsse. Panisch hatte Graf an der Handschelle gezerrt. Eine halbe Stunde später waren Polizisten aufgetaucht, denn der Mörder hatte vom Festnetz den Notruf gewählt, ohne sich zu melden.

Anfangs begegneten alle Graf mit Mitgefühl. Freunde und Nachbarn kamen vorbei. Das änderte sich schlagartig, als ihn die Bullen ins Visier nahmen und aufs Präsidium baten.

Graf löste sich aus seinen Erinnerungen und erhob sich von seiner Pritsche. Er ging die drei Schritte zur Tür und wieder zurück. Wie oft hatte er sich verflucht, weil er nicht in den verdammten Wagen gestiegen war. Nicht, um sich zu töten, sondern um die nächste Polizeiwache anzusteuern. So hätte er beweisen können, nicht der Mörder zu sein. Das wäre die richtige Entscheidung gewesen!

Mit jedem Tag in dieser verdammten Zelle hatte er Hoffnung verloren.

Die nun schlagartig zurückgekehrt war. Noch eine Nacht, maximal zwei, dann könnte er wieder im eigenen Bett schlafen. Er war unschuldig, und das Schicksal hatte zu seinen Gunsten eingegriffen.

Graf tigerte durch den Raum. Gerade weil die Freiheit spürbar nah war, bedrückte ihn die Gefangenschaft stärker als in den letzten Tagen. Er traute dem Staatsanwalt oder den Bullen fiese Tricks zu. Schlimmstenfalls könnten sie nachts in seine Zelle eindringen, um ihn zu erledigen. Graf hatte Frohmann seine Ängste geschildert, die der jedoch nicht ernst genommen hatte.

Schließlich fiel Graf erschöpft auf die Pritsche. Er musste sich ablenken, bevor er kurz vor dem Ziel wahnsinnig würde.

Er schloss die Augen und erinnerte sich an Adriana. Ein rassiges Weib. Im Nachhinein hatte er die Begegnung bereut ... Jetzt aber wendete sich alles zum Guten. Natürlich vermisste er Isabel. Trotzdem war er nie ein toller Vater gewesen. Er hatte sich immer auch ein Leben ohne Kinder vorstellen können. Und seine Ehe mit Conny hatte nur noch auf dem Papier bestanden. Sie war diejenige, von deren Geld sie lebten. Er steuerte bloß ein normales Angestelltengehalt bei. Ihre Extrawünsche bezahlten sie mit Connys Vermögen, das sie dem Erbe ihrer Mutter verdankte. Sobald seine Unschuld gerichtlich bewiesen wäre, würde er ein besseres Leben beginnen. Bis dahin musste er geduldig bleiben.

Graf dachte wieder an Adriana. Er hatte im Wartebereich des Hotel-Spas gesessen, als sie zu ihm getreten war. Jung, hübsch und äußerst sympathisch. Während der Massage hatten sie geplaudert und viel gelacht. Sie sprach perfektes Deutsch. Ihre anderen Fähigkeiten waren ebenfalls nicht zu verachten gewesen.

Seine Hand glitt zum Schritt. Er erinnerte sich daran, wie sie ihn angefasst hatte. Ihn innerhalb kürzester Zeit zum Höhepunkt gebracht hatte, ohne auch nur einen Tropfen Öl zu benutzen.

Graf stöhnte leise. Bald würde er seine Freiheit in vollen Zügen genießen. Nachholen, was ihm in den vergangenen Monaten gefehlt hatte. In den letzten Jahren, wenn er an die Zeit seit Isabels Geburt zurückdachte.

7

Zwei Jahre zuvor.

Adriana nutzte den Ausgang des Hotels, der zum Pool führte. Das war der schnellste Weg, um zum Strand zu gelangen. Die Touristen saßen um diese Uhrzeit im Speisesaal oder warteten in der Bar auf den Beginn der Abendunterhaltung. Das ersparte ihr Smalltalk mit Gästen, die sie im Laufe des Tages massiert oder anderweitig beglückt hatte.

Sie spürte den Fünfzig-Euro-Schein in ihrer Hosentasche. Zumindest bildete sie sich das ein. Adriana dachte an den Mann, den sie am frühen Nachmittag verwöhnt hatte. Ganz sicher würde er schweigen – daran zweifelte sie keine Sekunde. Diesbezüglich hatte sie ein absolut zuverlässiges Gespür.

Sie ging am Hotelpool vorbei und betrat den Strand. Um diese Uhrzeit hatte sie ihn fast für sich allein. Sie zog die Schuhe aus und genoss den warmen Sand zwischen den Zehen. Nach einer Weile setzte sie sich hin und betrachtete das Meer. Adriana schloss die Augen. Die sanfte Meeresbrandung klang wie beruhigende Musik.

In drei Jahren würde sie das alles hinter sich lassen. Dann hatte sie für die Fehler der Vergangenheit bezahlt. Noch diese Urlaubssaison, die ja schon im Oktober endete, und zwei weitere Jahre. Ein sehr überschaubarer Zeitraum. Danach wäre sie noch jung genug für einen Neustart.

Wie so oft malte sie sich aus, wohin es sie dann verschlagen würde. Abgesehen von ihrer alten Heimat im Baskenland, die sie nie wieder betreten wollte, stand ihr ganz Spanien offen. Im Prinzip sogar halb Europa. Portugal übte einen nicht zu unterschätzenden Reiz aus. Sie liebte Lissabon. Oder vielleicht besser ...

»Hey!«, riss eine Stimme sie aus den Gedanken.

Adriana öffnete die Augen. In einigen Metern Abstand hatte ein Mann Platz genommen. So leise, dass sie ihn nicht gehört hatte.

»Hi«, sagte sie.

»Wie war dein Tag?«

»Ein weiterer Tag im Touristenparadies«, antwortete sie matt. »Im Gegensatz zu dir muss ich hier arbeiten. Weshalb ich ziemlich müde bin.« Sie stand auf und nahm die Schuhe in die Hand.

Er sprang auf. »Warum ignorierst du mich?«

Sie schaute ihn an, blickte zum Hotel und wieder zu ihm.

»Du kennst meine Situation.«

»Das hast du gar nicht nötig«, sagte er.

Adriana schüttelte den Kopf. »Woher willst du das wissen? Du kennst mich überhaupt nicht. Nur weil wir einmal ...« Sie brach ab, um ihn nicht unnötig zu verletzen. Er war eine Gefahrenquelle. Jemand, der sie beim Management anschwärzen und ihre Pläne ruinieren könnte.

»Warum machst du das?«, fragte er.

»Weil ich die Kohle brauche. Außerdem macht es mir Spaß. Diese Macht zu besitzen. Tut mir leid, dass ich keine Heilige bin.« Adriana wandte sich ab und ging los.

Doch natürlich folgte er ihr. »Ich könnte mich um dich kümmern.«

Sie verharrte und drehte sich zu ihm um. Er stand zwei Schritte entfernt. »Du verlässt also deine Familie? Meinetwegen.«

»Ich würde alles für dich tun.«

»Nach Spanien auswandern?«

»Jederzeit.«

»Um dann was zu machen? Kellnern? Wovon sollten wir leben?«

»Ich würde mich um dich kümmern«, versprach er.

Traurig schüttelte sie den Kopf. »Du bist so naiv. Das alles hätte keine Zukunft. Denk an dich selbst. Mach nicht so dumme Fehler wie ich.«

Erneut ging sie los. Diesmal griff er nach ihrem Arm, um sie aufzuhalten.

»Lass das!«, zischte sie.

»Ich möchte dir einen Ort zeigen. Noch heute Abend. Kommst du mit?«

»Was soll das bringen?«

»Vielleicht änderst du deine Meinung.«

Sie verdrehte die Augen. »Gib mir hundert Euro. Dann kannst du mit mir tun, was du willst.«

Statt der erhofften abschreckenden Wirkung spornten ihn die Worte an. Er zog sein Portemonnaie aus der Hosentasche und reichte ihr zwei Fünfzig-Euro-Scheine. Adriana zögerte. Dann griff sie danach und steckte das Geld in ihre Hosentasche. »Wohin willst du?«

Er zeigte mit dem Arm nach rechts. »Mein Auto steht da vorn.« Er ging los.

Für einen kurzen Moment erwog sie, ihm nicht zu folgen. Das Geld in den Sand zu werfen und in die entgegengesetzte Richtung davonzulaufen. Im schlimmsten Fall noch einmal ins Hotel zurückzukehren, wo er sie garantiert nicht belästigen würde. Schließlich war er kein Hotelgast. Seit seiner Rückkehr aus Deutschland wohnte er in einem kleinen Apartment und fing sie oft abends am Strand ab.

Er warf einen Blick über die Schulter und sah sie fragend an. »Adriana?«

Langsam setzte sie sich in Bewegung.

Sein Auto stand in einer Seitenstraße, die direkt zum Strand führte. Offenbar parkte es noch nicht lange dort, denn die mallorquinische Sonne hatte es nicht aufgeheizt.

Sie stieg ein und legte den Sicherheitsgurt an. »Was willst du mir zeigen?«

»Wenn ich's dir verrate, ist es keine Überraschung.«

Sie wunderte sich über den Klang seiner Stimme. Pures Glück schwang darin mit. Offenbar schien der Ausflug eine große Bedeutung für ihn zu besitzen. Neid kam in ihr auf. Wann hatte sie das letzte Mal wahres Glück empfunden?

Sie erreichten den ersten Kreisverkehr. Wohin waren sie unterwegs? Richtung Alcúdia und dann vielleicht weiter nach Palma? Oder Richtung Manacor?

Er fuhr nach Osten. Wahrscheinlich war sein Ziel ein Strandabschnitt irgendwo zwischen ihrem jetzigen Ort und Cala Millor. Als könnte man eine Spanierin mit einem Strand beeindrucken.

»Du wirst staunen«, versprach er.

Adriana sagte keinen Ton. Wieso war sie überhaupt eingestiegen? Wegen läppischer hundert Euro? Oder war sie neugierig gewesen?

Nach wenigen Minuten erreichten sie die erste Schnellstraße. Er beschleunigte auf knapp einhundert Stundenkilometer. »Wieso bist du so schweigsam?«, fragte er.

Sie antwortete nicht.

»Adriana? Was ist los?«

Befriedigt hörte sie, dass der glückliche Tonfall aus seiner Stimme schwand.

»Du träumst von etwas, das nie passieren wird«, sagte sie kalt.

»Das weißt du gar nicht.«

Adriana lachte abfällig. »Du verplanst mein Leben. Wenn es jemand wissen muss, dann ich.«

»Was heißt das?«, fragte er lauernd.

Sie stöhnte. »Kapierst du es nicht? Das mit uns beiden hat keine Zukunft. Sobald du wieder in Deutschland bist, solltest du mich vergessen.«

»Das kann ich nicht.«

»Du musst!«

»Lieber sterbe ich!«

»So dramatisch.« Sie lachte. »Wir sind nicht Romeo und Julia.«

»Ich meine das ernst!«, schrie er.

Plötzlich steuerte er den Wagen in den Gegenverkehr. Wegen der späten Uhrzeit war die Straße nicht stark befahren, doch in ungefähr vierhundert Metern kam ihnen ein Wagen entgegen. Sie schrie seinen Namen.

»Sag mir, dass du uns eine Chance gibst«, verlangte er.

»Fahr nach rechts!«

»Sag es!«

Sie überlegte fieberhaft. Der entgegenkommende Wagen schien abzubremsen und betätigte wild das Fernlicht.

»Niemals. Ich lasse mich nicht erpressen!« Adriana schloss die Augen.

Sie spürte, wie er kurz darauf die Fahrtrichtung korrigierte. Im nächsten Moment zog ein hupendes Auto an ihnen vorbei. Erst jetzt öffnete sie wieder die Augen und schaute ihn wütend an. Wortlos holte sie die zwei

Geldscheine aus der Tasche, knüllte sie zusammen und warf sie in seinen Fußraum.

»Bring mich sofort nach Hause. Sonst rufe ich die Polizei!«

»Adriana, es tut mir leid. Das war eine Kurzschlussreaktion. Keine Ahnung, was in mich gefahren ist.«

»Nach Hause!«, wiederholte sie. Um ihrer Forderung Nachdruck zu verleihen, holte sie ihr Handy heraus. »Oder willst du wegen Entführung in einem spanischen Gefängnis versauern?«

»Okay. Du hast gewonnen.« Vor der nächsten Abfahrt reduzierte er die Geschwindigkeit. »Wo muss ich lang fahren?«

In den nächsten zwanzig Minuten sagte Adriana nur noch das Nötigste. Er versuchte mehrere Male, sie in ein Gespräch zu verwickeln. Doch außer Fahranweisungen gab sie nichts mehr von sich.

»Da vorne das Haus an der Ecke. Lass mich einfach davor aussteigen.«

»Hier wohnst du also. Gefällt mir.«

»Was kann einem an dieser Gegend gefallen?«

Er bremste den Wagen ab. »Darf ich reinkommen?«

»Du kapierst es nicht.« Ohne ein Wort des Abschieds stieg sie aus und lief auf den Eingang zu. Mit zittrigen Fingern steckte sie den Schlüssel ins Haustürschloss. Im Inneren lehnte sie sich an die Wand, am ganzen Körper zitternd. Was war das eben gewesen? Hätte er sie wirklich umgebracht?

Adriana zwang sich, tief ein- und wieder auszuatmen. So gewann sie die Kontrolle über ihre Körperfunktionen zurück. Als sie sicher war, nicht über die eigenen Füße zu stolpern, betrat sie die erste Stufe.

Sie erreichte die zweite Etage. Eine der Wohnungstüren öffnete sich, und ihr Nachbar Miguel streckte den Kopf heraus.

»Hey, habe ich also richtig gehört«, sagte er auf Spanisch. »Meine Lieblingsnachbarin ist wieder da. Endlich Feierabend!«

»Zum Glück.«

Verwundert schaute er sie an. »Entschuldige, aber du siehst mies aus.«

»War auch ein mieser Tag«, antwortete sie.

»Stress mit dem Chef?«

»Mit den Gästen. Ich geh jetzt nach oben und zieh mir die Decke über den Kopf.«

»Ich habe ein besseres Rezept gegen miese Tage. Eine Flasche Tequila. Bist du dabei?«

Zunächst wollte sie ablehnen. Andererseits hatte sie morgen frei. Wieso also nicht? Miguel kaufte nie billigen Alkohol.

»Gibst du mir eine Stunde? Dann wäre ich eine bessere Gesprächspartnerin.«

Er lächelte. »In einer Stunde bin ich vor deiner Tür. Ich würde dir ja anbieten, dass du zu mir kommst. Aber die Sanierungsarbeiten an meinem Balkon laufen noch. Man kann ihn nach wie vor nicht nutzen.« Er zuckte die Achseln. »In spätestens zwei Stunden hast du gute Laune. Das garantiere ich!«

»Bis gleich!«

Miguel schloss die Wohnungstür, und Adriana setzte den Weg in die oberste Etage fort. Sie betrat ihr Zuhause und öffnete alle Fenster. Müde fiel sie auf die Wohnzimmercouch, wo sie minutenlang reglos sitzenblieb. Dann raffte sie sich auf und schlüpfte aus ihrer Kleidung. Sie erwog, unter die Dusche zu springen, beließ es jedoch bei einer kurzen Wäsche. Aus dem überfüllten Kleiderschrank zog sie ein frisches T-Shirt.

In diesem Moment klopfte es an der Wohnungstür.

Verwirrt runzelte sie die Stirn. Es passte nicht zu Miguel, viel zu früh zu erscheinen. Im Gegenteil. Sprach er von einer Stunde, konnte sie locker mit anderthalb rechnen. Ob ihn ihr Anblick so beunruhigt hatte, dass er sie nicht zu lang allein lassen wollte?

Erneut klopfte es.

»Ich komme«, rief sie. Sie trug nur T-Shirt und Slip. Da er ihr Auftreten nicht falsch verstehen sollte, zog sie einen Rock aus dem Schrank und schlüpfte hinein. Barfuß rannte sie zur Tür und öffnete sie.

Etwas traf sie am Hals. Ein Stromschlag durchzuckte ihren Körper. Adriana verlor das Bewusstsein.

8

Am nächsten Morgen traf sich die KEG zu einer Besprechung mit Hauptkommissar Fontane.

»Laut Staatsanwalt Skibbe hat Grafs Anwalt bei Gericht noch keine Haftbeschwerde eingelegt«, informierte Fontane sie. »Skibbe vermutet, dass das am heute zuständigen Richter Schlick liegt. Der ist ab morgen im Urlaub, dann übernimmt sein Kollege Baumbacher. Richter Schlick hat den Ruf, deutlich härter zu sein. Ich befürchte, beide würden Graf auf freien Fuß setzen.«

»So gewinnen wir wenigstens einen zusätzlichen Tag für die Hintergrundrecherche«, sagte Drosten. »Ich kann mir Schlimmeres vorstellen.«

»Was planen Sie heute?«, wollte Fontane wissen.

Drosten berichtete ihm, welche Gedanken sie sich gestern über den gemeinsamen Nenner der Fälle gemacht hätten. »Wir versuchen, Informationen zu der spanischen Hotelangestellten zusammenzutragen.

Wahrscheinlich müssen wir dafür mit dem Hotel telefonieren. Wenn es einen Mord gab, würden wir die zuständigen spanischen Kollegen kontaktieren.«

»Können Sie einen kleinen Besprechungsraum entbehren?«, fragte Sommer.

Fontane lächelte. »Da habe ich etwas Besseres für Sie.« Über Nacht hatte sich sein Verhalten gegenüber der KEG grundlegend geändert. »Vor zwei Wochen ist ein geschätzter Kollege in den Ruhestand getreten. Wir haben seine Position noch nicht neu besetzt. Wollen Sie sein Büro beschlagnahmen? Es ist für drei Personen ein wenig klein, aber Sie hätten Internet, Telefon, einen Scanner, Drucker und eine Faxmöglichkeit. Einen zweiten und dritten Stuhl würde ich Ihnen besorgen.«

Verena Kraft wählte die Nummer des spanischen Hotels. Rasch nahm jemand das Gespräch an. Die Oberkommissarin stellte sich im fließenden Spanisch vor und fragte, ob ein Verantwortlicher von der Hoteldirektion zu sprechen sei.

»Ich bin die Direktorin«, erwiderte die Gesprächspartnerin im perfekten Deutsch. »Wie kann ich Ihnen helfen?«

Kraft erklärte ihr Anliegen. »Falls unsere Zeugen nicht lügen, muss bei Ihnen vor zwei Jahren eine Mitarbeiterin namens Adriana im Spa-Bereich als Masseurin gearbeitet haben. Stimmt das, und ist sie eventuell irgendwann tot aufgefunden worden?«

Die Hoteldirektorin schwieg eine Weile. Im Hintergrund hörte Kraft jedoch Geräusche, die Leitung war also nicht zusammengebrochen.

»Woher weiß ich, dass ich wirklich mit einer deutschen Polizistin spreche?«, fragte die Direktorin.

»Ich könnte Ihnen eine Kopie meines Dienstausweises faxen.«

»Machen Sie das.«

»Bleiben Sie dran! Wie lautet Ihre Faxnummer?« Kraft notierte sie, stand auf, kopierte ihren Dienstausweis und versandte das Fax. »Ich glaube, sie weiß etwas«, flüsterte Kraft, ehe sie wieder zum Telefon griff. »Das Fax ist unterwegs«, sagte sie in den Hörer.

»Schon eingetroffen. Danke, Frau Oberkommissarin Kraft.«

»Ich hatte den Eindruck, der Name Adriana sagt Ihnen etwas.«

»Das ist richtig. Vor vier, nein, fünf Jahren hatte die Nichte eines Oberkellners bei uns als Masseurin angefangen. Auf seine Empfehlung hin. Sie arbeitete im Spa, da sie eine Ausbildung zur Physiotherapeutin vorweisen konnte. Vor zwei Jahren tauchte sie nicht mehr zu den eingetragenen Schichten auf. Von einem Tag zum anderen. Keine Krankmeldung. Nichts. Ihr Onkel machte sich Sorgen und versuchte, sie zu kontaktieren. Erreichte sie nicht. Er fuhr zu ihrem Wohnhaus und traf einen Nachbarn, dem ihr Verschwinden ebenfalls aufgefallen war. Er erzählte, er sei mit ihr verabredet gewesen, aber sie hätte ihm nicht geöffnet. Schließlich kontaktierte unser Oberkellner die Polizei. Ein

Kommissar erschien hier und erkundigte sich nach ihr. Es folgte ein zweiter Besuch, dann passierte monatelang nichts. Eines Tages, es war schon im neuen Jahr, die Saison hatte bereits begonnen, erfuhren wir von unserem Oberkellner, dass Adrianas Leiche auf Menorca angeschwemmt worden sei. Danach häuften sich die Besuche des Kommissars. Trotzdem wurde nie ein Täter ermittelt. Das hat meinem Oberkellner das Herz gebrochen.« Sie seufzte.

Kraft hatte sich eifrig Notizen gemacht. »Haben Sie den Namen und die Kontaktdaten des spanischen Kommissars greifbar?«

»Die müsste ich suchen. Haben Sie denn eine Spur zum Täter? Sie rufen aus Deutschland an. War es etwa einer unserer Gäste?«

»Wir stehen ganz am Anfang einer Mordserie mit mittlerweile drei Toten.« Sie schilderte knapp einige Details.

»Schrecklich!«

»In den Fällen gibt es eine Gemeinsamkeit. Der noch flüchtige Mörder hat sich bei beiden Familienvätern nach Adriana erkundigt. Außerdem haben die zwei betroffenen Familien in Ihrem Hotel Urlaub gemacht.«

»Wieso fragt ein Mörder nach Adriana?«

»Er hat den Familienvätern vorgeworfen, sie hätten spezielle Dienstleistungen der Masseurin in Anspruch genommen.«

»Dienstleistungen? Was meinen Sie damit? Doch nicht etwa sexueller Natur?«

»Leider ja.« Kraft erklärte, was sie herausgefunden hatten. »Einer der Väter hat es übrigens zugegeben.«

»Wahnsinn. Das hätte ich Adriana nicht zugetraut.«

»Wie ist das überhaupt möglich? Warum ist das nie jemandem aufgefallen?«

Die Hoteldirektorin zögerte »Unser Spa-Bereich ist sehr geräumig. Wir haben zwar auch über zehn Behandlungsräume, aber die sind großzügig angelegt und akustisch gut abgeschirmt. Jemand, der leise ist, würde dabei nicht auffallen.«

»Und die Bezahlung? Ich kenne es aus Urlauben nur so, dass Spa-Behandlungen über die Zimmernummer abgerechnet werden.«

»Das bieten wir unseren Gästen selbstverständlich auch an. Aber sie können die Dienstleistung ebenfalls bar bezahlen. Trotzdem ist Adriana ein großes Risiko eingegangen. Hätte sich ein Gast darüber beschwert, wäre sie umgehend entlassen worden. Letztlich fällt das auf den Ruf unseres Hotels zurück. Sie muss ein gutes Gespür gehabt haben, wem sie das angeboten hat.«

»Haben Sie Bilder von Adriana?«, fragte Kraft. »Wir würden sie gern den betroffenen Familien zeigen.«

»Die kann ich Ihnen faxen.«

»Und die Kontaktdaten des Kommissars bitte auch«, sagte Kraft.

Eine Stunde später fasste Kraft das Gespräch mit dem spanischen Kommissar zusammen, mit dem sie sich in dessen Muttersprache unterhalten hatte.

»Der Kollege war sehr aufgeschlossen. Der ungelöste Mordfall Adriana belastet ihn bis heute. Sie ist im Juni 2017 verschwunden und im Mai des Folgejahres auf Menorca angespült worden. Die mallorquinische Polizei hat davon erst nach ein paar Tagen erfahren. Laut Obduktionsbericht waren ihre Lungen voller Wasser. Das heißt, sie hat noch gelebt, als sie im Meer landete. Letztlich konnte die Polizei nie klären, ob es ein Unfall, Suizid oder ein Mord war. Ihr könnt euch ihren Zustand vorstellen nach so vielen Monaten im Meer.«

»Dann haben wir wohl Glück, dass es sich die spanischen Kollegen nicht leicht gemacht haben und von einem Unfall ausgegangen sind. Wäre ja besser für ihre Statistiken«, stellte Drosten fest.

Kraft nickte. »Der Kommissar hat so etwas angedeutet. Sein Vorgesetzter habe mehrfach darum gebeten, den Vorgang neu zu klassifizieren. Er hat das aber immer abgelehnt.«

»Weswegen?«, fragte Sommer.

»Hauptsächlich wegen der Aussage eines Nachbarn. Miguel Blanco. Er und Adriana hatten sich wohl nach Feierabend zu einer Runde Tequila verabredet. Sie hat erschöpft ausgesehen und ihn um eine Stunde Zeit gebeten. Als er bei ihr vor der Tür stand, hat sie ihm nicht geöffnet. Der Kommissar fragt sich natürlich, wieso sie in einem so kurzen Zeitfenster zum zehn Minuten entfernten Meer gefahren sein soll.«

»Berechtigte Frage«, stimmte Drosten zu. »Wurde der Nachbar als Verdächtiger behandelt? Immerhin hat er Adriana als Letzter lebendig gesehen.«

Kraft nickte. »Es gab keine Anhaltspunkte, dass er in die Tat verwickelt gewesen sein könnte. Er wohnte auch im Jahr nach Adrianas Verschwinden noch immer im selben Mietshaus, ist nie abgehauen. Ein Umstand, der in den Augen der Beamten auf seine Unschuld hinwies.«

»Umso mehr interessierten den Kommissar wahrscheinlich unsere Informationen«, vermutete Sommer.

»Natürlich. Dass hier in Deutschland ein Mörder herumläuft, der andere Männer fragt, ob sie Adriana getötet haben, deutet ja auf einen deutschen Täter hin. Ihren lukrativen Zusatzverdienst fand der Kommissar ebenfalls bemerkenswert. Auch das würde ganz neue Motive liefern.«

»Ein deutscher Urlauber, der ihre Dienste in Anspruch genommen hat und anschließend Angst bekam«, sinnierte Drosten.

»Die spanische Polizei hat übrigens nie Adrianas Instagram-Account geschlossen«, bemerkte Kraft. »Adriana Sanches_91.«

Sommer rief den Account auf. »Wow!«, sagte er. »Das ist mal ein Ansatzpunkt für uns.«

Drosten schaute ihm über die Schulter. Der scrollte unterdessen durch eine Vielzahl von Fotos, die Adriana gepostet hatte. Nicht wenige davon zeigten sie mit Männern.

»Wir müssen mit Frau Kleefisch und Herrn Graf sprechen, ob das die Fotos sind, die ihnen der Maskierte ...«

»Nicht nötig«, sagte Sommer. Er deutete auf einen Schnappschuss, der Adriana und Michael Kleefisch zeigte. Kurz darauf fand er auch das Bild von Herrn Graf und der Masseurin.

»Die Kleefischs und die Grafs haben zwar im gleichen Jahr, aber zu unterschiedlichen Zeitpunkten Urlaub auf Mallorca gemacht«, sagte Drosten. »Vielleicht finden wir anhand der Fotos noch mehr deutsche Familienväter, die Adrians Wunsch nach einem Foto nachgekommen sind.«

»Und somit jetzt potenziell auf einer Todesliste stehen«, führte Sommer den Gedanken zu Ende.

»Das ist eine Heidenarbeit«, gab Kraft zu bedenken.

Drosten sah sie an. »Nicht unbedingt. Das BKA nutzt für solche Aufgaben ausgeklügelte Software. Du gibst ein Bild ein, der Computer sucht weltweit und findet passende Fotos mit denselben Personen. Das funktioniert besonders gut, wenn nur eine oder maximal zwei Personen darauf abgebildet sind.«

»So wie bei uns«, sagte Kraft lächelnd. »Was das BKA alles kann.«

»Ach, du willst gar nicht wissen, wie es um die Möglichkeiten des BND bestellt ist«, erwiderte Drosten. »Die haben die wirklich erschreckenden Programme. Das BKA macht ja im Prinzip nur eine erweiterte Bildersuche, wie sie sogar Google anbietet.«

Er griff zum Handy und wählte die Nummer seiner Kontaktperson. Im Laufe des Gesprächs nannte er Adrianas Account und beschränkte die Suche auf die Jahre 2017 und 2016. Mit einem Lächeln beendete Drosten das Telefonat.
»Wir müssen uns zwar ein bisschen gedulden, aber in spätestens zwei Tagen haben wir die ersten Ergebnisse vorliegen. Bis dahin könnten wir noch einmal Graf unter die Lupe nehmen. Wieso ist er der erste Mann, den sich der Täter vornimmt? Zufall oder gab es dafür einen triftigen Grund?«

9

Johann Materna wartete den ganzen Tag auf einen Anruf Skibbes. Offenbar traute sich Ludger nicht, ihm weitere unangenehme Neuigkeiten mitzuteilen. Das hätte er nicht von ihm erwartet. Sein Vater würde sich wegen seines feigen Sohnes im Grabe umdrehen.

Um neunzehn Uhr hielt es Materna nicht mehr aus und griff zum Handy. Erinnerungen an Conny stiegen in ihm auf. Sie hatte ihm das Telefon zum letzten Weihnachtsfest geschenkt und über die Feiertage vollständig eingerichtet. In den Wochen danach hatte sie jede seiner Bedienungsfragen geduldig beantwortet. Er schluchzte verzweifelt. Nach dem Tod seiner geliebten Ehefrau vor sieben Jahren hatte ihm Conny viel Kraft gegeben. Durch die Geburt der Enkeltochter hatte er optimistischer in die Zukunft geschaut. Martha fehlte ihm schrecklich, trotzdem konnte er wieder lachen und sich am Leben erfreuen.

Bis zu jenem Vormittag, als die Polizei vor seiner

Haustür gestanden hatte. Zum zweiten Mal brach seine Lebensfreude wie ein Kartenhaus im Wind zusammen. Zwei Tage lang hatte er in einem Dämmerzustand verbracht und nichts verstanden. Warum waren Conny und Isabel gestorben, wieso hatte der Mörder Konrad verschont? Schon die ersten Einzelheiten machten ihn stutzig. Konrad hätte sich auch für den Tod entscheiden können und hatte stattdessen Conny und Isabel geopfert? Wie konnte ein treusorgender Ehemann eine solche Wahl treffen? Je länger die Ermittlungen andauerten, desto schlimmer wurden die Nachrichten. Die Polizei verhaftete Konrad, und irgendwann informierte ihn Ludger Skibbe persönlich, dass er als verantwortlicher Staatsanwalt Mordanklage erhob. Diese Entwicklung hatte neuen Lebensmut in ihm geweckt. Er würde nicht eher sterben, bis Konrad seine lebenslängliche Strafe antrat und alle Rechtsmittel ausgeschöpft waren.

Seit gestern befürchtete er, dass dieser Augenblick niemals eintreten würde. Wie konnte das sein? Sein Schwiegersohn war schuldig – daran bestand für ihn nicht der Hauch eines Zweifels.

Er wählte Ludger Skibbes Telefonnummer.

»Hallo, Johann«, begrüßte der ihn.

»Ludger, ich habe den ganzen Tag auf einen Anruf gewartet.«

»Entschuldige. Ich sitze noch am Schreibtisch und sammle Argumente gegen die Haftbeschwerde.«

»Hat der Anwalt sie noch nicht eingereicht?«

»Ich rechne morgen damit. Heute wäre Richter

Schlick zuständig gewesen. Morgen übernimmt Baumbacher.«

Materna lachte freudlos. »Diese feigen Anwälte. Baumbacher? Ausgerechnet!«

»Ich weiß.«

»Wie sind deine Chancen, das abzuschmettern?«

Ludger zögerte. »Schlecht. Dieser zweite, ähnlich gelagerte Fall weckt Zweifel an Grafs Schuld.«

»Zweifel?«, schrie Materna. »Er hat meine Tochter und mein Enkelkind getötet. So oder so.«

»Ich weiß. Den Prozess ziehe ich durch. Aber morgen geht es zunächst einmal um die Fortsetzung der Untersuchungshaft. Der Anwalt wird argumentieren, dass die lange Haftzeit aufgrund der bestehenden Zwei..., äh, Ausgangslage unverhältnismäßig sei.«

»Du enttäuschst mich.«

»Johann, ich versichere dir, ich setze alles daran, dass dein Schwiegersohn für seine Taten bezahlen muss.«

»Guten Abend, Ludger. Grüß deinen Ehemann von mir.« Materna beendete das Gespräch.

Was sollte er jetzt tun? Baumbacher war ein liberaler Richter. Könnte Johann ihn um diesen Gefallen bitten, oder würde er ihn pikiert ablehnen?

Er scrollte durch seine Telefonkontakte. Beim ersten Durchgang übersah er die Nummer und fürchtete bereits, sie nach der Pensionierung gelöscht zu haben. Dann bemerkte er, dass er alle Richterkollegen unter dem Vornamen abgespeichert hatte. Zögerlich drückte er das Anrufsymbol.

»Luisa Baumbacher«, meldete sich nach einer Weile die Ehefrau des Richters.

»Hallo, Frau Baumbacher. Hier spricht Johann Materna. Ist Ihr Mann Klaus zu sprechen?«

»Kleinen Moment.«

Tatsächlich dauerte es nicht lange, bis der Richter am Telefon war. »Johann? Guten Abend! Wie komme ich zu der seltenen Ehre?«

Materna erwog, direkt mit der Tür ins Haus zu fallen, entschied sich jedoch für den freundlicher anmutenden Weg. Sie plauderten miteinander und sprachen dabei nicht zuletzt über das alljährliche Skatturnier, das die in Stuttgart tätigen Richter in wenigen Wochen veranstalten würden. Materna hatte zwar die letzten Jahre gefehlt, würde aber dieses Mal wieder teilnehmen – falls noch ein Platz frei sei.

»Wundervoll«, sagte Baumbacher. »Ich kümmere mich morgen darum, dass du berücksichtigt wirst.«

»Danke!« Materna räusperte sich. »Es gibt noch eine Sache, um die ich dich bitten möchte.«

»Leg los!«

»Morgen wird der Anwalt meines Schwiegersohnes Konrad Graf Haftbeschwerde einlegen. Du weißt ja, Konrad hat meine Tochter Conny und meine Enkelin ...«

»Ich hoffe nicht, dass du hauptsächlich deswegen angerufen hast«, unterbrach ihn Baumbacher. Schlagartig wurde seine Stimme kühler.

»Klaus! Konrad ist schuldig ...«

»Johann, das enttäuscht mich. Du weißt, ich

entscheide streng nach Aktenlage. Nicht nach persönlichen Vorbehalten gegen einen Angeklagten.«

»Isabel war fünf!«

»Ich wünsche dir einen schönen Abend. Falls das mit dem Skatturnier kein billiger Vorwand war, freue ich mich, dich dort zu sehen.«

»Das war kein Vorwand«, behauptete Materna mit schwacher Stimme.

Baumbacher beendete das Telefonat.

Zwanzig Minuten später saß Johann Materna vor einem wärmenden Kaminfeuer und starrte in die lodernden Flammen. Das Prasseln des Feuers half ihm, die Gedanken zu fokussieren.

An Konrads Entlassung aus der Untersuchungshaft bestand kein Zweifel. Der Anruf bei Baumbacher war in dieser Hinsicht kontraproduktiv gewesen. Wo würde sein Schwiegersohn unterkommen? Das Haus, in dem Conny, Isabel und er gelebt hatten, gehörte Johann. Er hatte es seiner Tochter mietfrei zur Verfügung gestellt.

Würde es der feige Hund wagen, dorthin zurückzukehren? Oder besaß er zumindest so viel Anstand, in ein Hotel zu ziehen?

Seit der schrecklichen Nacht hatte Johann das Haus nur einmal betreten, um Kleidungsstücke für die Beerdigung auszuwählen. Er hatte alles unverändert gelassen, falls es im Prozess zu einem Ortstermin gekommen wäre. Zu Konrads persönlichen Gegenständen, die in der JVA für ihn aufbewahrt wurden, gehörte vermutlich dessen Haustürschlüssel. Da sein Schwiegersohn geizig war, würde er garantiert ins Haus zurückkehren. Konnte Johann das ausnutzen, um für Gerechtigkeit zu sorgen? Er besaß nicht nur einen Schlüssel, sondern lagerte als Jäger auch Gewehre in seinem Waffenschrank. Mit der vorhandenen Schrotmunition könnte er einen Menschen töten.

Materna schloss die Augen. Er stellte sich vor, wie er im Haus auf einem Stuhl mit angelegter Waffe warten würde. Sobald sein Schwiegersohn einträte, würde er erbarmungslos abdrücken. Selbstjustiz üben. Für Gerechtigkeit sorgen.

Was danach mit ihm passieren würde, war ihm egal. Er hatte die Menschen verloren, die er geliebt hatte. Martha, Conny, Isabel.

Es gab nichts mehr, wofür es sich zu leben lohnte.

Nichts, außer dem Wunsch nach Gerechtigkeit. Das hatte ihn schon im Berufsleben angetrieben und würde ihn auch an seinem letzten Tag antreiben. Danach könnte er sich selbst richten oder die Strafverfolgungsbehörden ihre Arbeit machen lassen. Ihm wäre es egal.

***

Ein weiterer Tag im Gefängnis für Graf. Sein Anwalt Frohmann hatte ihm genau erklärt, warum es sinnvoll war, vierundzwanzig Stunden zu warten.

Trotzdem schien sich die Zeit endlos zu dehnen. Zumal der Anwalt auch schlechte Nachrichten überbracht hatte. Graf war davon ausgegangen, dass die Anklage gegen ihn mit der Entlassung aus der Untersuchungshaft automatisch hinfällig wäre. Frohmann hatte ihn jedoch aufgeklärt, dass es dafür keine Garantie gäbe. Die Staatsanwaltschaft könnte es auf den Prozess anlegen, womit er der Willkür des Gerichts ausgeliefert wäre. Als unschuldiger Mann!

Um die deprimierende Aussicht zu verdrängen, dachte er an seine nähere Zukunft. Bis zu Connys Tod hatte er dank ihres wohlhabenden Elternhauses ein sorgenfreies Leben geführt. Sein Gehalt als Angestellter mit wenigen Führungsaufgaben hatte ausgereicht. Sie lebten mietfrei, Conny hatte ein gefülltes Bankkonto und verdiente als freiberufliche Fotografin in guten Monaten genauso viel wie er.

Damit war es nun vorbei. Vielleicht könnte er seinen alten Job wieder antreten – falls er sich die misstrauischen Blicke seiner Kollegen antun wollte.

Wahrscheinlicher war es jedoch, dass er von seinem Arbeitgeber eine großzügige Abfindung erhielte und dafür auf die Rückkehr an den Arbeitsplatz verzichtete.

Und dann?

Entscheidend wäre Johanns Reaktion. Das Haus gehörte Connys Vater, und wahrscheinlich hatte er in den letzten Monaten auch die Vermögensverwaltung übernommen.

Wie würde sein Schwiegervater auf die Freilassung reagieren? Vermutlich würde Graf viel Überzeugungsarbeit leisten müssen, um das Portemonnaie des alten

Mannes offenzuhalten. Denn obwohl er unschuldig war, hätte er den Tod der Tochter und des Enkels verhindern können. Er musste also Johann begreiflich machen, dass er von einem Bluff des Maskierten ausgegangen war.

Falls das nicht reichte, hatte er einen Plan B in der Hinterhand. Conny und er hatten Risikolebensversicherungen abgeschlossen und den jeweils anderen als Begünstigten eingetragen. Eine Viertelmillion. Sobald restlos aufgeklärt war, wer für Connys Tod verantwortlich war, könnte der Versicherungskonzern die Auszahlung nicht zurückhalten.

Graf überschlug die Summen. Eine Viertelmillion Versicherungssumme. Vielleicht einhundertfünfzigtausend Euro Abfindung, falls er clever verhandelte.

Das würde ausreichen, um sich irgendwo ein schickes Dreizimmerapartment zu kaufen. Nicht unbedingt in Stuttgart, doch hing sein Herz ohnehin nicht an der Stadt.

Allerdings ermöglichten die vierhunderttausend Euro es ihm nicht, den Rest seines Lebens als Privatier zu genießen. Was konnte er als Erbe erwarten? Das Haus gehörte Johann Materna. Die Aktienfonds liefen ebenfalls auf seinen Namen, Conny und er hatten von den Zinszahlungen und Gewinnen profitiert.

Graf fürchtete, dass es bei vierhunderttausend Euro bleiben könnte. Es sei denn, er würde Johann auf seine Seite ziehen.

Immerhin war er der letzte lebende Verwandte des alten Mannes.

Sollte ihm das gelingen, könnte er sich einen lang gehegten Traum erfüllen.

Schon seit der Schulzeit hatte Graf ein eigenes Buch schreiben wollen, das in jeder Buchhandlung liegen würde. Doch ihm hatte das richtige Thema gefehlt. Bislang hatte er jeden seiner Schreibversuche – und davon hatte es zahlreiche gegeben – irgendwann abgebrochen.

Aber jetzt hatte er endlich seinen Stoff gefunden. Er könnte über die schicksalhafte Nacht und ihre nicht minder schweren Folgen schreiben.

Um sich an diesem hoffentlich letzten Abend im Gefängnis von der grauen Trübheit der Umgebung abzulenken, malte er sich aus, einen Bestseller zu landen. Fernsehproduzenten luden ihn als unschuldiges Justizopfer in Talkshows ein. Buchhandlungen rissen sich um Lesungen mit ihm. Wahrscheinlich würde er durch ganz Deutschland reisen, um das Buch vorzustellen. Träfe interessante Menschen. Attraktive Frauen.

Eines stand für ihn fest: In den nächsten Jahren würde er sich garantiert nicht binden. Er war kein Familienmensch. Der Verlust von Isabel hatte ein Loch in sein Herz gerissen – zweifellos. Trotzdem hatte er sich davon erholt. Nicht zuletzt, weil er sich bewusst an die weniger schönen Erinnerungen klammerte. Die schlaflosen Nächte. Die Streitigkeiten. Die unterschiedlichen Auffassungen in Erziehungsfragen. Manch einer würde ihn womöglich als kaltherzig bezeichnen, doch hatte Konrad immer geahnt, dass seine Familie zerbrechen würde und er dann nur ein Wochenendvater wäre. Die Aussicht hatte ihn nicht erschreckt.

Ja, er vermisste Isabel. Und Conny hatte das grausame Schicksal nicht verdient. Trotz ihrer Schwierigkeiten, die letztlich zum Seitensprung mit der spanischen Masseurin geführt hatten. Seit er auf eine Prozesseinstellung spekulierte, verspürte er ein Gefühl von Freiheit, das er seit Isabels Geburt nicht mehr empfunden hatte.

Jetzt musste er nur noch darauf hoffen, die letzte Nacht im Gefängnis und den eventuell anstehenden Prozess heil zu überstehen.

10

Kaum hatte Richter Baumbacher seine Entscheidung kundgetan, drehte sich Frohmann zu Konrad Graf um.

»Herzlichen Glückwunsch!«

»Ich bin jetzt frei?«, vergewisserte sich Graf.

»Die Untersuchungshaft ist aufgehoben. Sie werden noch einmal zum Gefängnis zurückgefahren ...«

»Wieso das?«

»Es geht nur um Formalitäten. Außerdem sind Ihre persönlichen Gegenstände in der JVA.«

Skibbe trat von seinem Tisch weg und schaute wütend zu ihnen. Für einen Moment schien er herüberkommen zu wollen, überlegte es sich jedoch anders und stiefelte zum Ausgang.

»Der Herr Staatsanwalt hat blendende Laune«, sagte Frohmann amüsiert.

»Wie lange muss ich in der JVA bleiben? Bringen die mich zurück in die Zelle?«

»Nein. Außerdem bin ich die ganze Zeit dabei.«

Graf atmete durch. »Gott sei Dank.«

Frohmann deutete in die Zuschauerreihe, in der die Polizisten der KEG saßen. »Die Beamten der KEG würden Sie gern nach Hause begleiten, um sich dort in Ruhe mit Ihnen zu unterhalten und die Abläufe der Mordnacht durchzugehen.«

»Nein!«, widersprach Graf vehement. »Das sind Bullen. Die wollen mich bloß wieder drankriegen.«

»Herr Graf, Sie haben den Beamten Ihre Freilassung zu verdanken. Ohne deren Ermittlungen wären Sie bis zum Prozessbeginn in Untersuchungshaft geblieben. Außerdem kann Ihnen eine Kooperation nicht schaden. Besonders, wenn Staatsanwalt Skibbe starrköpfig am Prozess festhält.«

Graf warf einen Blick zu den Beamten, die unbeirrt zurückschauten. »Meinetwegen«, sagte er schließlich. »Auf Ihren Rat hin. Obwohl ich kein gutes Gefühl habe. Das war von Anfang an eine Farce. Niemand hat mir geglaubt. Die Polizei hat alles so gedreht, wie es ihr in den Kram passte.«

»Das trifft nur für Hauptkommissar Fontane und sein Team zu. Bei denen da hinten habe ich ein gutes Gefühl.« Frohmann packte seine Sachen zusammen. Dann winkte er einen am Seiteneingang wartenden Justizvollzugsbeamten herbei.

***

»Was dauert denn da so lange?«, fragte Sommer anderthalb Stunden später ungeduldig.

Sie waren dem Transporter der JVA und dem Anwalt in den Stuttgarter Stadtteil Stammheim gefolgt, wo sie schließlich auf einem Parkplatz in Haupttornähe warteten.

»Geduld ist nicht deine Stärke«, analysierte Kraft amüsiert.

»Nichtstun ist nicht meine Stärke«, korrigierte Sommer sie. »Wir könnten uns in der Zwischenzeit schon einmal in dem Haus umsehen. Oder ...«

In diesem Moment öffnete sich eine Tür am Hauptausgang, und der Anwalt Frohmann trat ins Freie. Er kam direkt auf ihren Wagen zu.

»Mein Klient kommt in fünf Minuten. Ich nehme ihn in meinem Auto mit, und Sie fahren mir nach«, schlug er vor.

Sommer zeigte ihm den erhobenen Daumen und lächelte. Kaum drehte sich der Anwalt um, schwand sein Lächeln abrupt. »Sollen wir wetten, dass es mehr als fünf Minuten werden?«

***

Johann Materna saß auf einem Stuhl. Das Gewehr ruhte auf seinem Schoß. Er hatte es am Vorabend gesäubert und geladen. Nun musste er bloß auf eine günstige Gelegenheit hoffen.

Die letzte Jagd lag zwar schon mehr als drei Jahre zurück – trotzdem zweifelte er nicht an seiner Treffsicherheit. Es war ein eklatanter Unterschied, ob man ein zwanzig Meter entferntes Reh treffen wollte oder einen Mann aus kurzer Distanz. Außerdem hatte er sich für Schrotmunition entschieden. Die würde weiter streuen. Wahrscheinlich würde nicht jede Schrotkugel in Grafs Körper landen, sondern links und rechts an ihm vorbeigehen. Trotzdem würde Materna am Ende den Mörder seiner Familie niederstrecken.

Um den Ablauf zu üben, stellte er sich vor, Graf würde den Raum betreten. Materna riss das Gewehr hoch, presste den Kolben an die Schulter und berührte den Abzug.

Es kam darauf an, schnell genug zu sein. Sein Schwiegersohn wäre bestimmt einen Moment perplex, ehe er zum Gegenangriff überging oder sich Deckung suchte. Diese Zeitspanne musste Materna ausnutzen, um den Bastard zu erledigen.

Er legte das Gewehr zurück auf seinen Schoß. Bald wäre die Zeit der Vergeltung gekommen.

***

Jemand hatte sich an der Haustür am Polizeisiegel zu schaffen gemacht. Frohmann bemerkte es als Erster. Er packte seinen Mandanten am Arm.

»Stopp!«, sagte er.

»Was ist los?«, fragte Graf.

»Das Siegel ist durchtrennt.«

»Ja und?«

Frohmann drehte sich zu den KEG-Beamten um. »Sehen Sie das Polizeisiegel? Das hat jemand beschädigt.«

»Vielleicht schon vor längerer Zeit«, vermutete Drosten.

»Nein. Ich war erst gestern Abend hier. Da war das Siegel intakt.«

»Was hatten Sie hier zu suchen?«, erkundigte sich Sommer.

»Nicht jeder in der Nachbarschaft wird meinen Mandanten mit offenen Armen empfangen. Die Ermittlungen Ihrer Stuttgarter Kollegen haben sich schnell in eine negative Richtung entwickelt. Ich weiß von Nachbarn, dass Hauptkommissar Fontane und seine Kollegen explizit nach lautstarken Auseinandersetzungen und sichtbaren Verletzungen an Frau Graf gefragt haben. Obwohl das alle Nachbarn verneinten, bleibt so etwas hängen. Deshalb wollte ich mich überzeugen, ob irgendwo am Haus Schmierereien zu sehen sind. Was übrigens nicht der Fall war.«

Sommer schaute zu seinen Kollegen. »Schon seltsam. Seit gestern Abend hatte niemand einen Grund, hier aufzutauchen.«

»Herr Graf, wer besitzt alles einen Schlüssel zu dem Haus?«, fragte Drosten.

»Mein Schwiegervater. Sonst niemand.«

»Keine Putzhilfe?«, hakte Kraft nach.

»Nein. Conny wollte keine. Sie mochte das nicht.«

»Ich find's merkwürdig«, gestand Sommer. »Herr Frohmann, gehen Sie mit Ihrem Mandanten und Hauptkommissar Drosten zurück zum Auto. Meine Kollegin und ich sehen uns im Haus um. Herr Graf, geben Sie mir bitte Ihren Schlüssel.«

Der Angesprochene blickte zu seinem Anwalt, und als der ihm zunickte, zog er den Schlüsselbund aus der Jackentasche und suchte den passenden Haustürschlüssel. »Der hier.«

Sommer nahm ihm den Bund ab und lief zur Haustür. Kraft folgte ihm.

»Was erwartet uns da drinnen?«, flüsterte sie.

»Keine Ahnung. Der Schwiegervater wird wohl von der Entwicklung kaum begeistert sein. Ich zieh gleich meine Waffe. Graf soll das bloß nicht sehen.«

»Okay.«

Sommer steckte den Schlüssel ins Schloss. Die Haustür war nicht abgeschlossen. Mit angehaltenem Atem stieß er die Tür auf und schlüpfte hinein. Im Hausflur tastete er nach dem Lichtschalter. »Mach die Tür leise zu«, flüsterte er.

Kraft folgte der Aufforderung. Zeitgleich zogen sie die Pistolen.

Die Durchgangstür zum Wohnraum war angelehnt.

»Du stößt sie auf«, sagte Sommer und positionierte sich schussbereit. Kraft stellte sich neben den Türrahmen und legte eine Hand auf die Klinke.

»Jetzt!«, zischte Sommer.

Sie stieß die Tür auf. Hektisch sah Sommer sich um, ohne Anzeichen einer Gefahr zu erkennen. Er überschritt die Schwelle.

***

Johann Materna erhob sich vom Stuhl. Sein Kniegelenk knackte. Dieses lange Sitzen war Gift für seinen Körper. Vielleicht sollte er seinen Plan noch einmal überdenken.

Gestern Abend war er ins Haus seiner Tochter gegangen und hatte nach dem idealen Standort gesucht, um Konrad Graf gebührend zu empfangen.

Als er die Haustür hinter sich geschlossen und das Wohnzimmer betreten hatte, war ihm sein Vorhaben unvermittelt falsch vorgekommen. Er konnte unmöglich in dem Haus, in dem seine geliebte Tochter und die süße Isabel gestorben waren, weiteres Blut vergießen. Also hatte er auf dem Absatz kehrtgemacht und war heimgefahren.

Nun fühlte sich auch der Ersatzplan falsch an. Er konnte Konrad nicht einfach erschießen, sobald der zu Besuch käme. Materna fürchtete, dass dabei irgendetwas schiefgehen würde. Solange sein Schwiegersohn im Vollbesitz seiner Kräfte wäre, war die Chance, dass sein Angriff scheiterte, zu hoch. Es war nicht clever, Graf mit einem Gewehr auf dem Schoß zu erwarten.

Ihm musste etwas Klügeres einfallen. Und er hatte bereits eine Idee.

***

Nachdem Sommer und Kraft jedes Zimmer kontrolliert hatten, winkten sie die am Auto Wartenden herbei.

»Alles in Ordnung«, rief Sommer.

Zehn Minuten später saßen sie zu fünft am Esstisch. Graf erinnerte sich an die Details der schrecklichen Nacht. Im Vergleich zur zweiten Mordnacht war besonders auffällig, dass der Täter die Familie lange im Schlafzimmer festgehalten hatte. Laut Grafs Aussage, die sich nicht von seinen früheren Vernehmungen unterschied, hatte der Maskierte sie erst am Morgen ins Wohnzimmer geführt. Kurz bevor er von Graf eine endgültige Entscheidung verlangte.

»Reden wir über den Mallorca-Urlaub«, bat Drosten. »Hatten Sie außerhalb des Hotelgeländes Kontakt zu der Spanierin?«

»Ich bin doch nicht wahnsinnig«, antwortete Graf prompt und glaubwürdig. »Nein. Sogar auf dem Gelände habe ich ihr bei einer kurzen Begegnung nur zugenickt und ›Hallo‹ gesagt. Das war ihr sehr recht. Sie legte ja genauso viel Wert auf Diskretion wie ich.«

»Sie waren zweimal bei ihr?«, fragte Kraft.

Graf nickte. »Ja. Wirft kein gutes Licht auf mich, aber ich kann's nicht ändern. Das war mein einziger Seitensprung in unserer Ehe.« Er zuckte die Achseln.

»Hatten Sie in dem Hotel Kontakt zu deutschen Gästen? Haben Sie vielleicht sogar Freundschaften geschlossen, Adressen ausgetauscht?«

»Nein. Wir haben gelegentlich kurze Gespräche mit anderen Ehepaaren geführt. Entweder im Miniclub oder im Barbereich, wenn wir auf den Beginn des Unterhaltungsprogramms warteten. Das war alles. Ich habe mit niemandem eine Rufnummer oder E-Mail-Adresse ausgetauscht.«

»Vielleicht Ihre Frau?«, fragte Kraft.

»Ich schätze nicht.«

»Wie ist Ihr Verhältnis zu Ihrem Schwiegervater?«, wechselte Sommer das Thema.

»Ausbaufähig. Er hat mich als Schwiegersohn akzeptiert, aber ihm wäre ein promovierter Jurist lieber gewesen. Mein Schwiegervater ist pensionierter Richter.«

»Und er besitzt einen Schlüssel zum Haus?«

»Es ist offiziell sogar sein Haus. Er hat es Conny und mir mietfrei zur Verfügung gestellt. Bestimmt ist er froh, dass ich entlastet wurde.«

»Sind Sie sich da sicher?«, fragte Kraft. »Er könnte Ihnen vorwerfen, die falsche Entscheidung getroffen zu haben.«

»Ich rufe ihn demnächst an. Bin gespannt, wie er reagiert. Ich konnte ja nicht ahnen, dass der Irre die Sache ernst meint.« Graf seufzte.

»Erwarten Sie anfangs nicht zu viel«, warnte Drosten ihn. »Ihr Schwiegervater hat in den letzten Wochen im Glauben gelebt, Sie seien der Mörder.«

»Ich weiß. Eine Schweinerei ist das! Ich hab's dem Fontane in jedem verdammten Gespräch gesagt. Er wollte mir einfach nicht glauben!«

11

Konrad Graf öffnete den Kühlschrank. Niemand hatte in den letzten Wochen den Strom abgeschaltet oder Lebensmittel weggeworfen. Trotzdem hatte die lange Zeit den meisten Lebensmitteln nicht gutgetan. Ein kurzer Blick auf einige Verfallsdaten bestätigte seine Vermutung. Die reichhaltige Joghurtauswahl war am längsten abgelaufen. Conny hatte früher jeden Tag mindestens zwei Joghurts gegessen. Den anderen Milchprodukten war es nicht besser ergangen. Das Toastbrot war verschimmelt, der Eisbergsalat und die halbe Gurke im Gemüsefach verwelkt und schrumpelig. Das alles interessierte ihn jedoch nicht. Er hatte bloß Augen für die unverschlossene Flasche Tonic und den angebrochenen Gin. Er nahm beides heraus und stellte es auf die Arbeitsfläche. Graf öffnete die Klappe des Hängeschranks und entschied sich für ein bauchiges Glas. Im Gefrierfach lag ein Eiswürfelbeutel. Er drückte drei Eiswürfel ins Glas, schüttete Gin hinein und füllte mit Tonic auf.

Noch vor wenigen Tagen hatte er keine Hoffnung gehegt, jemals wieder einen solchen Drink zu mixen. Ein leises Lächeln umspielte seine Lippen. Manchmal geschahen schreckliche Dinge, und gelegentlich folgten darauf unerwartete Wunder.

Graf legte den Eiswürfelbeutel zurück ins Gefrierfach. Gin und Tonic stellte er nicht in den Kühlschrank. Bestimmt würde er rasch Nachschub benötigen.

Er lief ins Wohnzimmer und setzte sich in seinen Lieblingssessel. Die Rollläden hatte er eine Viertelstunde zuvor hochgezogen, denn die Nachbarn sollten ruhig wissen, dass der Hausherr als rehabilitierter Mann zurückgekehrt war.

Erinnerungen an Conny und Isabel schlugen über ihm zusammen wie eine Welle. Er sah seine Tochter im Wohnzimmer auf dem Boden spielen, neben ihr die Lieblingspuppe, ohne die sie keinen Schritt tat.

»Oh Gott«, schluchzte er.

Irgendwie hatte er es im Gefängnis geschafft, die bedrückenden Erinnerungen an den Verlust niederzukämpfen. Er war nie ein guter Vater gewesen, diesen Gedanken hatte er in den Vordergrund geschoben. Seine innere Unruhe hatte nie zugelassen, dass er lange Zeit mit dem Mädchen gespielt hatte. Außerdem war er abends nach der Arbeit erschöpft und leicht reizbar gewesen. Die Wochenenden benötigte er stets, um zu regenerieren. Trotzdem hatte er seine Tochter geliebt. Graf schluchzte erneut. Hätte er die Drohung des Maskierten ernster nehmen müssen? Vor seinem inneren Auge tauchte Conny auf. Er sah sie bei der Hochzeitszeremonie. Sie trug ein wunderbares weißes Brautkleid. Wenn man genau hinsah, bemerkte man ihren kleinen Schwangerschaftsbauch. Die Hochzeit war der ungeplanten Schwangerschaft geschuldet gewesen, Connys Eltern hatten darauf bestanden. Doch an eins erinnerte er sich momentan glasklar. Er hatte Conny einmal sehr geliebt. Nur war die Liebe im Alltag abhandengekommen. In den Monaten vor der schrecklichen Nacht hatte sich Graf oft gefragt, ob ein uneheliches Zusammenleben die Sache nicht vereinfacht hätte. Die Trennungsgedanken. Den Abnabelungsprozess zwischen den Erwachsenen. Sie lebten in Zeiten, in denen Scheidungen auf der Tagesordnung standen. Conny war in dieser Hinsicht allerdings altmodischer gewesen. Gerade diesen Charakterzug vermisste er momentan besonders schmerzhaft. Tränen liefen ihm die Wangen hinab, die er schnell wegwischte.

Graf dachte an die bitteren Tage im Gefängnis, um die Gedanken an Conny und Isabel beiseitezuschieben. Anfangs hatte er sich an die Überzeugung geklammert, die Bullen würden ihren Irrtum einsehen. Doch je näher der Prozess rückte, desto mehr wuchsen seine Ängste. Immer wieder dachte er an eine alte Weisheit. *Vor Gericht und auf hoher See ist man in Gottes Hand.* Sein Anwalt hatte keinen Optimismus verbreitet und ihn vorgewarnt. Die Chancen, einen Indizienprozess zu gewinnen, ständen im Revisionsverfahren nach einem Schuldspruch besser.

Graf nippte an dem kalten Getränk. Genüsslich schloss er die Augen, während der Longdrink seine Kehle hinabrann. »Herrlich«, stöhnte er.

Die Wahrheit hatte gesiegt. Doch damit waren nicht alle Probleme verschwunden. Ganz im Gegenteil. Er müsste seinen Arbeitgeber kontaktieren und wahrscheinlich mehrere unangenehme Telefonate führen. Vielleicht sogar persönlich bei der Firma vorbeifahren. Frohmann hatte ihm geraten, das möglichst schnell zu erledigen. Spätestens am nächsten Tag. Bevor sie ihm einen Verstoß gegen seine Dienstpflichten vorwarfen und als Vorwand für eine Kündigung nutzten.

Noch wichtiger erschien Graf die Kontaktaufnahme zu dem Lebensversicherer. Doch bis der Konzern die vereinbarte Summe auszahlen würde, vergingen Wochen oder schlimmstenfalls Monate.

Wie sollte er seine finanziellen Engpässe bis dahin überbrücken?

Außer dem naheliegenden Gedanken, sich an den Schwiegervater zu wenden, fiel ihm nichts ein. Also würde er in den sauren Apfel beißen und Johann Materna anrufen. Doch bevor er sich dazu überwinden würde, bräuchte er eine weitere flüssige Stärkung. Ächzend erhob sich Graf und ging in die Küche zurück.

Er und Johann hatten sich nie nahegestanden. Wie würde der alte Mann reagieren?

***

Der Mörder hatte drei Browserfenster geöffnet, zwischen denen er hin und her schaltete. Die Nachrichten stimmten im Grundtenor überein. Ein ehemals inhaftierter Verdächtiger hatte in Stuttgart erfolgreich Haftbeschwerde eingelegt. Der zuständige Staatsanwalt beharrte zwar darauf, dass der Prozess wie geplant starten würde – doch das bezweifelte der Mörder.

Er erinnerte sich an den Familienvater Konrad Graf, der von Anfang an keinen Kooperationswillen gezeigt hatte. Der Kerl hatte die Drohung in jener Nacht nicht ernst genommen. Irgendwann hätte er trotzdem erkennen müssen, wie entschlossen der Mörder war. Eiskalt war er bei seiner Weigerung geblieben, nicht in den Wagen zu steigen. Dass der Mörder ihn anschließend im Badezimmer an die Heizung kettete, hatte Graf verunsichert. Doch da war es längst zu spät gewesen.

Conny Graf hatte ihren Peiniger nach seiner Rückkehr ins Wohnzimmer angebettelt. Laut und verzweifelt. Er hatte ihre Worte ignoriert und die beiden Familienmitglieder mit Kopfschüssen hingerichtet. Kurz nach dem zweiten Schuss hatte er einen Schrei aus dem Badezimmer vernommen.

Die erste Tat hatte die zweite gewissermaßen vereinfacht. Die Zeitungsberichte betonten, wie ernst es dem Mörder gewesen war. Deswegen hatte Michael Kleefisch nicht lange gezögert.

Wie würden sich die Nachrichten aus Stuttgart auf den dritten Familienvater auswirken? Im Idealfall bekäme er gar nichts davon mit.

Eins stand für den Mörder fest. Diesmal müsste er schnell zuschlagen. Je länger er wartete, desto größer die Gefahr, dass sich die Medienberichte verbreiteten.

Er schaute zu den Aktenordnern mit dem Material über die infrage kommenden Familien. Sie wiesen unterschiedliche Farben auf, ohne dass die Auswahl von Bedeutung gewesen wäre.

Der Mörder griff zu dem hellblauen Ordner. Zuerst begutachtete er das Foto des Familienvaters.

Er könnte es sein, dachte er. *Er könnte es sein.*

Die Familie lebte in Köln. Der Mörder hatte ihre Wohngegend mehrfach aufgesucht und sich entsprechende Notizen angefertigt. Sie besaßen kleine Haustiere, vermutlich Zwergkaninchen oder Meerschweinchen. Zumindest schloss er das aus dem Einkauf, den die Mutter nach Hause gebracht hatte. Katzen oder Hunde schienen nicht zum Haushalt zu gehören. Zur Familie gehörte eine fünfjährige Tochter.

Oder vielleicht doch lieber erst die in Baden-Württemberg lebende Familie? Auch diesen Aktenordner schlug der Mörder auf. Ihm ging der gleiche Gedanke durch den Kopf.

Er könnte es sein.

Würde die nächste Nacht die Wahrheit ans Licht bringen? Oder müsste er weiter durch Deutschland reisen, um den Verantwortlichen ausfindig zu machen?

***

Konrad Graf spürte Schweiß an der Handinnenfläche, mit der er den Telefonhörer hielt. Das Freizeichen in der Leitung ertönte. Johann Materna würde die Nummer erkennen, daran bestand kein Zweifel.

Wie würde er reagieren?

»Hallo?«, erklang nach einer gefühlten Ewigkeit die Stimme seines Schwiegervaters.

»Hallo, Johann. Ich bin's. Konrad.«

»Das habe ich mir gedacht. Conny oder Isabel konnten es ja nicht sein.«

Ganz schlimmer Anfang, schoss es Graf durch den Kopf.

Er räusperte sich, um Zeit zu gewinnen. »Ich vermisse sie so sehr, Johann. Jede einzelne Sekunde.«

»Geht mir nicht anders.«

»Ich weiß.«

»Woher willst du das wissen? Musstest du dich um die Beerdigung kümmern? Nein! Du hast ja im Gefängnis gesessen.«

»Unschuldig, Johann! Unschuldig! Am Tag der Beerdigung hab ich Rotz und Wasser geheult. Ich konnte mich nicht von meinen Liebsten verabschieden. Ihnen nicht die letzte Ehre erweisen.«

»Wie unschuldig bist du wirklich?«

»Ich konnte die Tat nicht verhindern. Das musst du mir glauben.«

»Du weißt, dass ich mit Staatsanwalt Ludger Skibbe befreundet bin?«

»Nein. Das habe ich nicht gewusst.« Aber er hätte es sich denken können. Diese Juristen waren eine verschworene Gemeinschaft.

»Ich kenne die Einzelheiten fast so gut, als wäre ich der vorsitzende Richter.«

»Johann, du musst ...«

»Wenn ein Richter der Haftbeschwerde stattgibt, wird er dafür Gründe haben. Du hast weder meiner Tochter noch meinem Enkel die Pistole an den Kopf gedrückt. Das glaube ich dir.«

»Gott sei Dank.«

»Aber du hättest ihren Tod verhindern können. Es wäre deine Pflicht als liebender Familienvater gewesen.«

»Ich weiß. Und es tut mir so wahnsinnig leid. Ich habe einen großen Fehler begangen. Dafür möchte ich dich aufrichtig um Entschuldigung bitten.«

Johann schwieg. War das ein gutes Zeichen? Kämpfte er mit seinen Gefühlen?

»Ich habe den maskierten Mann nicht ernst genommen. Von so einem Verbrechen hatte ich noch nie gehört. Wie hätte ich ahnen sollen, dass er es durchzieht? Oh Gott, Johann! Ich schäme mich so.«

»Das solltest du auch.«

»Erst, als er mich im Bad an die Heizung gekettet hat, ist mir mein Fehler bewusst geworden. Ich hab gebettelt und geschrien. Er solle mich befreien, ich hätte es mir anders überlegt. Doch der Mistkerl schloss einfach die Tür. Kurz darauf hörte ich die Schüsse. Ich wache jede Nacht von diesem Geräusch auf. Schweißgebadet. Aber ich kann es nicht rückgängig machen.«

Wieder antwortete sein Schwiegervater nicht. Graf beschloss, es ihm gleichzutun. Es war alles gesagt. Ein bisschen dick aufgetragen, manchmal nicht ganz der Wahrheit entsprechend. Nun musste er auf die Reaktion warten.

»Ich bin so müde«, sagte Johann plötzlich.

»Das verstehe ich.«

»Lass uns das Gespräch vertagen. Wir müssen noch einiges klären. Ich habe Fragen an dich. Wegen dieser Spanierin.«

»Ich erzähle dir alles, was du wissen willst.«

»Nicht mehr heute.« Johann hustete. »Was hältst du davon, wenn du morgen Abend vorbeikommst? Du hast ja bestimmt Geldprobleme, oder? Ich weiß natürlich von der Lebensversicherung, aber bis die ausgezahlt wird, dauert es. Hast du schon mit deinem Arbeitgeber gesprochen?«

»Ich habe morgen früh eine Telefonkonferenz«, behauptete Graf.

»Das ist gut. Wenigstens kümmerst du dich um deine Zukunft. Ich kann dir nichts versprechen, Konrad. Es hängt viel von dem ab, was du mir noch erzählst. Aber vielleicht wäre ich bereit, dir ein bisschen unter die Arme zu greifen. Das wird der morgige Abend zeigen.«

»Ich danke dir, Johann.«

»Dank mir nicht zu früh. Kommst du um neunzehn Uhr zu mir? Ich möchte vorläufig nicht Connys Haus betreten. Das ist zu schmerzhaft.«

»Neunzehn Uhr bei dir.«

»Gute Nacht!«

Noch ehe Graf den Gruß erwidern konnte, trennte Materna die Verbindung.

»Geil«, flüsterte Graf. »Das war einfacher als gedacht.«

Er wollte sich nicht zu früh freuen, doch wenn ihn nicht alles täuschte, würde ihm sein Schwiegervater verzeihen. Warum sonst sollte er ihn zu sich nach Hause bitten?

»Den hast du um den kleinen Finger gewickelt.«

Er stand vom Sessel auf und streckte sich. Nachdenklich ging er in die Küche. Aus einer Schublade nahm er einen großen Müllbeutel, den er raschelnd aufschüttelte. Dann öffnete er den Kühlschrank. Zuerst entsorgte er die zahlreichen Joghurts, die angebrochene Milchpackung, die ungeöffneten Tetra Paks. Danach zog er das Gemüsefach heraus und schüttete den Inhalt in den Müllsack. Dabei dachte er an seinen Schwiegervater. In gewisser Weise war Graf der letzte lebende Verwandte des wohlhabenden, pensionierten Richters. Sobald seine Unschuld gerichtlich bestätigt war, konnte er ein Vorhaben angehen, das vor wenigen Wochen ebenfalls undenkbar erschienen war. Irgendwer musste eines Tages Maternas Vermögen erben. Wenn er es richtig anstellte, würde Johann vielleicht ihn als Alleinerben einsetzen.

Graf schnürte den Müllbeutel zu. Am ausgestreckten Arm trug er ihn nach draußen. Die Müllentsorgung hatte schon früher zu seinen Haushaltspflichten gehört. Es tat gut, einer einfachen Tätigkeit nachzugehen.

Graf öffnete die Haustür. Eine Nachbarin führte ihren Pudel aus und blickte erschrocken auf.

»Hallo, Frau Stein«, rief er laut.

Die Nachbarin nickte bloß, beschleunigte ihren Schritt und zog den überraschten Pudel an der Leine hinter sich her.

Graf lächelte über die Reaktion. Am liebsten wäre er von einer Sekunde auf die andere weggezogen. Die Nachbarn würden ihn meiden wie die Pest – er hatte schon früher kein gutes Verhältnis zu den meisten von ihnen gepflegt. Doch falls ihm sein Schwiegervater verzieh und ihn hier kostenfrei wohnen ließ, würde er den sauren Drops lutschen. Zumindest so lange, bis Johann ebenfalls im Familiengrab seine letzte Ruhe gefunden hätte.

Er öffnete die Restmülltonne und warf den Beutel hinein. Scheppernd schlug er den Deckel zu. Die Nachbarn sollten seine Rückkehr ruhig mitbekommen. Besonders, wenn sie so verschreckt wie Frau Stein reagierten.

Das machte ja beinahe Spaß.

12

Die KEG Kommissare saßen in dem Stuttgarter Büro und telefonierten mit ihrem BKA-Kontaktmann Kai Enkenberg.

»Ich bin nicht unzufrieden mit mir«, begann der das Gespräch.

Drosten, der ihn am längsten kannte, verdrehte die Augen. »Warst du das jemals?«

»Nicht seit wir uns kennen«, antwortete Enkenberg schmunzelnd.

»Was hast du herausgefunden?«, fragte Drosten.

»Zunächst einmal die grundlegenden Fakten. Namen, Telefonnummern und E-Mail-Adressen schicke ich euch. Die spanische Masseurin Adriana Sanches hat eine bewegte Social-Media-Karriere hinter sich. Schon vor ihrer Beschäftigung auf Mallorca nutzte sie besonders gerne Instagram. Sie versuchte es eine Zeit lang als Influencerin in verschiedenen Bereichen, ohne nennenswerte Erfolge. Dann siedelte sie nach Mallorca über und postete auch von dort zahlreiche Bilder. Sanches begann als Angestellte in dem Hotel, und im Jahr vor ihrer Ermordung kam sie auf die Idee, sich mit ihren Kunden zu fotografieren. Die Schnappschüsse landeten im Internet. Meistens waren Männer zwischen fünfundzwanzig und fünfundvierzig Jahren an ihrer Seite. Auffallend viele Deutsche.«

»Mallorca halt«, brummte Sommer.

»So ist es. Die dortige Saison erstreckt sich grob gesagt über den Zeitraum April bis Oktober. 2016 hat sie die ganze Urlaubssaison dokumentiert, lauter Bilder von ihr mit Hotelgästen. Rund vierzig Stück. 2017 bricht das mittendrin ab.«

»Weil sie ermordet worden ist«, sagte Kraft. »Die Bilder aus 2017 erscheinen mir relevanter. Falls einer ihrer Kunden der Mörder ist.«

»Das schätze ich genauso ein«, stimmte Enkenberg zu. »Es gibt neunzehn Fotos aus der Saison. Acht Männer konnte ich bislang identifizieren. Von sieben habe ich Telefonnummern herausgefunden, von Kandidat acht nur eine E-Mail-Adresse. Einige der betagteren Hotelgäste scheinen keine sozialen Medien zu nutzen. Zumindest nicht die gängigen Varianten. Vielleicht stöbere ich den einen oder anderen noch auf, bei allen wird mir das wohl nicht gelingen. So sieht der Zwischenstand aus.«

»Danke, Kai«, sagte Drosten.

»Du bekommst heute Abend einen weiteren Zwischenbericht. Aber wir müssen festlegen, was wir wegen der Kandidaten aus 2016 unternehmen.«

»Gab es Übereinstimmungen zum Jahr darauf?«, fragte Sommer.

»Nein. Keinen der deutschen Hotelgäste habe ich doppelt gefunden. Auch nicht auf einem privateren Schnappschuss. Auf den Profilen der Deutschen ist sie übrigens gar nicht zu sehen.«

»Was denkt ihr?« Drosten schaute seine Kollegen an.

»Wenn ein Deutscher die Masseurin getötet hat, war es vermutlich ein spontaner Mord«, sagte Kraft.

»Es sei denn, Adriana hätte die Männer aus dem Vorjahr angeschrieben und sie erpresst«, gab Sommer zu bedenken.

»Unwahrscheinlich.« Drosten rieb sich über die Bartstoppeln an seinem Kinn. Er hatte aus Zeitgründen nach dem Duschen auf die Rasur verzichtet. »Immerhin stand ihr Job auf dem Spiel. Wäre ich ihr Kunde und sie hätte mich erpresst, hätte ich das Hotel anonym kontaktiert, um ihr ebenfalls zu schaden.«

»Also glaubst du, Erpressung war nicht das Motiv?«, schlussfolgerte Sommer.

»Nein«, antwortete Drosten nach kurzem Zögern. »Gerade in Anbetracht der Entwicklungen in diesem Jahr. Kai, konzentriere dich zumindest vorläufig auf 2017. Je mehr Männer du noch identifizierst, desto besser. Und schick uns die Mail mit den Kontaktdaten.«

***

Das Navigationssystem führte ihn ans Ziel. Der Mörder fand sogar in unmittelbarer Nähe des mit Graffiti besprühten Hauseingangs einen Parkplatz. Aufgrund der Beschreibung auf Airbnb hätte er nicht damit gerechnet, in einem Mischgewerbegebiet zu landen. Nur wenige Häuser entfernt lag eine Diskothek, außerdem vereinzelte Gewerbeobjekte, in denen hippe Unternehmen untergekommen waren. Unter anderem ein Brautmodehersteller. Der Vermieter des Apartments hatte den Kölner Stadtteil Ehrenfeld, in dem es viele Studenten-WGs gab, als »jung« bezeichnet. Dem Mörder war das ideal erschienen. Studenten achteten nicht auf Neuankömmlinge, die ihnen tagsüber oder nachts begegneten. Schließlich fand irgendwo immer eine Party statt. Bei den ersten Besuchen in Köln hatte er in anderen Stadtteilen Unterkünfte angemietet – jeweils für einen oder maximal zwei Tage. Die Wohnung, die er gleich betreten würde, hatte er für eine Woche gemietet, denn er wusste noch nicht, wann er zuschlagen würde.

Bevor er aus dem Leihwagen ausstieg, schaute er sich um. Weiter links die Straße entlang schien sich ein Café zu befinden. Zumindest saßen ein paar junge Menschen an einem Tisch auf dem Bürgersteig und tranken aus Latte-Macchiato-Gläsern. Ansonsten war momentan niemand zu sehen.

Er verließ den Wagen, trat an den Kofferraum und holte seine zwei Taschen heraus. Mit gesenktem Kopf lief er zur Haustür. Über den Klingelschildern hing eine Schlüsselbox. Er tippte den Code ein, ein grünes Lämpchen leuchtete auf, und er konnte die Klappe öffnen. In der Box lag ein Schlüssel, mit dem sich offenbar beide

Türen aufschließen ließen. Zumindest an der Haustür passte er problemlos. Er betrat den weiß-schwarz gefliesten Flur. Offenbar hatte jemand kurz zuvor geputzt. Nicht alle Wasserschlieren waren bereits getrocknet.

Das Apartment lag im ersten Stock. Er lief die ebenfalls noch feuchten und knarzenden Holztreppen hoch. In der Etage gab es zwei Wohnungen. Da er vor einer ein Paar Schuhe entdeckte, ging er zur zweiten Tür. An der Klingel fehlte das Namensschild. Er steckte den Schlüssel ins Schloss und drehte ihn herum. Die Tür sprang auf. Der Mörder schlüpfte ins Innere, stellte die Taschen ab und schaute sich um. Ihm standen zwei Schlafräume, ein geräumiges Wohnzimmer und eine offene Küche zur Verfügung, außerdem ein Bad mit ebenerdiger Dusche. Hier würde er es problemlos eine Woche aushalten.

Aber vielleicht war das gar nicht notwendig. Er wusste schon so viel über die Familie. Wann der Vater Feierabend machte, wie lange das Einzelkind im Kindergarten betreut wurde und wie oft einer der Erwachsenen nachmittags oder abends einem Hobby nachging. Es fehlten ihm nur noch wenige Einzelheiten, bevor er sie persönlich besuchen würde. Ob der Familienvater für Adrianas Schicksal verantwortlich war?

Bald würde er es erfahren.

***

Verena Kraft hatte zwei Rufnummern auf der Liste, die sie überprüfen sollte, sowie eine E-Mail-Adresse, deren Empfänger sie um Rückruf bitten würde.

Ihr erster Gesprächspartner lebte mit seiner Familie in Köln. Kraft wählte die Handynummer und lauschte dem Freizeichen.

»Hallo?«, meldete sich jemand am anderen Ende der Leitung.

»Spreche ich mit Tobias Lemmer?«

»Wer will das wissen?«

»Mein Name ist Verena Kraft. Guten Tag.«

»Ist das ein Werbeanruf? Falls ja, muss ich Sie abwürgen. Ich bin bei der Arbeit.«

»Das ist kein Werbeanruf. Ich bin Polizeioberkommissarin und ermittle in einem Verbrechen, zu dem Sie uns wichtige Informationen liefern können.«

Der Mann senkte die Stimme. »In einer Polizeiermittlung?«

»Genau. Es geht um Ihren Urlaub auf Mallorca vor zwei Jahren.« Sie nannte den Namen des Hotels.

»Warten Sie kurz. Ich gehe eben rüber in den Pausenraum.« Offenbar drückte er das Telefon an seinen Oberkörper – zumindest deuteten die Geräusche darauf hin. »Was hat ein zwei Jahre zurückliegender Urlaub mit aktuellen Ermittlungen zu tun?«, fragte er schließlich.

»Erinnern Sie sich noch an die Masseurin Adriana Sanches?«

»Woher weiß ich, dass Sie tatsächlich Polizistin sind?«

Kraft fand seine Reaktion aufschlussreich. Ganz sicher erinnerte er sich an die Spanierin. »Wenn Sie das wünschen, gebe ich Ihnen die Nummer der Zentrale, und Sie lassen sich zu mir verbinden.«

»Schon gut«, antwortete er zögerlich.

»Erinnern Sie sich an die Masseurin?«

»Wie heißt sie?«

Er sprach von ihr in der Gegenwartsform. Kraft notierte das. »Adriana Sanches. Im Hotel hat wohl niemand ihren Nachnamen gekannt. Sie haben sich von ihr massieren lassen. Es gibt auf dem Instagram-Profil der Masseurin ein Foto von Ihnen beiden.«

»Ja, kann sein. Ist schon ewig her. Ich glaube, ich weiß, wen Sie meinen.«

Der Mann war zumindest am Telefon ein schlechter Lügner. Das wäre im persönlichen Gespräch vermutlich nicht anders.

»Was ist mit ihr?«

»Haben Sie die speziellen Dienstleistungen der Frau in Anspruch genommen?«

»Natürlich nicht!«, antwortete er prompt. »Welche Dienstleistungen meinen Sie überhaupt? Sie hat mich nur massiert.«

»Adriana hat heimlich sexuelle Dienste angeboten.«

»Mir nicht.«

»Fällt mir schwer, Ihnen zu glauben.«

»Pech für Sie. Ich bezahle keine Nutte. Ich bin glücklich verheiratet. War's das? Oder haben Sie noch andere Fragen?«

»Ich ermittle in einer Mordserie. Der Mörder hat Familienväter ins Visier genommen, die von Sanches massiert oder anderweitig bedient worden sind. Deswegen muss ich zuerst wissen, ob Sie ein Zusatzpaket gebucht haben. Keine Sorge, Ihre Ehefrau erfährt nichts von uns.«

»Sie hat mich nur massiert«, wiederholte er.

»Ich glaube Ihnen«, behauptete Kraft. »Trotzdem sind Sie nicht automatisch aus der Schusslinie. Vielleicht haben Sie in den Medien von dem Fall gehört. Der Mörder dringt nachts in die Häuser ausgewählter Familien ein. Er stellt die Väter vor eine schreckliche Wahl. Entweder müssen sie als Geisterfahrer Suizid begehen, oder er erschießt den Rest der Familie.«

»Mein Gott!«, sagte Lemmer aufgebracht. »Nein. Das ist an mir vorbeigegangen. Trotzdem verstehe ich nicht, was das mit uns zu tun hat. Unser Haus ist gut gesichert. Da kann man nicht einfach einbrechen.«

»Haben Sie eine Alarmanlage, die Sie nachts aktivieren? Oder einen aufmerksamen Hund?«

»Nein. Wir haben nur ein Zwergkaninchen. Aber die Fenster sind mit Rollläden geschützt. Da kann niemand ...«

»Das waren die Häuser in den ersten beiden Fällen auch«, unterbrach sie ihn.

»Ich muss jetzt wirklich Schluss machen. Sonst wird mein Chef misstrauisch.«

»Geben Sie mir noch eine Minute. Zu Ihrer eigenen Sicherheit. Haben Sie in letzter Zeit eine unbekannte Person in der Nähe Ihres Hauses bemerkt? Wir vermuten, der Mörder spioniert die Opferfamilien Tage oder Wochen zuvor aus.«

»Mir ist niemand aufgefallen. Da sehen Sie es! Bei mir sind Sie auf dem Holzweg. Danke für den Anruf, aber ...«

»Ich möchte Ihnen etwas anbieten«, sagte sie schnell. »Darf ich Ihnen eine Nachricht per SMS schicken?«

»Eine SMS? Was soll das bringen?«

»Der Mörder ist bislang immer nachts ins Haus eingedrungen und hat vom Familienvater morgens eine Entscheidung verlangt. Falls Sie doch in Gefahr geraten, könnten Sie versuchen, mir eine Antwort zu schicken. Ein einziger Buchstabe würde reichen. Dann wüsste ich Bescheid und würde die Kölner Polizei alarmieren. Das wäre zu Ihrer eigenen Sicherheit.«

Der Mann stöhnte genervt. Kraft brauchte seine Zustimmung. Sonst würde er die SMS einfach löschen.

»Okay«, sagte er schließlich. »Hauptsache, ich habe danach Ruhe.«

»Ich schreibe bloß ›wie besprochen‹. Antworten Sie darauf, wenn jemand bei Ihnen einbricht und Sie die Gelegenheit bekommen, zu Ihrem Handy zu greifen. Löschen Sie die SMS nicht.«

»Keine Sorge. Aber tun Sie mir einen Gefallen. Sie dürfen nicht meine Frau kontaktieren. Die würde total panisch reagieren.«

»Hiervon erfährt Ihre Frau nichts.«

»Ich verlasse mich darauf. Auf Wiederhören.« Er beendete das Gespräch.

Kraft notierte sich ein paar Stichpunkte. Sie glaubte Lemmer nicht. Er hatte mehrfach gelogen, und dafür gab es nur eine Erklärung. Vor zwei Jahren hatte er das verlockende Angebot der Spanierin angenommen und nicht viel Wert auf das Ehegelübde gelegt. Trotzdem schien er mit der Ermordung nichts zu tun zu haben.

Sie öffnete am Handy die SMS-Funktion und gab seine Telefonnummer ein.

Wie besprochen.

Kraft verschickte die SMS. Hoffentlich löschte Lemmer die Nachricht wirklich nicht.

13

Johann Materna drückte die Schlaftabletten in den Mörser. Sein Hausarzt hatte ihm das Medikament nach Connys Ermordung verschrieben. Materna hatte sie an zwei Abenden eingenommen, sich aber nach dem Aufwachen am Morgen schlecht gefühlt. Matschig im Kopf. Also hatte er keine dritte genommen und die Packung in den Medikamentenschrank gelegt.

Nun war der richtige Zeitpunkt gekommen, um sie einzusetzen.

Achtzehn Tabletten. Wie viel müsste man einnehmen, um für immer einzuschlafen? Und wie viele bräuchte man, um einen Bastard zumindest für eine Weile auszuschalten?

Materna würde sämtliche Tabletten einsetzen. Er wusste bloß noch nicht, wie er sie verteilen sollte. Er drückte eine nach der anderen aus der Blisterverpackung in den Mörser. Dann griff er zum Stößel. Anfangs zerkleinerte er das Medikament grob, dann zerrieb er die Stückchen. Mit der Zeit wurde das Pulver immer feiner.

Seine Gedanken kreisten um Conny, Isabel und um seine viel zu früh gestorbene Ehefrau Martha. Bald wäre er mit ihnen vereint. Er war kein sonderlich religiöser Mensch, trotzdem hoffte er, dass die menschliche Seele auch nach dem Tod irgendwo fortlebte und man seine Liebsten wiederfand.

Als er den Stößel weglegte, wanderten seine Gedanken zu Graf. Materna ahnte, dass es ihm niemals gelänge, ihn zu erschießen, solange der Mistkerl im Vollbesitz seiner Kräfte wäre. Sein Schwiegersohn war über fünfunddreißig Jahre jünger als er und entsprechend schneller und kräftiger. Gestern Abend war Materna eines bewusst geworden: Er musste diese körperlichen Nachteile ausgleichen. Außerdem hätte er weniger Skrupel, einen benommenen Menschen zu erschießen, statt jemanden, der um Gnade flehte.

Das Gewehr stand geladen in der Abstellkammer. Graf würde ihm in ungefähr drei Stunden einen Bettelbesuch abstatten. Die Höflichkeit gebot es, dem Besucher etwas zu trinken anzubieten. Wie lange dauerte es, bis ihm nach dem präparierten Getränk schummrig würde? Materna hoffte, dass es schnell ginge. Dann könnte er auf den Mörder seiner Liebsten anlegen und für Gerechtigkeit sorgen. Selbstjustiz üben. Sobald das erledigt wäre, würde er Selbstmord begehen. Allerdings kam es nicht infrage, das Gewehr gegen sich zu richten und abzudrücken. Dazu fehlte ihm der Mut.

Er schüttete das Pulver aus dem Stößel in ein

bereitstehendes Glas. Wie viel Teelöffel waren das? Drei? Aus einer Schublade unterhalb des Herds holte er zwei kleine Plastiktüten heraus. In die erste Tüte füllte er einen halben Löffel des Pulvers. Der Rest kam in den zweiten Beutel.

Ungeduldig schaute Materna auf die Armbanduhr, die ihm sein Vater vor über vierzig Jahren geschenkt hatte. Die Weichen waren gestellt. Nun musste er bloß noch warten.

***

Um siebzehn Uhr fassten die KEG-Kommissare die Ergebnisse eines wenig effektiven Arbeitstages zusammen. Sie hatten mit insgesamt neun Männern gesprochen. Der E-Mail-Adressat hatte zurückgerufen, zudem war es Enkenberg gelungen, einen weiteren Mann zu identifizieren.

Alle neun stritten vehement ab, mehr als die normale Massage in Anspruch genommen zu haben, einige davon durchaus glaubhaft. Sieben der Betroffenen hatten zugestimmt, sich im Notfall per SMS zu melden. Zwei Unbelehrbare wollten davon nichts wissen.

Drosten klebte alle im Jahr 2017 geposteten Fotos an die Wand. Darunter standen die Namen der Männer und in welcher Konstellation sie den Urlaub verbracht hatten. Einer der Familienväter war von dem Unbekannten ermordet worden, der andere erst aufgrund der neuesten Entwicklung vom Mordverdacht entlastet.

»Übersehen wir ein Muster?«, fragte er seine Kollegen.

»Graf und Kleefisch sind dunkelblond«, merkte Kraft an. »Sie haben leicht schütteres Haar.«

Drosten begutachtete die Bilder. »Drei weitere ebenfalls. Ist das bedeutsam?«

»Dafür gibt es derzeit zu wenige Opfer«, sagte Sommer. »Wenn wir uns jetzt auf eine Stoßrichtung festlegen, könnten wir dem Mörder in die Hände spielen, weil wir uns falsch entscheiden.«

Drosten nickte zustimmend. »Ich habe die Bilder chronologisch aufgehängt. Familie Graf war vor den Kleefischs im Urlaub. Hält der Mörder sich an eine bestimmte Reihenfolge?«

Zwischen den Fotos der beiden Männer hingen zwei weitere Schnappschüsse.

Kraft zeigte darauf. »Dann wären die Familienväter außer Gefahr. Einer von ihnen hat schütteres, dunkelblondes Haar.«

»Wir fischen im Trüben«, brummte Sommer unzufrieden.

»Was können wir stattdessen tun?«, fragte Kraft.

Drosten schürzte die Lippen. »Wir haben neun Kandidaten ausgemacht. Drei davon haben sich zwischen dem Mallorca-Urlaub und heute von ihren Familien getrennt. Möglicherweise sind dadurch die Familienmitglieder aus dem Schussfeld.«

»Vielleicht aber auch nicht«, dämpfte Sommer die Hoffnung. »Dafür gibt es keine Garantie.«

»Stimmt. Trotzdem wäre es ein Gedanke, ob wir in den übrigen Städten für mehr Streifenwagenpräsenz bei den betreffenden Familien sorgen könnten. Eine davon lebt in Köln. Zu Hauptkommissarin Rosenberg haben wir einen sehr guten Draht. Auch für die potenziellen Kandidaten in Berlin könnten wir dank unserer Kontakte etwas erreichen.«

»Dann sollten wir das tun«, sagte Kraft. »Nicht, dass wir uns hinterher mit Vorwürfen quälen.«

»Okay. Den Anruf in Köln übernehme ...«

»Scheiße!«, fluchte Sommer unvermittelt.

Überrascht sah Drosten ihn an. »Was geht dir durch den Kopf?«

»Haben wir einen dummen Fehler begangen?«, fragte er leise.

»Womit?«, wollte Kraft wissen.

»Stellt euch vor, der Mörder begeht die Taten aus einem ganz anderen Grund. Nicht, weil er in den Männern potenzielle Mörder der Spanierin sieht, sondern Konkurrenten.«

Drosten runzelte die Stirn. »Konkurrenten?«

»Er war in Adriana verliebt. Nehmen wir an, er neigt zu Eifersucht. Sind all diese Männer Nebenbuhler für ihn?«

Drosten analysierte die Bilder. Keiner der Männer auf den Fotos wirkte verliebt. Sie schauten in die Kamera, nicht zur Spanierin. Manchen schien es eher unangenehm zu sein, andere machten den Spaß gedankenlos mit. Trotzdem konnte er Sommers Vermutung nicht einfach abtun.

»Warum sollte er erst zwei Jahre später losschlagen?«

»Nach Adrianas Tod?«, fügte Kraft hinzu.

Sommer kniff die Augenbrauen zusammen. »Ich weiß es nicht. Aber ich habe plötzlich ein mieses Gefühl. Haben wir heute mit dem Mörder telefoniert und ihn auf unsere Ermittlungen aufmerksam gemacht?«

Der Gedanke stand im Raum wie ein lilafarbener Elefant. Drosten dachte nach. In laufenden Untersuchungen konnte man nie sicher sein, ob man mit einem Zeugen in Kontakt trat, der sich später als Täter entpuppte. Hatten sie bei ihren Telefonaten zu viel preisgegeben? »Nein. Es gibt Überlebende. Der Mörder hat einkalkuliert, dass wir früher oder später von Adriana erfahren. Wir haben nicht mehr offenbart, als uns die Hinterbliebenen gesagt haben. Außerdem dürfen wir die Vorteile nicht vergessen. Unsere Anrufe hatten einen positiven Effekt. Die Familienväter werden in den nächsten Tagen wachsamer sein. Sie sind der potenziellen Bedrohung nicht völlig wehrlos ausgeliefert. Ich sehe nicht, wo wir einen gravierenden Fehler begangen haben.«

Sommer nickte nachdenklich. »Du hast recht. Hoffe ich zumindest.«

Kraft nickte. »Trotzdem sollten wir den Gedanken zu Ende denken, dass Eifersucht oder Liebe als Motiv infrage kommen. Solange wir ohnehin nur im Trüben fischen, können wir auch einen weiteren Köder ins Wasser werfen. Nehmen wir an, der Mörder war unsterblich in die Spanierin verliebt. Er verlässt deswegen sogar seine Familie. Dann stellt er fest, sie ist mittlerweile ermordet worden. Wäre seine Liebe – beziehungsweise die Eifersucht – nicht ein Motiv für seine Suche nach dem Schuldigen?« Kraft trat an die Bilder heran. »Drei Männer haben ausgesagt, sich von ihren Familien getrennt zu haben. Wegen Adriana?« Sie zog das erste Foto von der Wand. »Silvio Fust. War mit Ehefrau und den beiden gemeinsamen Söhnen in dem Hotel.« Kraft nahm das nächste Bild herunter. »Nicolas Magull. Unverheiratet. Mittlerweile von der Mutter seiner Tochter getrennt. Und David Hohenauer.« Auch dieses Bild löste sie von der Wand. »Ebenfalls ledig. Er und seine Partnerin waren mit ihrem Sohn vor Ort. Vielleicht lohnt es sich, mehr über die Männer in Erfahrung zu bringen.«

14

Der Mörder rief die SMS auf.

Wie besprochen.

Er war den Bullen also namentlich bekannt. Sie hatten seine Telefonnummer. Früher als befürchtet. Er hatte immer gewusst, dass die Überlebenden ein Risiko für ihn waren. Deswegen hatte er die ganze Zeit die Maske aufbehalten und Handschuhe getragen. Im Internet gab es ein Foto von Adriana und ihm. Die Zeugen hätten ihn ohne Maske schnell wiedererkannt. Trotzdem hatte er immer gehofft, dass die Bullen erst später mit ihm Kontakt aufnehmen würden.

Nun musste er auf die Umstände reagieren. Sollte er die nächste Tat vorziehen?

Die Bullen hatten garantiert nicht nur mit ihm gesprochen, sondern auch andere Familienväter gewarnt. Wenn die Männer klug waren, wären sie in den kommenden Nächten ein bisschen aufmerksamer. Irgendwann würden sie die Warnung vergessen – zumindest, bis die Presse über die nächste schreckliche Tragödie berichtete. Den nächsten Geisterfahrer oder die nächste hingerichtete Mutter und deren Kinder.

War es besser, sich jetzt still zu verhalten? Gras über die Sache wachsen zu lassen? Oder sollte er seine Gegner provozieren und ihnen ihre Machtlosigkeit vor Augen führen? Was konnten sie schon gegen ihn ausrichten? Er war ihnen immer zwei Schritte voraus.

Vielleicht hatte die Polizei ihm sogar einen Gefallen getan. Sobald er den Eindruck hätte, dass ihm die Jäger zu nahekamen, könnte er mit einer Antwort-SMS für Ablenkung sorgen. Einfach *Hilfe* schreiben und die Nachricht losschicken. Die Bullen würden glauben, er schwebe in Gefahr. Das könnte ihm die nötige Zeit verschaffen, um seine Flucht vorzubereiten. Auf diese Weise würde er sie zu einem falschen Schachzug verleiten.

Der Mörder lächelte. Er hatte das untrügliche Gefühl, dass sich die Dinge in die richtige Richtung entwickelten. Also bräuchte er seine Pläne für den Tag nicht über den Haufen zu werfen.

Er schaute auf die Uhr an der Küchenwand. Es war zwanzig Minuten nach sechs. Wenn er jetzt losfuhr, würde er die Rückkehr des Hausherrn vermutlich miterleben. Ob er sich beim Aussteigen aus dem Wagen oder an der Tür umdrehen würde? Das wäre ein spannendes Indiz darauf, dass die Bullen ihn ebenfalls kontaktiert hatten.

Der Mörder griff zu seinem Auto- und dem Apartmentschlüssel. Heute Nacht würde er noch nicht zuschlagen. Doch je nachdem, welchen Eindruck er vor Ort gewann, stand ein Einbruch am nächsten Tag weit oben auf der Liste der verlockenden Möglichkeiten.

***

Vorsichtig strich sich Konrad Graf mit dem Nassrasierer über die Wange. Nach einer weitgehend schlaflosen Nacht, in der ihn die Erinnerungen an die Mordnacht gequält hatten, war er völlig gerädert am Morgen aufgestanden. Am späten Vormittag hatte er das Telefonat mit seinem Vorgesetzten hinter sich gebracht. Es war nicht so unangenehm gewesen wie befürchtet. Der Mann hatte sich am Telefon freundlich gezeigt und sich über die erwiesene Unschuld Grafs gefreut. Anfang nächster Woche würden sie sich zusammensetzen und über seine berufliche Zukunft im Unternehmen sprechen.

Trotzdem hoffte Graf nach wie vor, dass er nicht an seinen Schreibtisch zurückkehren müsste. Je nachdem, wie das Gespräch mit seinem Schwiegervater lief, könnten sich andere Gelegenheiten auftun.

Er legte den Rasierer beiseite und wusch den restlichen Schaum ab. Mit nacktem Oberkörper ging er ins Schlafzimmer und öffnete den Kleiderschrank. Welches Outfit sollte er tragen? Ein klassischer Anzug wäre wohl zu förmlich. Also holte er ein dunkelblaues Hemd heraus und schlüpfte hinein. Durch die im

Gefängnis verlorenen Kilos passte es nicht mehr perfekt – doch vielleicht würde das bei seinem Schwiegervater zu Pluspunkten führen. Graf wählte eine dunkelblaue Jeans aus, die er vor wenigen Monaten kaum mehr zubekommen hatte. Nun saß sie so gut, dass er sogar einen dekorativen Gürtel durch die Schlaufe zog.

Vom Schlafzimmer ging er in die Küche. Bei seinem heutigen Einkauf hatte er auch ein Geschenk für Johann besorgt. Der pensionierte Richter liebte teure Zigarren. Deswegen hatte Graf aus einem exquisiten Zigarrenladen eine Sechserpackung geholt, die fast genauso viel Geld gekostet hatte wie der Lebensmitteleinkauf im Supermarkt. Hoffentlich wusste sein Schwiegervater die Geste zu schätzen.

Graf schlüpfte in schwarze Schuhe und schnürte sie zu. In dem Ganzkörperspiegel des Dielengarderobenschranks musterte er sich verunsichert. Er trug gedeckte Farben, doch – von den Schuhen abgesehen – kein Schwarz. War das die richtige Entscheidung? Oder sollte er lieber die Jeans wechseln?

»Scheiß drauf«, murmelte er schließlich, griff zum Wagenschlüssel und verließ das Haus.

Eine Viertelstunde später parkte Graf in Maternas Garagenauffahrt. Dessen Auto stand offenbar schon in der Garage.

Graf griff zu dem Geschenk und stieg aus. Es war eine Minute vor neunzehn Uhr. Langsam ging er von der Auffahrt zur Haustür und wartete ein paar Sekunden. Dann klingelte er.

Nervös wischte er sich die rechte Handfläche an der Jeans ab. Sein Schwiegervater sah ihm hoffentlich die Nervosität nicht an.

Der alte Mann öffnete ihm die Tür. Er trug ein hellblaues Hemd und darüber einen dunkelfarbenen Strickpullunder. Außerdem eine dunkelblaue Stoffhose. Zumindest in diesem Punkt hatte Graf den richtigen Riecher besessen.

»Guten Abend, Johann«, begrüßte er ihn.

»Hallo, Konrad.«

»Es ist schön, dich zu sehen.« Einem Impuls folgend, nahm er Materna in den Arm. Der versteifte sich zwar im ersten Moment, erwiderte jedoch zaghaft die Umarmung – bis er sich zurückzog.

»Komm rein.«

»Ich hoffe, du rauchst noch Zigarren.« Er hielt ihm die hölzerne Geschenkbox entgegen.

»Oh, wie fein«, sagte Materna. »Vielen Dank. Die nehme ich dir gerne ab. Gehen wir ins Wohnzimmer«, schlug Materna vor.

Graf folgte ihm. In den letzten Monaten hatte der Mann nichts an der Inneneinrichtung verändert – wahrscheinlich würde er das bis zu seinem Tod nicht mehr tun. Obwohl die Möbel alt und die Teppiche an einigen Stellen schon abgenutzt waren. Vor allem die Wände hätten einen neuen Anstrich benötigt.

»Möchtest du einen Scotch?«, fragte Materna.

Graf ließ sich nichts anmerken, doch das Angebot steigerte seinen Optimismus, dass der Abend erfolgreich verlaufen würde.

»Später gerne«, erwiderte Graf. »Aber ich muss vernünftig sein. Bin ja mit dem Auto hier. Mehr als einen Whisky genehmige ich mir nicht, ich habe eine monatelange Alkoholabstinenz hinter mir.« Von dem gestrigen Gin-Abend musste Materna nichts wissen. »Hast du ein Wasser?«

»Nur Wasser? Bist du ein Kamel?«

Graf lachte pflichtschuldig. »Vorläufig reicht mir das.«

Materna zuckte die Achseln. »Ganz wie du willst. Ich bin gleich wieder da.«

»Brauchst du Hilfe?«

»Das schaffe ich allein.« Materna verschwand in der Küche.

Durch die offene Tür war zu hören, wie sein Schwiegervater Eiswürfel in ein Glas gab. »Letzte Chance«, rief er.

»Später! Danke!« Graf schaute sich um. Unvermittelt fiel ihm doch eine Veränderung auf. An einer Wand, an der zahlreiche Familienfotos hingen, hatte der alte Mann ein paar Bilder ersetzt. Anscheinend war Graf auf keinem einzigen Foto mehr vertreten.

Materna kehrte aus der Küche zurück. Sein Schwiegersohn benötigte eine Sekunde zu lang, um den Blick von der Wand zu nehmen.

»Du hast es bemerkt.« Materna stellte die Gläser auf den Tisch und setzte sich.

»Ist mir sofort ins Auge gesprungen.« Es wäre sinnlos, ihn anzulügen.

»Ich hoffe, es verletzt nicht deine Gefühle. Aber ich

habe dich für den Mörder meiner Tochter und Enkelin gehalten. An die Wand zu starren und dein Gesicht zu sehen hab ich nicht ertragen.«

»Das verstehe ich.« Graf trank einen Schluck des stillen Wassers.

Sein Schwiegervater prostete ihm zu. »Auf dein Wohl.« Er nippte an dem Scotch.

»Ich habe heute Morgen mit meinem Vorgesetzten telefoniert. War ein angenehmes Gespräch. Er war aufgeschlossen.« Graf redete viel zu schnell. Er unterbrach sich und trank einen weiteren Schluck. »Wir setzen uns am Montag zusammen, um über meine Zukunft zu sprechen.«

»Das freut mich für dich. Wirklich.« Materna schaute über die Schulter zu den Bildern. »Darf ich ehrlich sein?«

Grafs Ablenkungsmanöver war nicht aufgegangen. Der alte Mann wollte sich seinen Kummer von der Seele reden.

»Natürlich, Johann.«

»Ich weiß nicht, ob ich die Fotos von dir wieder aufhänge. Hast du meine Tochter im Urlaub auf Mallorca betrogen?«

Auch diesmal würden Lügen keinen Sinn ergeben. Materna kannte sicher alle Einzelheiten von Staatsanwalt Skibbe.

»Ja«, gestand er leise. »Und ich schäme mich so.« Er richtete den Blick auf die Tischkante. »Ich hatte nur diese zwei Ausrutscher im Urlaub. Weder davor noch danach ist mir das passiert. Keine Ahnung, wieso. Ich könnte sagen, ich musste Druck ablassen, aber ich weiß, wie jämmerlich das klingt. Es gibt keine Entschuldigung, und wenn du mich deshalb nie wiedersehen willst, verstehe ich das.«

Mit tränenverschleierten Augen sah er zu seinem Schwiegervater.

Der musterte ihn kalt. »Ich hatte nur eine Frau in meinem ganzen Leben. Martha. Mir hat nie etwas gefehlt. Und du kannst dir vorstellen, dass wir nicht jeden Abend wie die Kaninchen übereinander hergefallen sind. Es gab viele enthaltsame Phasen. Besonders nach Connys Geburt. Das muss ein Ehemann und Vater ertragen.«

Graf legte den Kopf in den Nacken und blickte zur Decke. »Ich weiß.«

»Wieso, Konrad? Wieso hast du das meiner Conny angetan? Mit einer Spanierin. Für Geld. Wie erbärmlich ist das?«

»Total erbärmlich.« Er rieb sich die Augen. »Wir standen damals kurz davor, uns zu trennen«, behauptete er. »Conny wollte mich verlassen.«

Materna durchschaute die Lüge. »Niemals! Ihr war die Ehe heilig.«

»Dachte ich auch. Zwei Tage vor dem Abflug sagte sie mir, dass das unser letzter gemeinsamer Familienurlaub wäre. Sie könne meine Nähe nicht mehr ertragen. Ich würde sie anwidern. Du kannst dir vorstellen, wie sich das auf unsere Stimmung auswirkte. Wir verbrachten möglichst wenig Zeit miteinander. Unter anderem deshalb ging ich in den Spa. Das ist sonst überhaupt nicht mein Ding. Aber die letzten Tage, nachdem ich mit dieser Frau geschlafen hatte ... Ich weiß nicht. Ich war so voller Schuldgefühle. Es gab im Hotel einen kleinen Schmuckladen. Ich kaufte Conny eine Perlenkette und bat sie, uns noch eine Chance zu geben. Was sie zögerlich tat. Nach Mallorca besserte sich unser Verhältnis wieder. Es war nicht immer perfekt. Weiß Gott nicht. Trotzdem wurde es danach besser, und Conny sprach nie wieder von Trennung.«

Glaubte sein Schwiegervater die Lügengeschichte? Von der Perlenkette abgesehen, war der Rest schlicht und ergreifend erfunden. Zumindest runzelte Johann nachdenklich die Stirn und verwies die Geschichte nicht gleich ins Reich der Fabeln. Gleichwohl schwieg er.

»Als ich im Gefängnis saß, habe ich mich gefragt, ob das der Preis ist, denn ich bezahlen muss. Unschuldig verurteilt. Aber das ergab keinen Sinn. Conny und Isa waren tot. Sie hatten ja nichts getan. Sie waren tot, weil ich Idiot die Drohung des Maskierten nicht ernst genommen hatte. Trotzdem dachte ich jeden Tag, dass der Richter mir glauben müsste. Ich hätte meinen süßen Frauen nie etwas antun können. Niemals!«

»Die Wahrheit kommt immer ans Licht«, sagte Materna leise. »Das habe ich in all meinen Berufsjahren gelernt.«

»Zum Glück.«

Graf trank das Glas Wasser aus. Auch Materna leerte seinen Scotch.

»Jetzt hätte ich nichts gegen einen starken Whisky

einzuwenden.«

Prompt erhob sich sein Schwiegervater. »Hol ich dir.«

»Ich kann das selbst erledigen.«

»Du bist mein Gast. Ich weiß, wie man Gäste behandelt. Oder willst du das in Abrede stellen?«

»Um Gottes willen! So war das nicht gemeint!«

»Bleib sitzen.« Materna verschwand in der angrenzenden Küche.

Graf lächelte. Nach dem missglückten Start lief das Gespräch nun optimal. Sein Schwiegervater schien ihm die Geschichte abzukaufen. »Ich gehe eben zur Toilette«, rief er.

»Du weißt ja, wo die ist.«

Graf ging in die Diele, von der eine Tür zum Gästeklo abzweigte. Er versperrte sie von innen und gestattete sich ein breites Grinsen. »Du Narr!«, flüsterte er leise. »Conny hätte mir einen Gefallen getan, wenn sie an Trennung gedacht hätte.« Er klappte den Toilettendeckel hoch. Sie hätte ihnen allen einen Gefallen damit getan, denn dann würden sie noch leben. Auch seine Isabel.

Nachdem er sich erleichtert hatte, kehrte er ins Wohnzimmer zurück. Sein Schwiegervater saß bereits am Tisch. Vor ihm standen zwei Scotch on the rocks.

»Zum Wohl«, sagte er.

»Zum Wohl.« Graf griff zum Glas und trank einen Schluck. Das Zeug schmeckte bitter. Kaufte Johann inzwischen schlechtere Qualität, oder war Graf bloß den Geschmack von Whisky nicht mehr gewohnt? Er stellte das halb geleerte Glas zurück.

»Ich habe meine Tochter und meinen Enkel verloren. Aber wenigstens habe ich meinen Schwiegersohn zurückgewonnen. Lass uns darauf anstoßen.«

Materna hielt ihm sein Glas entgegen. Erneut griff Graf zum eigenen Whiskyglas und stieß mit ihm an.

»Kippen wir's runter. Ich muss bekennen, ich hatte schon mal bessere Sorten. Hab mich diesmal wohl vergriffen.«

Graf trank es in einem Zug aus. »Mir schmeckt er«, behauptete er. »Aber einer reicht. Ich möchte keine Scherereien mehr mit der Polizei.«

»Ich höre jetzt auch auf, bevor ich nicht mehr in der Lage bin ...« Materna brach ab.

»Wozu in der Lage?«

Er schüttelte den Kopf. »Egal. Erzähl mir von ...«

Graf fasste sich an die Stirn. Unvermittelt überkam ihn Schwindel. »Was hast du gesagt?« Sein Schwiegervater verschwamm vor seinen Augen. »Oh Gott, vertrage ich keinen Alkohol mehr? Herrje! Das gibt's nicht! Das war nur ein Scotch.«

»Ein ganz Besonderer.«

»Wie meinst du das? Mir wird schlecht! Ich muss ...« Mit zittrigen Beinen erhob er sich. Um nicht zu stürzen, hielt er sich an der Tischkante fest.

»Die Zeit der Gerechtigkeit ist da«, sagte Materna.

»Was?«, fragte Graf verständnislos.

»Du wirst bezahlen.«

»Wofür?«

»Du hast sie auf dem Gewissen!«

Graf sah seinen Schwiegervater an. Im nächsten Moment wurde ihm schwarz vor Augen. Seine Beine trugen ihn nicht mehr. Er stürzte zu Boden. Hart schlug er mit dem Kopf aufs Eichenparkett und verlor das Bewusstsein.

15

»Ich bin wieder da«, rief Tobias Lemmer abends um halb acht, als er die Haustür hinter sich zudrückte.

»Papa!«, erklang Milas Stimme. »Na endlich!«

Die Fünfjährige rannte ihm entgegen, er breitete die Arme aus und fing seine federleichte Tochter auf.

»Hallo, mein Schatz.«

»Du warst lange weg. Mama wollte mich schon ins Bett schicken.«

»Tut mir leid. Die Arbeit hat mich aufgehalten.« Lemmer setzte seine Tochter ab. »Wo ist Mama?«

»In der Küche.«

Gemeinsam gingen sie dorthin. Nina saß am Küchentisch und füllte ein Sudoku aus. Sie hob nur für den Bruchteil einer Sekunde den Blick.

»Hallo, Liebling«, sagte er. »Die Telefonkonferenz mit der Zentrale in New York hat sich in die Länge gezogen.«

»Macht nichts. Hast du Hunger? Im Kühlschrank steht ein Dip. Du könntest dir Gurken und Paprika kleinschneiden.«

»Mache ich vielleicht später. Jetzt bringe ich die Kleine ins Bett, einverstanden?«

»Na klar. Mila, bekommt Mama noch einen Kuss?«

Während Lemmer die beiden beobachtete, spielte er mit dem Gedanken, Nina von dem Polizeianruf zu erzählen, der ihn seit dem Vormittag beschäftigte. Wie würde sie reagieren? Er hatte der Polizistin nicht die Wahrheit gesagt. Denn tatsächlich hatte er sich von der spanischen Masseurin ein Happy End mit der Hand besorgen lassen. Hinterher hatte Lemmer befürchtet, Nina würde es ihm anmerken. Oder die Spanierin würde ihn verraten. Erst nach der Rückkehr aus Mallorca hatte er sich sicher gefühlt. Würde er Ninas Misstrauen wecken, wenn er ihr von dem Anruf erzählte?

Es war eindeutig besser, das Thema zu verschweigen. Die Polizistin hatte ihm versprochen, dass seine Frau nichts davon erführe. Lemmer beobachtete Nina, die ihrer Tochter durchs Haar fuhr und ihr insgesamt drei Küsse gab. Wange, Nase, Wange. Ein altes Ritual zwischen den beiden. Das Mädchen kicherte vergnügt.

»Gute Nacht, mein Schatz. Träum was Schönes.«

»Gute Nacht, Mama!«

Ninas Blick streifte ihn. Sie presste die Lippen zusammen, rang sich ein gezwungenes Lächeln ab und konzentrierte sich auf ihr Rätsel.

»Komm, Engelchen.« Er streckte seiner Tochter die Hand entgegen. Offenbar war Nina wieder einmal eine Laus über die Leber gelaufen. Bestimmt gab sie ihm die Schuld für seine späte Heimkehr. Als könnte er sich das aussuchen.

Milas warme Finger drückten auf seinen Handballen. »Ich muss Minimi noch schöne Träume wünschen«, sagte sie.

»Na, dann machen wir das.« Sobald seine Tochter dem Zwergkaninchen gute Nacht gesagt hätte, würde er die Decke über den Käfig ausbreiten.

***

Graf lag wehrlos am Boden. Materna stand nur wenige Schritte entfernt und richtete den Gewehrlauf auf den verhassten Schwiegersohn.

»Du bist ihr Mörder, so oder so«, flüsterte er.

Er musste nur noch abdrücken. Sekunden verstrichen.

Johann! Los!, feuerte er sich an.

Wovor hatte er Angst? Brachte er es nicht übers Herz, einen Menschen kaltblütig zu erschießen? Oder fürchtete er sich viel mehr vor dem tödlichen Getränk, das er anschließend schlucken musste, um seine letzten Lebensjahre nicht im Gefängnis zu verbringen?

Es klingelte an der Haustür. Erschrocken zuckte Materna zusammen. Wer kam um diese Uhrzeit zu ihm? Er schaute zur Diele. Vielleicht verschwände der unangekündigte Besucher von allein.

Doch ein paar Herzschläge später klingelte es erneut.

»Verdammt!«

Hektisch blickte er sich um. Wo sollte er das Gewehr verstecken? Da ihm kein besserer Platz einfiel, lehnte er es einfach an einen Stuhl. Materna lief in die Diele und zog die Wohnzimmertür zu.

Draußen wartete Ludger Skibbe.

»Guten Abend, Johann.« Mit dem rechten Daumen deutete er zu dem in der Garagenauffahrt stehenden Wagen. »Ist das nicht das Auto deines Schwiegersohns?«

»Was willst du hier? Ich habe keine Zeit.«

»Keine Zeit? Ich möchte dich persönlich über eine wichtige Entwicklung in Kenntnis setzen.«

»Nicht heute Abend. Komm morgen wieder.«

Skibbe wirkte verwirrt. »Johann! So kenne ich dich gar nicht. Was ist los? Macht Graf Ärger?«

»Fahr einfach weg. Bis morgen.«

Materna trat einen Schritt zurück und wollte die Tür schließen. Doch Skibbes setzte den Fuß in den Spalt.

***

Benommen schlug Graf die Augen auf. Die Umgebung nahm er nur verschwommen wahr.

Was war passiert?

Sein Kopf dröhnte. Stöhnend fasste er sich an die Schläfe.

»Johann?«

Niemand antwortete ihm.

Graf richtete sich leicht auf. Er blinzelte mehrfach. In seinem Kopf drehte sich alles. Wenigstens nahm er wieder die nähere Umgebung wahr. Die Wohnzimmertür war geschlossen.

»Nimm deinen Fuß weg!«, schallte Maternas gedämpfte Stimme zu ihm herüber.

Mit wem unterhielt sich der alte Mann?

»Oh Gott!«, stöhnte Graf. Die Erinnerung kehrte zurück. Der merkwürdig schmeckende Scotch, Maternas kalter Blick, danach der Filmriss. Was war passiert?

»Schüchtert dich dein Schwiegersohn ein?«, ertönte eine andere Stimme.

Um wieder Herr seiner Sinne zu werden, atmete Graf tief durch. Dann bemerkte er einen am Wohnzimmerstuhl lehnenden Gegenstand. Zunächst glaubte er, sein Verstand würde ihm einen Streich spielen. Er blinzelte mehrfach, doch das Gewehr verschwand nicht.

»Der Einzige, der mir gerade Ärger macht, bist du«, sagte Materna.

»Ich seh mich im Wohnzimmer um! Ob du willst oder nicht.«

»Das ist Hausfriedensbruch. Verschwinde!«

Wieso stritt sich Materna mit jemandem? Hatte er deswegen die Waffe bereitgestellt? Oder ...

Die einzig logische Erklärung traf ihn wie ein Faustschlag. Materna hatte ihn betäubt, um ihn zu töten. Die letzten bewusst wahrgenommenen Worte vor dem Filmriss hallten in seinem Kopf wider.

»Die Zeit der Gerechtigkeit ist da. Du wirst bezahlen. Du hast sie auf dem Gewissen!«

Stand dort draußen jemand, der davon erfahren hatte und zu seiner Rettung herbeigeeilt war?

»Du gehst sofort!«, schrie Materna.

»Nicht, bevor ich nach dem Rechten gesehen habe.«

Falls Johann den Retter verscheuchte, musste sich Graf selbst verteidigen. Er kroch vorwärts. Nach wenigen Sekunden erreichte er das Gewehr, umklammerte es und zog sich am Stuhl hoch. Wacklig kam er auf die Beine. Er richtete den Gewehrlauf zur Tür. Das Karussell in seinem Kopf drehte sich wieder schneller.

»Ludger!«, schrie Materna. »Bleib stehen!«

Die Wohnzimmertür flog auf. Graf erkannte den verhassten Staatsanwalt, direkt daneben Materna, der sich nun an dem Besucher vorbeizwängte.

»Mein Gott!«, entfuhr es dem Staatsanwalt.

Jetzt verstand Graf. Die beiden hatten sich zu einem Mordkomplott gegen ihn verschworen. Niemand war zu seiner Rettung herbeigeeilt. Sie wollten ihn eiskalt erledigen.

Graf spürte eine nahende Ohnmacht. Doch das wäre sein Ende.

»Legen Sie das Gewehr weg«, forderte der Staatsanwalt. »Johann, nicht!«

Graf schoss. Der Rückstoß brachte ihn aus dem Gleichgewicht. Er hörte einen Schrei, ein Poltern. Dann stürzte er selbst zu Boden. Erneut verlor er das Bewusstsein.

***

»Fuck!«, fluchte der Mörder.

Auffallend langsam fuhr ein Streifenwagen die Straße entlang. Die Polizei durfte ihn unter keinen Umständen entdecken. Sollte er aus dem Auto steigen?

Seine Hand umklammerte bereits den Türgriff. Eventuell hatten die Bullen die Fotos aller fraglichen Männer und würden ihn selbst im abendlichen Dämmerlicht erkennen.

Er rutschte tief in den Sitz und beugte sich nach rechts. Vielleicht würden sie ihn bei einer flüchtigen Musterung der parkenden Wagen übersehen.

Unbewusst hielt er den Atem an.

Was hatte das Auftauchen des Streifenwagens zu bedeuten? War das ein Zufall? Der Mörder mochte nicht daran glauben. Also hatten die Bullen mehr unternommen, als nur die eventuell gefährdeten Familienväter anzurufen. Patrouillierten gerade Schutzpolizisten in allen Städten? Auch bei ihm zu Hause?

Er atmete flach durch die Nase und lauschte aufmerksam. Von draußen vernahm er keinerlei Fahrgeräusche. Hatten die Bullen angehalten? Oder parkten sie sogar vor dem Haus der Lemmers?

Umständlich zog er das Handy aus der Hosentasche. Das gesperrte Display zeigte ihm die Uhrzeit an. Gebannt starrte er darauf. Er würde mindestens fünf Minuten in dieser unbequemen Haltung verharren.

***

Fassungslos starrte Ludger Skibbe auf den toten Materna. Der alte Mann hatte sich im falschen Moment an ihm vorbeigezwängt und war in die Schussbahn geraten. Oder genau im richtigen Moment, sonst hätte Skibbe die Schrotladung abbekommen. Das Blut aus Maternas Bauchwunde durchtränkte den Strickpullunder.

Skibbe hatte bereits den Notruf alarmiert und das Gewehr aus Grafs Reichweite geschoben. Dabei hatte er den eingravierten Namen auf dem Gewehrlauf bemerkt. Johann Materna.

Wie war Graf an die Waffe gelangt? Und wieso hatte sich Materna an der Haustür so seltsam verhalten?

Ein Stöhnen riss ihn aus den Gedanken.

»Was ist passiert?«, fragte Graf kaum verständlich.

»Das will ich von Ihnen wissen. Sie haben Ihren Schwiegervater erschossen.«

Erst jetzt bemerkte Graf den am Boden liegenden Mann. »Nein!«, sagte er leise. »Er wollte mich töten. Ich hab mich verteidigt.«

»Was ist passiert?«

Graf kroch zum nächsten Stuhl und zog sich daran hoch. »Er hat mir einen Scotch eingeschenkt. Der schmeckte komisch. Mir wurde schwindelig. Er sagte so etwas wie ›Du wirst bezahlen. Du hast sie auf dem Gewissen‹. Danach habe ich einen Filmriss. Ich kam wieder zu mir und hörte Johanns aufgeregte Stimme. Sie haben sich mit ihm gestritten, richtig?«

»Er hat sich seltsam benommen. Unfreundlich.«

Graf zeigte zum Tisch. »Das war mein Glas. Bestimmt hat er mich ... vergiftet.«

»Polizei!«, ertönte eine laute Stimme von der Haustür her.

»Staatsanwalt Ludger Skibbe. Ich habe Sie alarmiert. Sie können hereinkommen.«

Ein Streifenpolizist tauchte mit gezogener Waffe im Türrahmen auf. Entsetzt blickte er zu dem Toten. »Was ist passiert?«

»Er wurde erschossen«, antwortete Skibbe.

»Wer hat geschossen?«

»Dieser Mann«, sagte der Staatsanwalt.

Ein zweiter Polizist gesellte sich zu ihnen – ohne gezogene Waffe. Unterdessen richtete der erste Polizist die Dienstpistole auf Graf. »Hände hoch.«

»Nein! Warten Sie! Ich fürchte, es ist komplizierter, als es aussieht«, sagte Skibbe. Er wandte sich an Graf. »Wo hat Johann die Getränke zubereitet?«

»In der Küche.«

»Gehen Sie in die Küche«, bat Skibbe den unbewaffneten Schutzpolizisten. »Die ist dort.« Er zeigte nach rechts. »Sagen Sie mir, ob Sie K.o.-Tropfen oder etwas Ähnliches finden.«

Der Polizist folgte der Aufforderung. »Keine Tropfen. Zumindest nicht auf dem ersten Blick«, rief der Mann. »Aber hier liegen zwei kleine Plastikbeutel. Einer enthält winzige Pulverreste. Die andere Tüte ist mit einem gleichfarbigen Pulver gefüllt.«

»Herr Graf, hören Sie mir genau zu«, sagte Skibbe. »Wir müssen Ihr Blut und Ihren Urin untersuchen. Ich schätze, Materna hat Sie unter Drogen gesetzt. Keine Ahnung, wie lange das Zeug in Ihrem Körper nachweisbar ist. Sind Sie damit einverstanden, dass wir Sie für die Untersuchung zum Präsidium fahren?«

»Ja. Machen Sie das.«

Skibbe schaute Graf an, den Mann, gegen den er beinahe einen Mordprozess geführt hätte. Diesmal hatte der Kerl wirklich einen Menschen getötet und würde wohl trotzdem straffrei ausgehen. Doch wenigstens fühlte es sich diesmal richtig an. »Beeilen wir uns!«

***

Langsam wechselte der Mörder die Position. Seine Augen suchten die Straße ab. Von dem Streifenwagen war nichts mehr zu sehen.

Entschlossen drehte er den Zündschlüssel herum. Er musste die Konsequenzen des polizeilichen Schachzugs überdenken. Mit einer Streife hatte er nicht gerechnet. Wie wirkte sich das auf seine Pläne aus? Vorsichtig lenkte er den Leihwagen aus der schmalen Lücke und fuhr davon. Auf dem Weg zu seinem Ehrenfelder Apartment kamen ihm gleich zwei Streifenwagen entgegen. Obwohl die Besatzung ihn keines Blickes würdigte, zuckte er jedes Mal zusammen. So konnte das nicht weitergehen. War Köln ein zu heißes Pflaster, oder würde er in den anderen Städten vor demselben Problem stehen?

16

Morgens um neun Uhr informierten Staatsanwalt Skibbe und Hauptkommissar Fontane die KEG-Mitglieder über die schockierenden Entwicklungen des Vorabends.

»Johann Materna und ich waren befreundet«, sagte Skibbe. »Deswegen wollte ich ihn gestern Abend persönlich informieren, dass die Staatsanwaltschaft die Anklage gegen Konrad Graf fallen lässt. Er scheint ja tatsächlich unschuldig zu sein.« Er berichtete, was nach seinem Auftauchen an der Haustür passiert war. »Graf hat freiwillig eine Urin- und Blutprobe abgegeben. Ich warte noch auf die endgültigen Ergebnisse, aber der Schnelltest war positiv. Polizisten haben im Altpapier eine leere Kartonhülle verschreibungspflichtiger Schlaftabletten gefunden. Auch da warte ich auf die Bestätigung. Wenn ich wetten müsste, würde ich auf folgendes Szenario tippen: Materna hat Graf mit dem Schlafmittel betäubt und wollte ihn erschießen. Anschließend hätte er eine Überdosis des Medikaments genommen. Einen Abschiedsbrief hatte er noch nicht geschrieben. Allerdings lagen ein leeres Blatt Papier und ein Montblanc-Füller auf dem Schreibtisch im Arbeitszimmer.«

»Planen Sie in diesem Punkt eine Anklage gegen Graf?«, fragte Drosten.

»Nicht bei den Indizien. Wegen des Medikamenteneinflusses hat er in meinen Augen einen Notwehrexzess im Sinne von Paragraf 33 StGB begangen. Er wird straffrei davonkommen.«

»In jedem Fall hat das nichts mit unseren Ermittlungen zu tun«, sagte Sommer. »Wir verlassen übrigens noch heute Stuttgart, um neuen Spuren zu folgen.«

Fontane nickte. »Halten Sie uns bitte auf dem Laufenden?«

Im Hotel besprachen sie das weitere Vorgehen. Drosten schaute auf die Notizen, die er über die Männer zusammengefasst hatte.

»Silvio Fust lebt in Nürnberg. Das sind von hier aus gut zweihundert Kilometer. David Hohenauer wohnt in Bremen. Nicolas Magull in Schwerin. Von Nürnberg gerechnet ist es ziemlich egal, ob man erst Bremen oder Schwerin anfährt. Wir sind zu dritt und könnten uns aufteilen. Mit dieser Taktik haben wir allerdings bei den Ermittlungen gegen den Journalisten Kappler keine guten Erfahrungen gemacht«, erinnerte er an einen wenige Monate zurückliegenden Fall.

Kraft und Sommer nickten zustimmend.

»Außerdem wissen wir nicht, ob einer der Männer tatsächlich ein Verdächtiger ist«, fuhr Drosten fort. »Es ist bloß die einzige Spur, die wir derzeit verfolgen können.«

Sommer lehnte sich zurück. »Du schlägst also vor, dass wir gemeinsam losfahren.«

»Wir könnten in gut zwei Stunden in Nürnberg sein. Je nachdem, wann wir Fust antreffen, könnten wir noch heute nach Schwerin oder Bremen aufbrechen. Wäre ein irrsinnig langer Tag auf der Autobahn, aber so ist das nun mal. Seid ihr einverstanden?«

»In zehn Minuten am Auto«, sagte Kraft. »Bis gleich.«

***

Wegen eines Staus benötigten sie zweieinhalb Stunden und trafen zur Mittagszeit in Nürnberg ein. An der Adresse, die ihnen das BKA besorgt hatte, hing ein Messingschild.

Silvio Fust
Rechtsanwalt

Auf den Klingelschildern tauchte der Name Fust zweimal auf, einmal mit dem Zusatz *Rechtsanwaltskanzlei*.

Drosten drückte zuerst die Büroklingel.

»Hallo«, erklang eine junge weibliche Stimme.

»Hauptkommissar Robert Drosten. Ist Rechtsanwalt

Fust zu sprechen?«

»Kommen Sie hoch! Zweite Etage«, erwiderte die Frau.

Der Rechtsanwalt empfing sie in seinem großen Büro, das aus einer Einrichtungswerbung für Anwaltsbüros hätte stammen können. Akten auf dem antiken Schreibtisch. Bücher mit Gesetzestexten im Regal. Der dunkelhaarige Anwalt erinnerte sich sofort an das gestrige Telefonat mit Drosten und konnte ihm sogar die abgespeicherte SMS zeigen.

»Was wollen Sie hier?«, fragte er. »Es klang am Telefon für mich so, als hätten wir alles geklärt.«

»Es sind neue Spuren aufgetaucht, denen wir gerade nachgehen. Sie können uns wahrscheinlich helfen, sie richtig einzuordnen.« Drosten lächelte freundlich.

Der Anwalt schaute auf seine Armbanduhr. »In einer halben Stunde erwarte ich einen Mandanten. Bis dahin stehe ich Ihnen zur Verfügung.«

Er erhob sich vom Stuhl und öffnete die Bürotür. »Jacky, bitte in der nächsten halben Stunde keine Störung. Egal, um was es geht.« Ohne die Antwort seiner Sekretärin abzuwarten, schloss er die Tür wieder. »Was wollen Sie wissen?«, fragte er auf dem Weg zurück zu seinem Bürosessel.

»Erzählen Sie uns einfach alles, was Ihnen im Zusammenhang mit dem Mallorca-Urlaub und der spanischen Masseurin Adriana Sanches in Erinnerung geblieben ist.«

Fust presste die Lippen zusammen. »An die erinnere

ich mich nur zu lebhaft. Sie war der Auslöser meiner Scheidung.«

»Oh«, entfuhr es Drosten. Die Information hatte der Rechtsanwalt am Telefon verschwiegen. »Jetzt bin ich richtig neugierig.«

»Meine Ex-Frau Rita und ich waren mit unseren Söhnen Ben und Max da. Ben war damals sieben, nein, acht. Max war vier Jahre alt. Unsere Ehe steckte eigentlich schon seit Bens Geburt in einer Krise. Max ist aus dem dämlichen Wunsch heraus entstanden, mit einem zweiten Kind die Beziehung zu kitten. Verstehen Sie mich nicht falsch. Ich liebe meine Söhne. Aber zumindest Max' Zeugung war eine saudumme Idee. Na ja.« Er zog kurz die Augenbrauen hoch. »Das Hotel war schön, und für einen 5-Sterne-Schuppen in den Ferien noch bezahlbar. Rita und ich versuchten, den Jungs einen unvergesslichen Urlaub zu gestalten. Für mich hätte zu einer gelungenen Auszeit auch ... Körperlichkeit gehört. Meine Ex ließ mich in der Hinsicht eiskalt abblitzen. Mehrfach. Im Laufe der zweiten Woche landete ich im Spa. Diese wunderschöne, junge Spanierin massierte mich. Wir kamen ins Gespräch, und ich heulte mich ein bisschen über die Zickigkeit meiner Gattin aus. Da machte sie mir ein umwerfendes Angebot. Ganz spontan nahm ich das volle Programm in Anspruch. Es war aufregend und sexy. Zumindest solange es dauerte. Danach konnte ich nicht fassen, schwach geworden zu sein. Bis zum Abflug schaffte ich es irgendwie, mein schlechtes Gewissen gegenüber Rita zu unterdrücken. Obwohl sie mir anmerkte, dass etwas nicht stimmte. Ein paar Tage nach unserer Rückkehr gestand ich ihr alles. Es war der berühmte Tropfen, der ein volles Fass ... Sie wissen schon. Rita leierte die Scheidung an.« Der Anwalt zuckte mit den Achseln. »Anfangs tat das weh. Inzwischen führe ich ohne Beziehung ein ruhigeres Leben. Diese Dating-Apps sind eine großartige Erfindung für Menschen, die sich nicht binden wollen.« Er breitete die Arme aus. »Das hier ist jetzt mein Leben. Ich pendle zwischen dem Büro, meiner Wohnung im Stock über uns und dem Gericht hin und her. Manchmal habe ich eine Verabredung, und alle zwei Wochen sehe ich meine Jungs. Mir reicht das.«

Drosten nannte ihm die Daten der Mordnächte. »Haben Sie für die Zeit ein Alibi?«

»Spinnen Sie?«, erwiderte der Anwalt gereizt. »Was soll das? Sehen Sie in mir einen Verdächtigen? Ich dachte, Sie wollten mich vor einem durchgeknallten Mörder warnen.«

»Darum geht es uns«, beteuerte Kraft. »Trotzdem sichern wir uns gern in alle Richtungen ab.«

Der Anwalt erhob sich. »Es wäre Ihre Pflicht gewesen, mich darauf hinzuweisen. Verlassen Sie sofort mein Büro.«

»Wir könnten Ihre Unschuld auch auf andere Weise feststellen«, entgegnete Sommer gelassen. »Darf ich eine Tonaufnahme von Ihrer Stimme mitschneiden, die ich einer Überlebenden vorspielen ...«

»Unterstehen Sie sich!«, warnte der Anwalt ihn. »Ich bin Strafverteidiger und erteile Ihnen keine

Genehmigung dafür. Wenn Sie mich heimlich aufnehmen, setze ich Himmel und Hölle in Bewegung, um Ihre Dienstmarke zu kassieren. Jetzt raus mit Ihnen. Eine Unverschämtheit, was Sie sich erlauben!«

***

Wegen der besseren Verkehrslage fuhren sie zuerst nach Schwerin. Dabei analysierten sie das Verhalten des Rechtsanwaltes.

»Seine Reaktion auf die Frage nach dem Alibi könnte mit seinem Job zusammenhängen«, vermutete Kraft. »Strafverteidiger sind ja nicht unbedingt unsere besten Freunde.«

»Wahrscheinlich hat er kein Alibi und die Nacht beziehungsweise den frühen Morgen allein verbracht«, fügte Drosten hinzu.

»Trotzdem hätte er uns eine Tonaufnahme gestatten können«, maulte Sommer. »Ich finde das suspekt, falls er nichts zu verbergen hat.«

Drosten schmunzelte. »Auch wenn wir uns das manchmal wünschen, muss uns leider niemand seine Unschuld beweisen.«

Am frühen Abend trafen sie in Schwerin ein. Bevor sie sich ein passendes Hotel suchten, fuhren sie bei Nicolas Magull vorbei. Der Mann wohnte in einem Mehrfamilienhaus im Erdgeschoss. Kraft, die mit ihm telefoniert hatte, drückte zweimal hintereinander den Klingelknopf. Doch niemand öffnete ihnen. Aus der

Erdgeschosswohnung drang kein Licht durch die mit Gardinen verhangenen Fenster.

»Fahren wir zuerst zum Hotel, packen unsere Sachen aus und kommen dann wieder«, schlug Sommer vor.

Doch zwei Stunden später hatten sie keinen größeren Erfolg. Nach wie vor öffnete ihnen niemand, und die Wohnung lag weiterhin im Dunkeln.

Am nächsten Morgen probierten sie es gegen halb zehn. Entweder war der Bewohner nicht anwesend, oder er öffnete ihnen absichtlich nicht.

»Darf ich mal vorbei«, erklang eine Stimme hinter ihnen.

Ein Paketbote trug die Lieferung eines großen Versandhändlers in der Hand. Kraft machte dem Mann vor der Tür Platz und schaute ihm über die Schulter. Der Bote klingelte bei der zweiten Erdgeschosswohnung, wo ihm nach Sekunden jemand öffnete.

Der Mann betrat den Hausflur, und die Polizisten folgten ihm.

»Hallo, Frau Müller. Ich habe ein Paket für Sie.«

»Lernen Sie die anderen an?«, fragte die Frau.

»Die gehören nicht zu mir. Keine Ahnung, wer das ist.« Der Paketbote lachte, ließ sich den Erhalt der Lieferung quittieren und verabschiedete sich.

Kraft holte ihren Dienstausweis aus der Jackentasche. »Oberkommissarin Kraft, das sind meine Kollegen Sommer und Drosten.«

Das Misstrauen der Frau wich unverhohlener

Neugier. »Wie kann ich Ihnen helfen?«

»Wir versuchen, seit gestern Abend Herrn Magull anzutreffen. Wissen Sie, wann er nach Hause kommt? Oder wo er sich gerade aufhält?«

Die Nachbarin schaute zur Wohnungstür des betreffenden Nachbarn. »Das weiß man bei ihm nie. Er ist oft unterwegs. Ständig nehme ich Pakete für ihn an. Hat er etwas ausgefressen?«

»Er ist ein wichtiger Zeuge. Wir brauchen eigentlich nur eine Unterschrift von ihm«, behauptete Kraft.

»Tut mir leid. Keine Ahnung, wann er sich die Ehre gibt. Am besten rufen Sie ihn an.«

Genau das machen wir nicht, dachte Drosten. *Der erste Anruf muss genügen. Ich will ihn nicht vorwarnen.*

Vor der Haustür besprachen sie ihr weiteres Vorgehen. Als Sommer bemerkte, dass jemand in der Wohnung der Nachbarin Müller verstohlen ein Fenster öffnete, zogen sie sich zum Wagen zurück.

»Rufen wir im Schweriner Kriminalkommissariat an. Vielleicht unterstützen uns die Kollegen unbürokratisch, und wir können nach Bremen aufbrechen«, sagte Drosten.

17

Am frühen Nachmittag steuerte Sommer ihren Dienstwagen in die Bremer Straße, in der David Hohenauer lebte. Während der Fahrt hatten sie aus Schwerin eine erste Rückmeldung erhalten. Die dortigen Kollegen hatten ihnen gleich ihre Unterstützung zugesagt, doch auch sie hatten Magull zur Mittagszeit vergebens aufgesucht. Sie würden es im Lauf des Tages noch mindestens ein weiteres Mal probieren. Die Kollegen wussten, dass sie Magull nicht telefonisch kontaktieren sollten. Dass er in den Fokus der Ermittlungen gerückt war, sollte er nicht durch einen Anruf erfahren.

»Hausnummer vierundzwanzig ist da vorn«, sagte Drosten, der auf dem Rücksitz saß.

Sommer fand einen Parkplatz nahe der Eingangstür. Hohenauer lebte in einem klassischen Sechzigerjahre-Wohngebiet, in dem sich Mehrfamilienhäuser aneinanderreihten. Die meisten hätten dringend einen neuen Farbanstrich benötigt.

Hohenauers Name stand in der obersten Reihe der Klingelschilder. Offenbar wohnte er im Dachgeschoss. Sommer klingelte.

»Hallo?«, ertönte es Sekunden später aus der Gegensprechanlage.

»Herr Hohenauer. Hier spricht Hauptkommissar Sommer. Wir haben vorgestern miteinander telefoniert.«

»Wegen Mallorca?«

»Genau. Meine Kollegen und ich haben noch ein paar Fragen an Sie.«

»Ich wohne ganz oben. Der Aufzug ist leider defekt.«

Ein Endzwanziger erwartete sie an der Wohnungstür und grinste bei ihrem Anblick wie ein Schuljunge.

»Sie scheinen alle gut in Form zu sein«, sagte er anerkennend. »Keiner von Ihnen ist außer Atem. Erstaunlich. Manche meiner Freunde weigern sich momentan, überhaupt vorbeizukommen. Kommen Sie rein.«

Ohne sich einen Ausweis zeigen zu lassen oder nach dem konkreten Grund ihres Auftauchens zu fragen, führte er sie ins Wohnzimmer. Schon am Telefon war Sommer die aufgeschlossene Art des Mannes aufgefallen.

Hohenauer zeigte auf eine Sitzlandschaft. »Machen Sie es sich bequem. Worum geht's überhaupt?«

Während sich Sommer und seine Kollegen setzten, blieb der Mann stehen.

»Sie waren vor zwei Jahren mit Ihrer Partnerin und Ihrem Kind in dem Hotel ...«, begann Sommer.

Hohenauer hob die Hand. »Nicht mein Kind. Zumindest nicht mein leibliches.«

»Das wundert mich jetzt.« Sommer schlug ein kleines Notizbuch auf. »Die Hotelmanagerin hat uns mitgeteilt, Sie wären mit einer gewissen Nadine Ankermann und ihrem Sohn Philip zwei Wochen ...«

Hohenauer lachte auf. »Ihre Verwirrung ist lustig. Ich habe mich in Nadine verliebt, als sie schwanger war. Sie hatte sich damals schon seit Wochen von Philips Erzeuger getrennt. Wir haben vier mehr oder weniger schöne Jahre miteinander verbracht, bevor sie mir letztes Jahr den Laufpass gab, kurz vor Weihnachten. Aber geben Sie nicht dem Hotel die Schuld für die Fehlinformation. Wir mussten beim Check-in nicht unsere Lebensgeschichte aufschreiben.«

»Damit ist dieses Missverständnis schon einmal geklärt. Danke! Kommen wir auf die spanische Masseurin zu sprechen. Sie erinnern sich?« Sommer holte das Foto heraus, das die beiden zeigte.

»Ja«, bestätigte Hohenauer.

»Sie haben telefonisch ausgesagt, nichts von ihren speziellen Dienstleistungen gewusst zu haben.«

»Mir hat sie die nicht angeboten. Ich hätte auch gar kein Interesse daran gehabt. Damals lief es gut zwischen mir und Nadine. Mit einem kleinen Kind im Zimmer ist es zwar manchmal schwierig gewesen, sich ungestört näherzukommen, aber Philip hatte zum Glück einen tiefen Schlaf.« Er lächelte versonnen.

»Sie wirken, als würde Ihnen die Trennung von Frau Ankermann und ihrem Sohn leidtun«, stellte Kraft fest.

»Ich vermisse Philip. Nadine will nicht, dass ich Kontakt zu ihm habe, obwohl ich so lange ein wichtiger Bestandteil seines Lebens war. Leider kann ich nichts dagegen tun. Bin ja nicht der leibliche Vater.«

»Das tut mir leid zu hören«, sagte Drosten. »Wo waren Sie heute vor einer Woche? Oder konkret gefragt: Von Mittwochabend auf Donnerstagmorgen?«

»Wow! Abrupter Themenwechsel. Lernt man das während der Polizeiausbildung? Wieso wollen Sie das wissen?«

»Wir erkundigen uns bei allen Männern, ob sie für die Mordnächte Alibis haben«, erklärte Sommer.

»Haben Sie nicht bei unserem Telefonat gesagt, Sie wollten mich vorwarnen? Weil ich eventuell ins Visier eines Mörders geraten sei? Letzten Mittwoch? Da war ich mit einem Freund abends bowlen.«

»Von wann bis wann?«, hakte Sommer nach.

»Etwa gegen zwanzig Uhr bis halb zwölf. Ich war um Mitternacht hier. Meinen Job kann ich mir einteilen. Deswegen ist es egal, wann ich nach Hause komme. Bin ja freiberuflicher Mediengestalter. Für Donnerstagfrüh kann ich Ihnen also keinen Alibigeber benennen. Wow!« Er wirkte fassungslos.

Sommer überschlug die zeitlichen Angaben. Von Bremen nach Koblenz würde man selbst bei völlig freien Autobahnen mindestens drei Stunden benötigen. Sollte der Bowlingpartner die Zeitangaben bestätigen, wäre Hohenauer aus dem Schneider. »Wie heißt Ihr Freund?«

»Rouven Schiller. Wir sind seit der Schulzeit befreundet.«

»Haben Sie eine Telefonnummer und eine Adresse für uns?«, fragte Kraft.

Hohenauer nannte beides bereitwillig.

»Da wäre noch eine Sache. Ich würde gerne einen Tonmitschnitt Ihrer Stimme anfertigen, um sie Zeugen vorzuspielen. Sind Sie damit einverstanden?« Sommer nahm sein Handy aus der Jackentasche.

»Nein!«, widersprach Hohenauer. »Sorry.«

Die Antwort überraschte Sommer, zumal der Mann bislang so kooperativ gewesen war. »Wieso nicht?«

»Sie können sich gerne bei Rouven nach meinem Alibi erkundigen, obwohl ich das ziemlich peinlich finde. Aber meinetwegen. Zu mehr bin ich nicht bereit.«

»Was befürchten Sie?«

»Kennen Sie die Serie *Beweisstück A*? Läuft auf Netflix. True Crime. Geht darum, wie vermeintliche Beweise von Bullen, sorry, Polizisten eingesetzt wurden, um Unschuldige zu verurteilen. Zugegeben, die Fälle spielen in Amerika, aber man weiß ja nie.«

»Sie haben ernsthaft Angst, wir würden Beweise fälschen?«, wunderte sich Sommer.

»Nein. Ich habe Angst, dass irgendwer fälschlicherweise glaubt, meine Stimme wiederzuerkennen. Fragen Sie Rouven. Ich habe für letzten Mittwoch ein Alibi, verdammt!«

***

Eine Stunde später saß Lukas Sommer im nächsten Wohnzimmer. Kraft und Drosten warteten im Auto, denn drei Polizisten hätten bei einem eher unbeteiligten Zeugen zu einschüchternd gewirkt.

Rouven Schiller lebte mit seiner Freundin Tamara in einer kleinen Zweizimmerwohnung. Sommer hatte sich zuvor telefonisch angekündigt. Nicht nur Schiller saß ihm gegenüber, sondern auch dessen Partnerin.

»Hab ich das am Telefon richtig verstanden? Es geht um David? Er braucht ein Alibi?«

»Genau. Er gibt an, letzten Mittwoch mit Ihnen gebowlt zu haben. Von acht Uhr abends bis halb zwölf.«

»Das stimmt. David und ich unternehmen regelmäßig etwas zusammen. Manchmal gehen wir bowlen oder ins Kino oder einfach nur in die Kneipe.«

»Etwas zu regelmäßig in letzter Zeit«, warf Tamara ein.

»So ein Quatsch. Wir haben es halt geschafft, unsere Freundschaft auch nach der Schule aufrechtzuhalten.«

»Wie oft sehen Sie sich?«

»Zweimal die Woche.«

»Aber erst seit einem Vierteljahr. Früher war das nicht so häufig«, fügte Tamara missmutig hinzu.

»Und wegen des Wochentags sind Sie sich sicher?«, hakte Sommer nach. »Es war Mittwoch?«

»Daran kann sogar ich mich erinnern«, sagte Tamara. »Ich bin wach geworden, als Rouven kurz vor Mitternacht nach Hause kam.«

»Gibt es Belege über den Abend? Zum Beispiel einen EC-Zahlungsbeleg?«

»Nein. Wir zahlen immer bar.«

***

Fünf Minuten später brachte Rouven den Polizisten zur Wohnungstür und verabschiedete sich von ihm.

Als er ins Wohnzimmer zurückkehrte, sah Tamara ihn finster an. »Ich hab's dir immer gesagt«, zischte sie leise – als befürchte sie, der Polizist würde vor der Wohnungstür lauschen.

»Was?«

»David ist nicht koscher. Wieso interessieren sich Polizisten dafür, wo er Mittwochabend war? Da stimmt etwas nicht.«

Rouven zuckte die Achseln. »Keine Ahnung. Aber ich lasse auf David nichts kommen. Du weißt, er ist mein bester Freund. Egal, was letzte Woche passiert ist, er kann es nicht gewesen sein.«

»Mir wäre es lieber, du würdest ihn nicht so oft sehen.«

»Schatz, mache ich dir deine Freundinnen madig? Es gibt einige, die ich nicht leiden kann. Nancy zum Beispiel.«

»Was du immer mit Nancy hast, die ist voll nett.«

»Und ich verstehe mich halt mit David am besten.«

Tamara verdrehte die Augen.

»Ich bin gegen neun wieder zu Hause«, rief Tamara eine Weile später.

»Viel Spaß beim Englisch büffeln«, antwortete Rouven.

Tamara verließ die Wohnung und warf die Tür zu. Rouven schaute auf die Uhr. Er wartete fünf Minuten. Seine Freundin würde die nächsten anderthalb bis zwei Stunden in einem VHS-Aufbaukurs sitzen. Zeit genug, um mit David zu telefonieren.

Er griff zum Handy und wählte die Nummer seines Freundes. Der meldete sich rasch.

»Waren die Bullen bei dir?«, fragte David.

»Ein Hauptkommissar. Alter! Hab ich einen Schreck bekommen. Ich dachte, ich wäre aufgeflogen. Scheiße, Mann!«

»Sorry für die Aufregung. Mir ist zum Glück eingefallen, dass du mich gebeten hast, dir für Mittwoch ein Alibi zu geben. Irgendwie gar nicht schlecht, oder? Jetzt hast du für Tamara einen polizeilich bestätigten Beweis, dass du mit mir bowlen warst.« Er kicherte amüsiert.

Rouven grinste. Er traf sich seit mehreren Monaten heimlich mit einer anderen Frau. Falls es mit Kathi weiter so gut voranging, würde er sich bald von Tamara trennen. Aber in dieser Hinsicht wollte er nichts überstürzen, zumal Kathi nichts gegen den Status einer Geliebten einzuwenden hatte. Jedes Mal, wenn Rouven sie traf, behauptete er Tamara gegenüber, sich mit David zu treffen.

»Ja, nicht schlecht«, bestätigte Rouven. »Aber natürlich musste ich mir gleich wieder anhören, was für ein schlechter Umgang du bist.«

»Je schneller du sie in den Wind schießt, desto besser. Ich freue mich drauf, Kathi kennenzulernen. Wann siehst du sie das nächste Mal?«

»Wahrscheinlich Sonntagabend. Ich hab mir überlegt, wir könnten ins Kino gehen.«

»Dann such einen vernünftigen Film aus. Am besten mit Überlänge.«

»Danke, Kumpel. Ich hätte es verstehen können, wenn du einem Bullen gegenüber die Wahrheit gesagt hättest.«

»Quatsch! Dann hätten sie mich nur weiter genervt. Schließlich war ich hier zu Hause. Allein. Kein tolles Alibi.«

»Worum geht's überhaupt? Hast du was ausgefressen?«

»Um einen Mord in Koblenz. Ich habe bloß das Pech, im selben Hotel wie die Mordopfer Urlaub gemacht zu haben. Deswegen überprüfen sie alle Gäste. Lange Geschichte. Erzähle ich dir, wenn wir uns das nächste Mal sehen.«

»Mord? Die Bullen sind wirklich doof. Sieht man doch auf den ersten Blick, dass du keiner Fliege etwas zuleide tust.«

»So ist es. Ich muss jetzt auflegen. Hänge mit einer Homepagegestaltung für einen Kunden hinterher. Bis bald, mein Freund.«

***

Am Abend erhielt Drosten die nächste Rückmeldung aus Schwerin. Die Kollegen hatten Magull noch immer nicht angetroffen.

»Er ist also seit mindestens vierundzwanzig Stunden nicht zu Hause«, fasste Drosten zusammen. »Was machen wir jetzt?«

»Wir haben seine Handynummer«, sagte Sommer. »Wir könnten das Telefon orten lassen, ohne dass er es mitbekommt. Wäre interessant zu wissen, wo er sich gerade aufhält.«

18

Sommer schaute seine Kollegen fragend an. Sie saßen in Drostens Hotelzimmer und hatten sich über ihre Alternativen unterhalten.

»Das BKA hat Magulls Handy geortet. Er ist in Köln.«

»Verdammt«, brummte Kraft.

»Wie heißt die Kölner Familie?«, fragte Drosten.

»Lemmer. Vater. Mutter. Tochter. Der Vater war am Telefon nicht ehrlich zu mir. Ein schlechter Lügner. Zumindest hat er mir versprochen, die SMS nicht zu löschen.« Kraft zuckte die Achseln.

»Ob er sich dran gehalten hat, wissen wir nicht«. Drosten schaute auf die Uhr. »Ich kontaktiere Katharina Rosenberg. Sie ist hoffentlich noch wach.« Er scrollte seine Telefonkontakte durch und drückte schließlich den Anruf-Button.

»Rosenberg«, meldete die Frau sich nach wenigen Sekunden.

»Drosten hier. Ich hoffe, mein Anruf kommt nicht ungelegen.«

»Nein«, versicherte sie ihm. »Gibt es eine neue Entwicklung?«

Drosten berichtete ihr, dass sich ihre Vermutung verstärkt hatte, weil sich einer der Verdächtigen in der Rheinmetropole aufhielt.

»Ich hatte Ihre Anfrage an einen befreundeten Polizeioberkommissar weitergeleitet«, sagte Rosenberg. »Der hat mir versichert, dass wir abends und nachts einen Streifenwagen zur betreffenden Adresse schicken, drei- bis viermal. Ich bekomme jeden Morgen eine Rückmeldung. Bislang nichts Neues.«

»Wir wären sehr dankbar, wenn Ihre Kollegen das vorläufig beibehalten könnten.«

»Das dürfte zumindest die nächsten Tage kein Problem sein.«

»Wunderbar! Ich melde mich wieder, sobald wir Neuigkeiten haben.«

»Planen Sie eine Dienstreise nach Köln?«, fragte Rosenberg.

»Das entscheiden wir demnächst. Ich würde Ihnen rechtzeitig Bescheid sagen.«

Die beiden verabschiedeten sich voneinander.

»Was machen wir jetzt?«, wollte Kraft wissen.

»Tobias Lemmer erneut anrufen?«, schlug Drosten vor.

»Ich weiß nicht.« In Krafts Miene sah er denselben Zweifel, den er selbst empfand. »Das Telefonat mit Lemmer war ziemlich frustrierend. Er hat die

Bedrohung nicht sonderlich ernst genommen. Wenn wir ihn jetzt anrufen, bekommt das seine Familie mit. Ich habe ihm versprochen, die Sache diskret zu behandeln. Außerdem hat sich ja nicht viel geändert. Wir fischen noch immer im Trüben. Dieser Magull könnte der Täter sein – oder auch nicht. Die Lemmers sind gefährdet – oder nicht.«

»Das klingt, als hätten wir fast nichts erreicht«, sagte Drosten unzufrieden. »Aber du hast recht. Vielleicht sollten wir unsere Zelte abbrechen und nach Wiesbaden zurückkehren. Bis sich neue Spuren auftun.«

»Ich habe noch eine andere Idee.« Sommer kratzte sich am Kopf. »Stichwort Stimmanalyse.«

»Hast du heimlich Aufnahmen gemacht?«, fragte Drosten.

»Ganz so dreist bin ich nicht. Aber was spricht dagegen, dass Frau Kleefisch die Männer anruft? Vielleicht erkennt sie spontan eine Stimme wieder. Vorausgesetzt, sie sieht sich dazu psychisch in der Lage. Sie hat bis zur Geburt der Tochter im Vertrieb gearbeitet. Wenn jemand eine erfundene Geschichte glaubhaft am Telefon verkaufen kann, dann eine Frau wie sie.«

Drosten fühlte sich hin- und hergerissen. Einerseits klang die Idee verlockend. Andererseits könnte eine Fehlidentifizierung die Ermittlung entscheidend zurückwerfen. Er musste auf Zeit spielen. »Heute Abend sollten wir sie nicht mehr kontaktieren. Schlafen wir drüber, und wenn wir die Sache morgen früh mehrheitlich für eine gute Idee halten ...«

»Das ist eine gute Idee«, beharrte Sommer. »Der Urlaub auf Mallorca ist die einzige Gemeinsamkeit, die wir erkennen. Die drei Kandidaten sind mittlerweile Singles. Sie könnten die Taten begangen haben. Alibi hin oder her. Und falls Frau Kleefisch mitspielt, aber keinen von ihnen wiedererkennt, sollten wir überlegen, das Ganze auszuweiten. Vielleicht ist einer der noch verheirateten Familienväter in letzter Zeit öfter verreist. Was für andere Spuren haben wir denn sonst?«

***

»Guten Morgen, Frau Kleefisch«, begrüßte Sommer die Witwe am nächsten Vormittag am Telefon. »Wie geht es Ihnen und Ihren Kindern?«

»Elias macht mir Sorgen«, bekannte sie. »Er müsste ja eigentlich in die Schule, aber das ist ausgeschlossen. Der arme Kerl weint alle zehn Minuten bitterlich. Emma geht es besser. Sie fragt nach ihrem Papa und wacht weinend aus dem Schlaf auf. Wenigstens isst sie normal und spielt mit ihrem Spielzeug.«

»Können Sie schlafen?«

»Immer nur ein paar Minuten. Dann reißen mich Albträume aus dem Schlummer.«

»Sie sind noch bei Ihren Eltern?«

»Ja, ohne die käme ich gar nicht klar. Mein Therapeut hat mir auch den Kontakt zu einem Kinderpsychologen verschafft. Ab nächster Woche kann er die Geschehnisse mit meinen Kindern aufarbeiten.«

»Das wird Ihnen helfen.«

»Haben Sie Neuigkeiten?«, fragte Martina Kleefisch.

»Ich möchte Sie um einen Gefallen bitten. Allerdings können Sie das auch ohne Gewissensbisse ablehnen. Sie sind zu nichts verpflichtet.«

»Worum geht's?«

Sommer erzählte ihr von dem vagen Anfangsverdacht. »Wir könnten völlig auf dem Holzweg sein. Andererseits wollen wir uns später nicht vorwerfen, etwas übersehen zu haben. Deswegen meine Frage, ob Sie bereit wären, die Männer anzurufen. Je nach Ergebnis könnten wir die Aktion ausdehnen. Die Urlauber, die damals im Hotel waren, sind der Schlüssel zur Verhaftung des Mörders.«

»Einer von ihnen könnte der Täter sein?«

»Ich will Ihnen weder Angst einjagen, noch zu große Hoffnungen machen. Aber ich finde, den Versuch ist es wert. Sie waren ja früher im telefonischen Vertrieb tätig. Wenn ich das jemandem zutraue, dann Ihnen.«

»Oh Gott.«

»Sie müssen das nicht tun.«

»Ich stelle mir gerade vor, wie es wäre, seine Stimme wiederzuerkennen.«

»Falls das geschieht, sagen Sie mir direkt Bescheid. Wir würden den Personenschutz vor dem Haus Ihrer Eltern verstärken und natürlich sofort eine Verhaftung vornehmen.«

»Okay. Ich mach's. Aber ich brauche Informationen über die Männer.«

»Perfekt! Danke! Haben Sie etwas zu schreiben?«

***

Martina Kleefisch beendete das Gespräch mit dem Polizisten und blickte auf ihre Notizen. In ihrem Rücken räusperte sich jemand.

Sie zuckte zusammen. »Mama! Hast du mich erschreckt.«

»Entschuldige. Das wollte ich nicht.«

Mit besorgter Meine setzte sich Martinas Mutter zu ihr an den Tisch. »Habe ich das richtig verstanden? Du sollst Verdächtige anrufen, um eine Stimme zu identifizieren?«

»Der Hauptkommissar vermutet, die Betreffenden sind unschuldig. Er will aber nichts unversucht lassen. Das sind Männer, die 2017 in dem Hotel Urlaub gemacht haben. Ist ja die einzige Gemeinsamkeit zwischen uns und ...« Unwillkürlich schluchzte sie und griff zu einem Taschentuch.

Ihre Mutter streichelte ihr den Handrücken. »Mir gefällt das nicht.«

»Was denn?«

»Diese Anrufe! Stell dir vor, du bekommst den Mörder an den Apparat. Wenn du seine Stimme erkennst, erkennt er vielleicht auch deine. Was dann?«

»Die Polizei beschützt uns!«

»Darauf vertraust du?«

Martina nickte. »Weißt du, warum ich einverstanden bin? Ich bin so wütend. Er hat mir Michael genommen. Bis Elias das verarbeitet hat, vergeht wer weiß wie viel

Zeit. Emma leidet. Abgesehen von all diesen schrecklichen Sachen, die mir das Herz brechen – eines macht mich besonders wütend. Dieser Scheißkerl hat mich dazu gebracht, an Michaels Treue zu zweifeln. Mein Mann ist in den Wagen gestiegen und hat bestimmt geglaubt, dass ich an ihm zweifele. Er ist mit diesem Gedanken in den Tod gerast.«

Martina barg ihr Gesicht in den Händen. Ihre Schultern bebten, und die Tränen versiegten erst nach mehreren Minuten. Wenigstens halfen ihr die Streicheleinheiten ihrer Mutter dabei, die Trauer allmählich zu bezwingen.

»Dann musst du es wirklich tun«, sagte ihre Mutter leise. »Ich sorge dafür, dass dich niemand stört.«

Zuerst probierte sie es bei dem Rechtsanwalt. Mit unterdrückter Rufnummer wählte sie seine Mobilfunknummer.

»Fust«, meldete er sich.

»Herr Rechtsanwalt Silvio Fust?«, vergewisserte sie sich.

»Mit wem habe ich die Ehre?«

»Mein Name ist Claudia Bock. Eine Freundin hat Sie mir empfohlen. Ich brauche vermutlich einen Strafverteidiger.«

»Was ist passiert?«, fragte er. »Und wer hat mich weiterempfohlen?«

Martina Kleefisch beendete mit zittrigen Fingern das Gespräch. Die Stimme des Anwalts hatte keine Ähnlichkeit mit der des Einbrechers. Zumindest hatte sie die durch die Maske gedämpfte Stimme anders in Erinnerung.

Der Anruf hatte sie allerdings mehr mitgenommen als erwartet. Sie brauchte eine Pause. Sie verließ das Nähzimmer ihrer Mutter. Aus der Küche drang Emmas Geplapper zu ihr herüber. Genau die richtige Ablenkung.

***

Samstagnachmittag standen noch immer zwei Rufnummern auf Martinas Liste. Freitag hatte sie nicht mehr die Kraft gefunden und Hauptkommissar Sommer lediglich die Rückmeldung gegeben, dass sie den Rechtsanwalt mit großer Wahrscheinlichkeit ausschließen konnte.

Gegen dreizehn Uhr saß sie erneut im Nähzimmer. Emma schlief, und Elias war mit seinem Großvater unterwegs.

Der zweite Mann auf der Telefonliste hieß Nicolas Magull. Laut des Hauptkommissars arbeitete er in ständig wechselnden Aushilfsjobs. Sie wählte seine Nummer, und er nahm den Anruf gleich entgegen.

»Hallo?«

Im Hintergrund hörte Martina eine Lautsprecheransage. Irgendjemand kommentierte offenbar ein Sportereignis. »Ja, hallo. Spreche ich mit Herrn Magull?«

»Wer auch immer Sie sind, ich habe keine Zeit für Sie. Rufen Sie mich nie wieder an.«

Er beendete das Gespräch, ehe sie Anstalten machen konnte, ihn in der Leitung zu halten.

Martina versuchte zu analysieren, was sie im Hintergrund gehört hatte. Jemand hatte per Lautsprecher ein Pferderennen kommentiert, ein Mann. Zumindest hatte er gesagt, irgendwer würde mit drei oder vier Pferdelängen Vorsprung führen. Aber was war mit Magull?

»Wer auch immer Sie sind, ich habe keine Zeit für Sie. Rufen Sie mich nie wieder an.«

Kam ihr diese Stimme bekannt vor? Sie konnte es weder bestätigen noch dementieren. Kurz entschlossen probierte sie es erneut. Früher im Vertrieb hatte sie nie vorschnell aufgegeben. Das Freizeichen erklang für ein paar Sekunden, dann drückte Magull das Telefonat weg.

Ihre einzige Chance, ihn an den Hörer zu bekommen, bestand in der Freigabe der Nummernübermittlung. Eine übertragene Rufnummer könnte ihn dazu veranlassen, das Gespräch anzunehmen. Doch falls er tatsächlich der Mörder war, dürfte sie ihm keinen Anhaltspunkt auf ihre Identität liefern.

Also tippte sie die nächste Nummer ein. Sie gehörte David Hohenauer, einem freiberuflichen Mediengestalter. Vielleicht hatte sie bei ihm mehr Glück. Nach zwanzig Sekunden Freizeichen landete sie auf der Mailbox. Zu allem Überfluss übernahm eine weibliche Computerstimme die komplette Ansage. Hohenauer hat kein einziges Wort selbst aufgesprochen.

Martina Kleefisch schickte Hauptkommissar Sommer den nächsten Zwischenbericht und versprach, es in den Folgestunden oder spätestens am Sonntag noch einmal zu probieren.

19

Montagabend saß der Mörder wieder auf Beobachtungsposition. Nach den verrückten letzten Tagen hatte er Vorbereitungen treffen müssen, um erneut zuschlagen zu können.

Nun war es so weit. In Kürze würde er den nächsten Familienvater verhören und ihn vor die ultimative Entscheidung stellen. Und ihn vielleicht als Adrianas Mörder identifizieren.

Irgendwann im Laufe der Nacht würde der Streifenwagen im langsamen Tempo am Haus vorbeifahren. Sobald die Bullen in die nächste Straße abgebogen wären, würde er aussteigen und das Türschloss knacken. Danach konnte ihm die Polizeipräsenz völlig gleichgültig sein. Von außen würde niemand erkennen, was im Haus vorging. Die meisten Fenster waren mit Rollläden versehen. Lediglich aus einem kleinen Fenster könnte Licht nach außen dringen. Vermutlich befand sich im betreffenden Raum die Gästetoilette. Der

Mörder würde darauf achten, dass dort niemand die Lampe anschaltete. Vielleicht würde er sogar die Sicherung herausnehmen.

Ob er diesmal den richtigen Mann erwischte? Denjenigen, der Adriana getötet hatte? Dann wäre der Spuk bald vorbei. Ansonsten müsste er zur nächsten Familie weiterziehen. Ohne wieder tage- oder wochenlang zu warten. Die Bullen waren ihm zu dicht auf den Fersen. Die Zeit spielte mittlerweile gegen ihn.

***

»Nein, Mila, du musst jetzt nicht zu Papa!«, sagte Nina herrisch.

Verwundert sah Tobias Lemmer zu seiner Frau. Normalerweise war sie froh über jede Aufgabe, die er ihr abnahm. Doch seit seiner Rückkehr von der Arbeit verhielt sich Nina abweisend. Sie hatte keine fünf Sätze mit ihm gewechselt und ihm mehrfach bitterböse Blicke zugeworfen.

Lemmer ahnte, was das zu bedeuten hatte. Die verdammte Polizistin hatte ihr Versprechen gebrochen und seine Frau kontaktiert. Oder gab es einen anderen Grund für ihr Verhalten?

Mila schmollte. »Ich will zu Papa!«

»Wir putzen jetzt die Zähne«, sagte Nina.

»Papa soll das machen.« Das Mädchen verschränkte bockig die Arme vor dem Körper.

»Na super!« Wütend warf Nina die kleine Zahnbürste ins Waschbecken.

»Was ist denn los?«, fragte Tobias.

Bei Mila kullerten die Tränen.

»Hast du doch mitgekriegt«, sagte Nina, während sie an ihm vorbeiging. »Deine Tochter möchte, dass ihr ach so großartiger Vater ihr die Zähne putzt.« Sie verließ das Bad und warf die Tür hinter sich zu.

Tobias setzte sich auf den Badewannenrand. Mila kletterte sofort auf seinen Schoß und umarmte ihn.

Beruhigend streichelte er ihren Kopf. »Weißt du, was mit Mama los ist?«

»Nein. Ich war's nicht! Hab nichts getan.«

Das fürchte ich auch, dachte Lemmer.

Er wartete, bis sich Mila beruhigt hatte. Dann nahm er sie von seinem Schoß, griff zur Zahnbürste und drückte Zahnpasta auf die rosafarbenen Borsten.

»Gute Nacht, mein Engel. Träum schön.«

Lemmer verließ den Raum und schloss leise die Tür. Unschlüssig blieb er stehen. Sollte er die Konfrontation mit Nina sofort suchen? Lust dazu hatte er keine. Am liebsten hätte er der Polizistin eine gepfefferte SMS geschrieben und ihr erklärt, was er von dem gebrochenen Versprechen hielt.

Da ihm das in der jetzigen Situation nicht weiterhalf, verzichtete er darauf. Er atmete tief durch und ging ins Wohnzimmer. Nina hatte bereits den Fernseher eingeschaltet und starrte auf den Bildschirm.

»Kannst du mir mal erklären, was mit dir los ist? Ich komme nach Hause und du behandelst mich wie den größten Verbrecher.«

Sie presste die Lippen zusammen. Lemmer wartete ab. Er würde garantiert nicht den Fehler begehen, unaufgefordert eine Beichte abzulegen. Je nachdem, wie geschwätzig die Polizistin gewesen war, konnte er die Situation verharmlosen und behaupten, er hätte seine Ehefrau nicht beunruhigen wollen.

Seine Frau reagierte wie erwartet. Sie griff zur Fernbedienung und schaltete den Ton aus. »Der PC ist heute kaputtgegangen«, sagte sie.

Überrascht schaute er sie an. Zum einen war er erleichtert, denn offenbar beschäftigte sie ein ganz anderes Thema als erwartet. Trotzdem verstand er nicht, wieso sie wegen eines defekten Computers wütend auf ihn war.

»Was kann ich dafür?«, fragte er vorsichtig. »Gestern ging er noch. Wenn du mir vorwirfst, mich nicht darum gekümmert zu haben ...«

»Das ist es nicht. Ich hab Ralf angerufen.«

»Deinen alten Studienfreund?«

»Genau. Der kommt morgen vorbei und sieht ihn sich an.«

»Klingt doch super. Nur kapiere ich nicht, wieso du sauer auf mich bist.«

»Ich musste wegen einer Recherche ins Internet, die am Handy zu umständlich gewesen wäre. Ich brauchte einen Ausdruck. Also habe ich mir deinen Laptop ausgeliehen. Dass du dich nicht schämst!«

»Wofür?«

Sie schüttelte den Kopf.

Seine Gedanken ratterten. Was hatte ihren Unmut geweckt?

»Das ist so eklig, Tobias. Diese ganzen Pornoseiten in deinem Browserverlauf. Widerlich!«

Daher wehte also der Wind! »Wenn du ins Internet musstest, wieso überprüfst du dann meinen Browserverlauf? Spionierst du mir nach?«

»Ist klar, dass du so reagierst. Aber nein! Ich musste einfach nur www.m eingeben und der Browser ergänzte automatisch *mydirtyhobby*. Dein dreckiges Hobby. Ich wusste bis heute Mittag gar nicht, dass es so eine Seite gibt. Du hast ja netterweise deinen Benutzernamen und das Passwort abgespeichert. Du solltest dich schämen. Deine unter Favoriten abgelegten Filme. Ich könnte kotzen! Wie viel von unserem Geld gibst du dafür eigentlich im Monat aus?«

»Nur ein paar Euro. Wenn überhaupt. Manchmal gucke ich wochenlang nicht.«

»Behauptest du!« Ninas Blick zeugte von Abscheu.

»Warum mache ich das wohl?«, fragte er.

»Keine Ahnung. Weil du pervers bist?«

»Oder vielleicht, weil du mich kaum noch ranlässt, seit Mila auf der Welt ist?«

»Wie billig!«

»Ab und zu muss ein Mann auch Druck ablassen. Soll ich das lieber bei ...« Er hielt inne.

»Red ruhig weiter.«

»Vergiss es! Fast jeder Mann guckt Pornos.«

»Ja, verpickelte, unverheiratete Teenager. Da würde es mich nicht stören. Aber bestimmt keine verheirateten Väter.«

»Lächerlich. Du hast ja keine Ahnung! Ich lasse mir deswegen kein schlechtes Gewissen einreden.«

»Genau, du bist ja bloß das arme, unschuldige Opfer, das kein williges Weibchen im Bett liegen hat. Frag dich mal nach dem Grund.«

»Woran liegt es denn?«

Sie schüttelte den Kopf. »Hoffentlich erfährt Mila nie durch einen ähnlich dummen Zufall, was sich ihr Papi heimlich anschaut. Ich würde mich in Grund und Boden schämen, falls sie mich darauf anspricht. Wann guckst du dir das Zeug eigentlich an? Wenn ich nicht da bin und du auf sie aufpasst?«

»Ich hab seit Wochen nicht mehr ...« Er winkte ab. »Ist auch egal.«

»Allerdings. Du schläfst heute Nacht im Gästezimmer.«

»Was?«

»Tobias, ich ertrage deine Nähe gerade nicht. Außerdem kannst du dich im Keller schön mit deinen Schlampenvideos beschäftigen. Wo du offenbar unter Entzug leidest.«

»Das hab ich überhaupt nicht gesagt.«

»Ich hab seit Wochen nicht mehr«, wiederholte Nina mit verstellter Stimme. »Soll ich dich deswegen bemitleiden?«

»Alles klar. Dann schlafe ich halt im Keller. Bis du kapierst, dass das nichts Schlimmes ist. Kannst ja mal deine Freundinnen fragen, was deren Männer im Internet schauen.«

»Ich hab sie gefragt!«, schrie Nina. »Die meisten meinten, ich solle dich vor die Tür setzen. Für immer! Wer sich Pornos anschaut, geht auch zu Nutten! Das ist ihre einhellige Meinung.«

»Die sind ja genauso lächerlich wie du.«

»Verschwinde mir aus den Augen. Kannst ja deinem Hobby frönen.«

Lemmer schaute seine Ehefrau an, die wieder zur Fernbedienung griff und den Ton anschaltete. Dieser Streit würde sich wohl über mehrere Tage hinziehen.

Auf dem Weg nach unten wunderte er sich über den Verlauf, den der Abend genommen hatte. Damit hätte er zuallerletzt gerechnet. Umso wichtiger war es, dass die Polizistin ihr Versprechen einhielt. Wenn Nina jetzt auch noch an die Masseurin erinnert würde und von deren Zusatzleistungen erfuhr, stände womöglich die Ehe auf dem Spiel. Das wollte Lemmer unter keinen Umständen riskieren.

Er betrat den Gästeraum. Nina hatte ihm den Laptop auf das schmale Gästebett gestellt und eine Packung Taschentücher danebengelegt. Er warf die Packung zu Boden und startete den Computer. Obwohl es dafür zu spät war, löschte er den Browserverlauf und den Cache. Das hatte er in letzter Zeit zu stark vernachlässigt. In den nächsten Tagen würde er sein Benutzerkonto bei dem Pornoanbieter abmelden. Das würde Nina bestimmt milder stimmen.

20

Endlich war es so weit. Kurz nach Mitternacht fuhr zum zweiten Mal an diesem Abend ein Streifenwagen die Straße entlang. Der Mörder hatte ungeduldig abgewartet. Das Risiko, vorher einzubrechen, war zu groß gewesen.

Rasch duckte er sich zur Seite, um der Streifenwagenbesatzung nicht aufzufallen. Der Mörder hatte den Leihwagen absichtlich weiter als sonst vom Eingang entfernt geparkt. Vermutlich ließ die Aufmerksamkeit der Schutzpolizisten nach, je weiter sie die Straße entlangfuhren.

Er griff zum Handy und prüfte die Uhrzeit. Wie beim letzten Mal würde er fünf Minuten in dieser geduckten Haltung verbringen.

***

Polizeikommissar Kalter saß am Steuer des Streifenwagens, sein Partner Abendroth trommelte sich mit den Fingern auf die Oberschenkel. Seit Dienstbeginn um zehn Uhr abends fuhren sie bereits das zweite Mal diese Straße entlang. Ihr Vorgesetzter hatte sie angewiesen, auf ein bestimmtes Haus zu achten, da die darin lebende Familie möglicherweise ins Visier eines Mörders geraten sei.

»Bringt das überhaupt etwas?«, fragte Abendroth.

Die beiden gleichaltrigen Polizisten hatten vor Jahren ihre Ausbildung gemeinsam begonnen und kommunizierten stets auf dieselbe Weise miteinander: bloß kein Wort zu viel verlieren.

»Keine Ahnung«, gestand Kalter.

»Halt mal an. Ich überprüfe die Haustür und rauche eine.«

Wegen fehlender Parkmöglichkeiten stellte Kalter den Wagen vor die Garagenauffahrt. »Eine Zigarettenpause ist deine beste Idee des Tages.«

Sie stiegen aus und gingen langsam zum Eingang.

»Prüf du die Tür. Ich schau mal hinterm Haus nach.«

Das Grundstück war von Rasenflächen umgeben. Die Nachbarhäuser zu beiden Seiten waren jeweils zehn Schritt entfernt. Nach hinten heraus lag derzeit unbebautes Gebiet. Da Kalter und seine Ehefrau seit Monaten ein bezahlbares Grundstück für ein Eigenheim suchten, kannte er sich hier ein wenig aus. Das städtische Erschließungsverfahren lief bereits. Momentan standen noch Bäume und Gestrüpp in der näheren Umgebung, doch spätestens im Frühling würden die Bagger anrollen.

Er ging rechts am Haus vorbei. Überall waren die Rollläden heruntergelassen. Eine sinnvolle Maßnahme. Auch die Terrassentür – die beliebteste Einstiegsmöglichkeit für Einbrecher – war auf diese Weise gesichert. Nichts deutete auf einen Einbruch hin. Kalter kehrte zu seinem Kollegen zurück, der in der Garagenauffahrt stand.

Abendroth zog eine Packung Zigaretten aus der Dienstjacke und hielt sie ihm entgegen. »Die Haustür ist zu.«

»Hinten ist auch alles in Ordnung.« Kalter nahm eine Zigarette und zündete sie an. Dann gab er seinem Partner Feuer. »Mir gefällt die Gegend. Nächstes Jahr verkauft die Stadt in diesem Viertel neue Baugrundstücke. Wäre etwas für Carola und mich.«

»Da freuen sich die Anwohner bestimmt. Statt ins Grüne schauen sie künftig auf weitere Klinkerhöllenausgeburten.«

Kalter schmunzelte. »Klinker kommt nicht an die Fassade meines Hauses. So schlimm wird es nicht. Wenn ich die Pläne richtig im Kopf habe, soll da hinten eine gut einhundert Meter lange Grünfläche entstehen. Und seien wir ehrlich. In einer wachsenden Großstadt wird es halt immer enger.«

»Und teurer. Mein gieriger Vermieter erhöht um fünfzig Euro ab Dezember. Idiot!«

»Denk doch mal an Eigentum. Als Beamter ...«

»Kein Interesse. Wie du weißt.«

Verständnislos schüttelte Kalter den Kopf und blickte die Straße entlang.

***

Nach fünf Minuten erhob sich der Mörder – und erschrak. Die Bullen standen in der Garagenauffahrt. Einer von ihnen blickte sogar zu ihm herüber.

Rasch duckte er sich wieder. Hatte ihn der Mann entdeckt?

***

Kalter schnippte die aufgerauchte Zigarette auf die Straße. »Lass uns weiter«, sagte er. »Wird langsam ein bisschen frisch.«

»Dein Name passt so gut zu dir. Ständig ist dir kalt.« Abendroth lachte.

»Bin halt ein sensibles Wesen. Am besten schreiben wir nachher in den Bericht, dass wir die Türen und Fenster überprüft haben. So viel Engagement wird dem Chef gefallen.«

Er stieg in den Wagen. Sein Partner folgte ihm. Langsam fuhren sie die Straße ab. Nichts deutete auf eine bevorstehende Gefahr hin.

***

Diesmal wartete der Mörder zehn Minuten in der unbequemen Haltung ab. Anfangs rechnete er damit, dass jemand die Tür aufriss. Irgendwann hörte er ein vorbeikommendes Fahrzeug. Trotzdem blieb er unten. Schließlich fasste er den Mut, vorsichtig übers Armaturenbrett zu schauen.

Die Luft war rein. Nun durfte er keine Zeit mehr verlieren. Die Bullen hatten vorhin ihr bisheriges Schema durchbrochen. Nie zuvor waren sie an dem Haus ausgestiegen. Folglich könnten sie jederzeit zurückkehren. Der Mörder musste so schnell wie möglich runter von der Straße. Er griff zum Rucksack und verließ den Wagen. Die Handschuhe trug er bereits. Die Maske würde er erst im Haus aufsetzen. Um keinem zufälligen Zeugen Identifizierungsansätze zu liefern, streifte er die Kapuze über und senkte den Blick. An der Haustür holte er sein Einbruchswerkzeug heraus. Er führte die Spitze des Elektropicks in den Zylinder und drückte die Starttaste. Kaum vernehmbar verrichtete das Gerät sein Werk.

Endlich klickte es. Die Tür sprang auf. Der Mörder schlüpfte ins Innere und lauschte.

Rechts von ihm erklang ein leises, brummendes Geräusch – wie von einem Kühlschrank. Irgendwo tickte eine Uhr. Er leuchtete mit der Taschenlampe umher, um Stolperfallen zu erkennen.

»Was schleichst du da im Flur herum?«, ertönte plötzlich eine wütende weibliche Stimme, die nur durch die geschlossene Schlafzimmertür gedämpft wurde. »Geh wieder zurück! Du schläfst vorläufig im Keller! Das war mein Ernst!«

Für einen Sekundenbruchteil schloss er die Augen. Mit der Komplikation hatte er nicht gerechnet. Nun musste er schnell sein.

***

Lemmer fand einfach nicht in den Schlaf. Er wälzte sich in dem unbequemen, engen Bett von einer Seite zur anderen und wünschte sich nach oben ins herrlich weiche Boxspringbett.

Wie lange würde Nina ihm die rote Karte zeigen? Wegen ein paar Pornos im Monat? Lächerlich. So etwas machten alle Männer. In seiner Firma war es normal, dass die Kollegen Tipps austauschten, wenn sie neue Seiten entdeckt hatten.

Lemmer drehte sich auf den Rücken und starrte im Dunkeln an die Decke.

Nicht zum ersten Mal fragte er sich, ob er und Nina am Ende ihres Weges standen. Sowohl im Freundes- als auch im Kollegenkreis kannte er zahlreiche Beispiele von Ehen, die noch vor der Einschulung des gemeinsamen Kindes geschieden worden waren. Manchmal kam es ihm so vor, als sei das heutzutage der Normalfall.

Unvermittelt hörte er von oben Ninas Schrei. Was war da los? Sofort schwang er die Beine aus dem Bett und riss die Tür auf.

»Nina?«

Erst jetzt erinnerte er sich an den Anruf der Polizistin. Oh Gott! Hatte er einen schweren Fehler begangen?

Leise drückte er die Tür wieder zu und verriegelte sie. Dann lief er zum Bett. Das Handy lag am Boden. Er entsperrte das Display, wofür er jedoch zwei Versuche brauchte. Aus der SMS-Liste suchte er die Nachricht der Polizistin heraus. Er tippte das Wort ›Hilfe‹ als Antwort ein und schickte sie ab. Zum Glück war das Mobilfunknetz im Keller ausreichend stark, und das System zeigte ihm rasch den erfolgreichen Versand an. Lemmer löschte seine Kurzmitteilung – aber nicht die der Polizistin.

»Du kommst sofort hoch!«, rief jemand laut von oben. »Wenn ich dich telefonieren höre, stirbt dein Kind.«

Lemmer sperrte das Display und legte das Handy weg. Zu allem Überfluss vernahm er nun Milas Schrei. Er rannte zur Tür und schloss sie auf. »Ich komme! Lassen Sie meine Tochter in Ruhe.«

»Tobias! Er tut unserer Kleinen weh«, jammerte Nina.

Lemmer nahm jeweils zwei Stufen auf einmal. In der Diele stand ein maskierter Mann, der Mila eine Waffe an den Kopf drückte.

»Lassen Sie das«, flehte Lemmer. »Ich bin doch hier.«

»Ins Schlafzimmer!«, befahl der Eindringling.

Er schubste das weinende Kind vor sich her. Wenigstens richtete er die Waffe nun auf Lemmer. Mila stolperte in die Arme ihrer Mutter.

»Los!«, zischte der Mann.

Lemmer drückte sich an ihm vorbei. Der Maskierte versetzte ihm trotzdem einen schweren Stoß, der ihn beinahe zu Fall brachte. Im letzten Moment konnte er sich am Bett abstützen.

»Weißt du, wer ich bin?«, fragte der Maskierte Nina.

»Keine Ahnung.«

Der Einbrecher wandte sich an ihn. »Weißt du, wer ich bin?«, wiederholte er.

Lemmer zögerte. »Nein, weiß ich nicht.«

»Tobias?«, fragte Nina überrascht.

Wie konnte sie bloß so dumm sein?

»Sogar deine Frau glaubt dir deine Lügen nicht. Erzähl es ihr.«

»Vor ein paar Tagen hat mich eine Polizistin angerufen. Das Hotel auf Mallorca. Erinnerst du dich?«

»Natürlich. Was ist damit?«

»Einige Gäste von damals sind wohl Opfer einer Mordserie geworden, wenn ich das richtig verstanden habe. Aber ich hab ihr am Telefon gesagt, dass uns niemand bedroht hätte.«

»Wieso erfahre ich erst jetzt davon?«

»Weil ich dich nicht beunruhigen wollte.«

»Dein Ehemann verschweigt dir ein paar wichtige Details. Darüber reden wir gleich in Ruhe. Vorher will ich etwas anderes wissen. Haben dir die Bullen ein Angebot gemacht?«

Nun kam es darauf an, überzeugend zu schauspielern. Lemmer schloss kurz die Augen. »Scheiße«, murmelte er. »Die SMS.«

Woher wusste der Einbrecher davon?

»Wo ist dein Handy?«

21

Das Handy gab fünfmal hintereinander einen langen Signalton von sich. Verena Kraft schlug bereits beim ersten Piepen die Augen auf. Sie hatte seit ihrer Jugend einen leichten Schlaf. Kleinste Geräusche reichten, um sie zu wecken.

Diesen speziellen Ton hatte sie für SMS eingestellt. Eine Kommunikationsmethode, die heutzutage kaum noch jemand nutzte. Kraft ahnte Fürchterliches.

Sie griff zum Handy auf dem Nachttisch.

Hilfe

Das war eindeutiger als ein einzelner Buchstabe und stammte ausgerechnet von dem in Köln lebenden Tobias Lemmer.

Kraft schwang die Füße aus dem Bett. Sie wählte zuerst Robert Drostens Nummer, der ähnlich schnell wie sie selbst aufwachte.

»Kleinen Moment«, sagte er, dann folgten einige unverständliche Worte – wahrscheinlich an seine Frau gerichtet. »Ist etwas passiert?«, meldete er sich schließlich.

»Ich habe eine SMS aus Köln erhalten. Das Wort ›Hilfe‹.«

»Verdammt. Schalte Lukas per Konferenz zu. Ich kontaktiere Hauptkommissarin Rosenberg.«

»Bis gleich!«

Sie wählte im Handymenü den Punkt ›Anruf hinzufügen‹ aus und suchte Lukas' Telefonnummer heraus. Der brauchte zwar ein paar Sekunden länger als Robert, war aber dafür sofort gesprächsbereit. Bestimmt hatte seine Ehefrau Nachtschicht im Krankenhaus, sodass das Telefonat sie nicht störte.

***

»Das Handy ist im Keller«, antwortete Tobias Lemmer.

Der Mörder dachte über diese unnötige Komplikation nach. Er musste das Gerät beschlagnahmen, konnte den Mann jedoch nicht allein losschicken.

»Wo im Keller?«

»Neben dem Bett. Am Boden. Meine Frau hat mich ausquartiert. Ehestreit.«

Warum erzählte er das? Hoffte er, dadurch Pluspunkte zu sammeln? »Wahrscheinlich hatte sie dazu allen Grund. Wie sie gleich erfährt.«

Die Ehefrau blickte verwirrt zwischen den beiden hin und her.

»Ist das Handy angeschaltet?«

»Ja«, sagte Lemmer.

»Mit einer Sperre?«

»Entsperrmuster.«

Um ein Entsperrmuster einzugeben, brauchte man ein paar Sekunden. Vor allem, wenn man das nicht tagtäglich tat. Der Mörder richtete die Waffe auf die Frau. »Du holst das Handy. Ich gebe dir zehn Sekunden. Brauchst du länger, schieße ich deiner Tochter in den Fuß. Höre ich dich reden, seid ihr alle tot.«

»Zehn Sekunden?«, protestierte der Familienvater. »Das schafft sie niemals.«

»Besser wäre es. Los jetzt!«

Die Ehefrau sprang aus dem Bett und lief an ihm vorbei. Natürlich würde sie mehr Zeit brauchen. Doch unter Zeitdruck käme sie nicht auf die Idee, eine Dummheit zu begehen. Als sie atemlos ins Schlafzimmer zurückkehrte, reichte sie dem Fremden das Smartphone. Es war ausgeschlossen, dass sie jemanden kontaktiert hatte.

»Gib das Muster ein!« Der Mörder warf dem Ehemann das Telefon zu.

Der fing es auf, führte den Befehl aus und gab es zurück. Im Kurznachrichteneingang fand der Mörder eine Nachricht.

Wie besprochen.

Derselbe Text, den er erhalten hatte. Jedoch von einer anderen Handynummer. Also hatten die Bullen mehrere Kommissare darauf angesetzt, die infrage kommenden Urlauber anzurufen.

Eine von Lemmer vorformulierte oder sogar verschickte Antwort fand er nicht. Hatte er sie rechtzeitig gelöscht oder tatsächlich nicht daran gedacht?

***

»Wann wäre der beste Zeitpunkt für einen Zugriff?«, fragte Hauptkommissarin Rosenberg am Telefon.

Drosten hatte sie erfolgreich zur Konferenz zugeschaltet.

»Ideal wäre es, wenn der Ehemann im einsetzenden Berufsverkehr losfährt. Dann sind Ehefrau und Tochter im Bad eingesperrt, und der Täter wird sich auf die Liveübertragung konzentrieren«, sagte Drosten. »Leider gibt es keine Garantie, dass der Ehemann die richtige Entscheidung trifft und sich aufopfert.«

»Wenn er sich weigert, erschießt der Täter die beiden anderen Familienmitglieder«, stellte Rosenberg das Szenario dar.

»Ohne dass wir es mitbekommen«, sagte Sommer. »So ist es.«

»Das kann ich als Hauptverantwortliche vor Ort nicht riskieren«, entschied Rosenberg.

Innerlich stimmte Drosten ihr zu. Er wünschte sich mehr Zeit, um nicht überstürzt handeln zu müssen. »Wie sehen die Alternativen aus?«

***

Die Familie saß gefesselt am Küchentisch, und für den Moment war es der Mutter gelungen, ihre Tochter zu beruhigen. Der Maskierte hatte den Gefangenen Pressetexte gezeigt, um ihnen den Ernst der Lage zu verdeutlichen. Wie sich der Vater entscheiden würde, war momentan nicht am wichtigsten. Viel stärker nagte die Ungewissheit am Mörder, ob er in Ruhe operieren könnte.

Sein Bauchgefühl sagte ihm, dass der Mistkerl log. Wie konnte er das herausfinden?

»Die Bullen haben die spanische Masseurin erwähnt?«, fragte er den Mann.

»Ja«, bestätigte der.

»Welche Masseurin, verdammt?«, wollte Nina Lemmer wissen.

»In eurem schönen Familienhotel auf Mallorca hat eine spanische Masseurin gearbeitet. Tobias hat sich von ihr durchkneten lassen.« Er holte das Foto heraus, das Lemmer und Adriana zeigte.

»Warum gibt es dieses Foto?«, fragte Nina. »Was hast du getan?«

»Nichts. Sie wollte ein Foto mit mir, um es im Internet zu posten. Das machte sie mit allen Kunden. Mir war es egal.«

»Adriana hat Zusatzleistungen angeboten. Eine Handentspannung. Für anspruchsvollere Kunden orale Dienste. Und wer es sich leisten konnte, durfte auch ein Komplettpaket buchen. Hast du das getan, Tobias?«, fragte der Mörder.

Der Angesprochene blinzelte kurz. »Nein!«

»Hast du sie getötet?«

»Was? Natürlich nicht!«

Kein Blinzeln. Verriet er sich dadurch? Blinzelte er unbewusst, bevor er log?

»Wieso hast du im Gästezimmer geschlafen? Worüber habt ihr euch gestritten?«

Lemmer blinzelte. »Wir hatten unterschiedliche Erziehungsauffassungen«, behauptete er.

Der Mörder trat nah an die Ehefrau heran und drückte ihr die Pistole an die Schläfe.

»Was machen Sie da?«, schrie Lemmer entsetzt.

»Worüber habt ihr euch gestritten? Ich will die Wahrheit hören.«

»Ich habe herausgefunden, dass mein Ehemann ein Benutzerkonto bei einem Pornoanbieter hat«, sagte die Frau zögerlich. Die letzten Worte sprach sie so leise aus, dass sie kaum zu verstehen waren.

»Was für ein mieses Schwein!« Der Fremde senkte die Pistole und trat ein paar Schritte zur Seite.

Lemmer blinzelte, wenn er log. Vermutlich hatte er auf die SMS geantwortet. Der Mörder hatte die Familie mehrfach ausspioniert und kannte das Grundstück. Ihm fiel die unbebaute Fläche ein, die man von der Terrasse aus erreichen konnte. Würden die Bullen daran denken oder sich bei der Stürmung des Hauses auf die Straßenseite konzentrieren?

Noch konnte er nicht gehen. Er brauchte Antworten. Was er bislang gehört hatte, reichte ihm nicht.

»Mila, mein Schatz«, sagte er mit butterweicher Stimme. »Du hast ein Haustier?«

»Minimi«, antwortete das Mädchen verschüchtert.

»Ein Zwergkaninchen«, fügte Nina Lemmer hinzu.

»Wo ist das Tier?«

***

Rosenberg und Oberkommissar Schult rasten in ihrem Privatauto ins Präsidium. Daniel hatte das mobile Blaulicht auf dem Dach befestigt und angeschaltet. Frank Weimar würde ebenfalls schnellstmöglich ins Kommissariat fahren. Zwar hatte Rosenberg schon einiges von zu Hause arrangiert, doch manche Dinge musste sie aus dem Präsidium anleiern. Sobald sie das erledigt hätte, würde sie zum Haus der Familie fahren, um den Einsatz von dort zu leiten.

»Wie gehen wir vor?«, fragte Daniel Schult.

»Ich will ein mobiles Einsatzkommando«, erklärte sie. »Wir müssen den Täter überraschen. Ihn mit roher Gewalt überwältigen, ehe er der Familie etwas antun kann. Hält er sich an sein bisheriges Vorgehen, haben wir bis zum frühen Morgen Zeit.«

»Das MEK ist frühestens in einer Stunde da. Eher in zwei.«

»Ich weiß«, sagte sie.

»Streifenwagen sind bereits unterwegs. Allerdings haben sie den Auftrag, die Straße bloß an beiden Zufahrten abzuriegeln. Die Kollegen sollen dem Tatort nicht zu nahe kommen. Sonst alarmieren sie den Täter.«

Rosenbergs Handy klingelte und übertrug eine ihr unbekannte Mobilfunknummer. Über einen Schalter am Lenkrad nahm sie das Gespräch entgegen.

»Rosenberg!«

»Frau Hauptkommissarin, hier spricht Polizeikommissar Kalter«, meldete sich ein jung klingender Polizist. »Mein Kollege Abendroth und ich haben von Ihrem Aufruf erfahren. Familie Lemmer betreffend.«

»Was ist damit?«, fragte sie.

»Wir waren heute Abend zweimal vor Ort. Gegen zehn Uhr und kurz nach Mitternacht. Beim zweiten Vorbeifahren haben wir sogar angehalten und die Haustür geprüft. Uns erschien alles in Ordnung.«

»Der Vater hat gegen halb eins einen Hilferuf per SMS abgesetzt«, erklärte sie. »Vielleicht hat der Täter Sie zeitlich abgepasst. Das würde auf eine längere Beobachtungsphase hindeuten.«

»Scheiße!«, brummte Kalter.

»Was können Sie uns über die Gegend sagen? Reicht es, bis zum Eintreffen eines Einsatzkommandos die Straße in beide Richtungen abzusperren?«

»Das würde den Täter daran hindern, mit einem Fahrzeug zu fliehen«, erwiderte der Polizeikommissar.

»Aber?«

»Zu Fuß könnte man auch über die Terrasse flüchten. Dahinter liegen unbebaute Grundstücke, die in alle möglichen Richtungen abzweigen. Nicht unbedingt ein Dschungel, trotzdem ziemlich unübersichtlich.«

22

Der Zwergkaninchenkäfig stand mittlerweile neben dem Küchentisch, der Mörder hatte das Tuch abgenommen. Das Tier lief irritiert herum, offenbar verwirrt durch die Unterbrechung der Nachtruhe.

»Wir haben ein Problem, Tobias!«, sagte der Mörder. »Ich glaube dir nämlich kein einziges Wort.«

»Das müssen Sie, bitte! Ich sage Ihnen die Wahrheit.«

»Das werden wir gleich erfahren.«

Der Mörder bückte sich zum Käfig und öffnete die obere Klappe.

»Minimi«, rief Mila. Offenbar ahnte sie Unheil für ihr Kuscheltier.

»Was machen Sie?«, fragte Nina Lemmer.

Das Tier hüpfte aufgeregt im Käfig herum. Der Mörder griff nach dem Zwergkaninchen und verfehlte es. Beim zweiten Mal bekam er es zu fassen und hob es heraus. Dank der Handschuhe konnten ihm die Krallen nichts anhaben.

»Lassen Sie Minimi in Ruhe!«, schrie Mila aus vollem Hals. Sie weinte, schluchzte und bettelte zugleich.

»Das hängt vom Verhalten deines Vaters ab«, erwiderte der Mörder gelassen. Er schaute sich um. Auf der Arbeitsfläche neben dem Herd stand ein Mixer. Er ging zu dem Gerät und öffnete den Deckel.

»Was machen Sie?«, fragte die Mutter.

»Euren Liebling pürieren.« Der Mann drückte den Startknopf.

»Nein!«, schrie Mila. »Papi!«

»Hören Sie auf!«, flehte der Vater. »Was wollen Sie wissen?«

»Hast du eine Extraleistung in Anspruch genommen?«

»Ja.« Er schaute seine Frau an. »Es tut mir leid.«

»Das Komplettpaket?«

»Nur die Handentspannung.« Der Mann weinte fast ebenso heftig wie seine Tochter.

»Hast du Adriana getötet?«

»Nein!«, kreischte er. »Wieso sollte ich? Ich bin kein Mörder!«

Zumindest das klang glaubhaft. »Hast du den Bullen vorhin eine SMS geschickt?«

Erneut blinzelte der Mann. »Nein!«

»Tapfere Mila, verabschiede dich von Minimi! Weil dein Vater ein verdammter Lügner ist.« Der Mörder führte das Tier zur Mixeröffnung. Das Kaninchen witterte die Gefahr und zappelte wild.

»Papi!«

»Ja!«, schrie der. »Ich habe ›Hilfe‹ geschrieben und die Nachricht schnell gelöscht. Es tut mir leid.«

Der Mörder schaltete den Mixer ab und streichelte das flauschige Zwergkaninchen. Vorsichtig setzte er es zurück in den Käfig und schloss die Klappe. Er dachte über seine Alternativen nach. Sein ursprünglicher Plan war hinfällig. Die Bullen könnten jederzeit auftauchen. Also musste er improvisieren.

Sollte er den Bastard einfach erschießen? Oder war seine Schuld groß genug? Außerdem beschäftigte ihn eine andere Frage. Was würde die Bullen stärker ablenken? Ein toter Mann oder ein verblutender, den man vielleicht noch retten konnte?

Der Mörder öffnete eine Schublade nach der anderen, bis er die Fleischmesser fand. Eines davon nahm er heraus.

»Was machen Sie?«, wollte Lemmer wissen.

»Ich muss dir meinen Respekt aussprechen«, sagte der Mörder. »Du warst klug genug, um noch schnell eine SMS zu verschicken. Das hätte nicht jeder geschafft. Jetzt ist die Frage, ob die Bullen rechtzeitig hier sind, um dein Leben zu retten.«

Er packte Lemmers ungefesselten Arm und drückte ihn auf die Tischplatte.

»Lassen Sie mich los!«

Unbarmherzig führte er die Klinge an die Haut und ritzte den Arm längs auf. Blut schoss heraus. Ohne ein weiteres Wort zu sagen, warf er das Messer in die Spüle, ging zur Küchentür und zog den von innen steckenden Schlüssel ab. Dann verschloss er von außen den Raum.

***

Rosenberg hasste solche Augenblicke. Sie musste Verantwortung abgeben und warten, statt selbst aktiv zu sein.

Ihr Einsatzwagen stand einhundert Meter vom Hauseingang entfernt. Mit einem Nachtsichtgerät sah sie dabei zu, wie das erfreulich schnell eingetroffene Einsatzkommando auf das Haus zu schlich. Vier Männer postierten sich an der Haustür, vier weitere gingen hinter das Gebäude.

»Zugriff!«, ertönte es in Rosenbergs Headset.

Mit einer Ramme schlugen zwei Polizisten gegen die Tür. Dem ersten Versuch hielt sie stand. Beim zweiten Mal sprang sie auf.

»Die Terrassentür steht offen. Der Rollladen ist hochgezogen«, informierte ein Beamter, der sich hinter dem Haus befand, das Team.

Verzweifelt schloss Rosenberg die Augen. Sie befürchtete, dass es bereits zu spät war.

***

Raum für Raum arbeiteten sich die Polizisten vor, ohne auf Widerstand zu stoßen.

»Wir sind hier«, rief eine Frau. »In der Küche. Mein Mann verblutet. Helfen Sie uns!«

»Werden Sie bedroht?«, rief der Teamführer.

»Nein! Der Einbrecher ist abgehauen. Er hat uns eingeschlossen.«

In dem Türschloss steckte von außen kein Schlüssel. Der Teamführer rüttelte an der Klinke. Dann gab er mit einem Handzeichen seinen Männern den Befehl, die Tür aufzubrechen. Zwei Polizisten gingen in die Knie und postierten sich schussbereit. Falls das ein Hinterhalt war, durften sie das Feuer ohne Warnung eröffnen.

Die Tür flog beim ersten Stoß auf. Der Teamführer bemerkte sofort das Blut am Boden.

»Er hat meinem Mann die Pulsader aufgeschnitten.«

Der Ehemann war bewusstlos. Sein Kopf lag auf der Brust. Die Frau presste ihm ein blutdurchtränktes Handtuch auf die Wunde. Außerdem hatte sie mit einem weiteren Handtuch einen Knoten in Höhe des Ellenbogens gebunden. Ihre Bewegungsfreiheit war durch eine Handschelle eingeschränkt, die sie an einem Küchenstuhl fesselte.

»Wir brauchen sofort einen Notarzt. Starker Blutverlust«, bellte der Teamführer ins Mikrofon. »Wann ist der Einbrecher verschwunden?«, fragte er die Frau.

»Vor zehn Minuten.«

***

Atemlos rannte der Mörder durch das Gebüsch. Ob ihm die Flucht gelänge, würde sich vermutlich schon in den nächsten Minuten entscheiden. Sein Blick richtete sich zum Himmel. Bislang hörte er keine Hubschrauber – doch das würde sich bald ändern.

Sein Fuß stieß gegen eine Wurzel, er strauchelte und konnte im letzten Moment den Sturz verhindern. Noch trug er die Maske, unter der ihm der Schweiß in Bächen übers Gesicht strömte.

Keuchend blieb er stehen und zog die Maske ab. Er wischte sich mit den Lederhandschuhen den Schweiß ab, ehe er die Handschuhe ebenfalls auszog. Die Sachen stopfte er in den Rucksack. Dann lief er weiter, obwohl seine Beinmuskulatur brannte.

Kurz darauf erreichte er die erste befestigte Straße. Nun konnte er ohne Angst vor Stürzen rennen. Die Bullen würden wahrscheinlich schon im Lauf des Tages seine Identität herausfinden. Er hatte den Leihwagen zurücklassen müssen. Wenn sie auf die Idee kamen, alle geparkten Autos zu überprüfen, hätten sie ihn enttarnt. Wie sollte er damit umgehen? Ihm fehlten noch zwei Familien auf der Liste. Einer der betreffenden Männer musste der Mörder sein, falls Miguels Beobachtung gestimmt hatte. Sollte er sein Heil in der Flucht suchen? Oder könnte er zu den verdächtigen Ehemännern vordringen, bevor ihn die Bullen verhafteten?

Er lief weiter. Nach ein paar Straßenzügen verlangsamte er sein Tempo. Ein mitten in der Nacht rennender Mann wirkte auffälliger als jemand, der in zügigem Schritt ging.

Fliehen oder die Mission beenden? Würde er jetzt fliehen, hätte er keine Chance, den Mörder seiner großen Liebe zu finden. Würden sie ihn verhaften, bevor er den nächsten Ort erreichte, bliebe der Mord ebenfalls ungesühnt. Richtig schwer fiel ihm die Entscheidung nicht.

***

Nachts um vier Uhr baute Hauptkommissarin Rosenberg eine Telefonkonferenz zu Drosten auf, der wiederum Sommer und Kraft ins Boot holte.

»Der Mörder ist uns entwischt.« Rosenberg berichtete ihnen vom Einsatz der Spezialeinheit. »Die Ehefrau meinte, der Mörder wäre gut zehn Minuten vor der Stürmung des Hauses über die Terrasse geflohen. Hinter dem Grundstück liegt eine ausgedehnte Grünfläche. Einige hundert Meter weiter beginnt das nächste Wohnviertel. Wir haben Spuren gefunden, die darauf hindeuten, dass er diesen Weg genommen hat.«

»Also ist er zu Fuß geflohen«, schlussfolgerte Sommer.

»Zumindest anfangs. Wir können nicht ausschließen, dass er in dem angrenzenden Wohnviertel den Wagen geparkt hatte.«

»Das ergibt keinen Sinn!«, widersprach Sommer. »Ich bin absolut davon überzeugt, dass er immer in der Straße parkt, in der die Familien leben. Ist das eine lange Straße? Oder eher eine kurze?«

»Die Hausnummern gehen bis achtzig. Also vierzig Gebäude auf jeder Seite.«

»Ich schätze, es lohnt sich, die Kennzeichen aller geparkten Autos aufzuschreiben. Eines davon werden wir jemandem zuordnen, der nicht dorthin gehört.«

»Hoffentlich behalten Sie recht. Ich kümmere mich darum.«

»Wie ist es um Herrn Lemmer bestellt?«, fragte Drosten. »Schwebt er in Lebensgefahr?«

»Er hat massiv Blut verloren. Doch die Ehefrau hat ihm wohl das Leben gerettet. Sie war zwar an einen Küchenstuhl gefesselt, konnte aber damit zu einem Schrank rutschen und zwei Küchenhandtücher herausziehen. Mit einem hat sie den Arm in Höhe des Ellenbogens abgebunden und das andere auf die Wunde gepresst. Der behandelnde Notarzt sieht Lemmer nicht in Lebensgefahr.«

»Wunderbar«, sagte Drosten. »Das sind zwei gute Nachrichten. Keine neuen Toten, und wenn Lukas recht behält, kennen wir bald den Namen des Mörders.«

»So wie ich Sie einschätze, kann ich demnächst mit Ihrem Eintreffen rechnen«, vermutete Rosenberg.

»Ja«, bestätigte Drosten. »Wir sind nur noch nicht unterwegs, weil wir nicht in den laufenden Einsatz platzen wollten. Aber das hat sich ja jetzt erledigt. Vermutlich sind wir spätestens um zehn Uhr bei Ihnen. Treffen wir uns im Präsidium?«

»Macht Sinn. Sollten sich meine Pläne ändern, sage ich Ihnen rechtzeitig Bescheid. Gute Fahrt! Vielleicht ergibt sich ja bis zu Ihrem Eintreffen ein Fortschritt.«

23

Ein Jahr zuvor.

Schon der Flug war eine Qual gewesen. Am Flughafen in Palma zu landen und aus dem Terminalgebäude hinauszutreten, verstärkte seine Verlustgefühle.

Für ihn war Mallorca gleichbedeutend mit Adriana. Die Nachricht ihres spurlosen Verschwindens hatte ihn völlig unvorbereitet getroffen. Eine Meldung der mallorquinischen Polizei im Internet – mehr schien Adriana nicht wert zu sein. Verzweifelt hatte er herumtelefoniert und erfahren, dass sie ausgerechnet seit dem Abend verschwunden war, an dem er sie unter dramatischen Umständen nach Hause gefahren hatte.

Wie konnte das sein?

Anfangs hatte er geglaubt, sein Verhalten während der Autofahrt hätte dazu geführt, dass sie vor ihm geflohen war. Vielleicht hatte er ihr die Perspektivlosigkeit ihres Lebens vor Augen geführt. War sie deswegen ohne Abschied gegangen, um an einem anderen Ort neu anzufangen? Eventuell in Lissabon, jener portugiesischen Metropole, die sie als ihre Wunschstadt bezeichnete?

Doch vor wenigen Tagen hatte er von ihrem Tod erfahren. Seitdem konnte er keinen klaren Gedanken mehr fassen. Er hatte den erstbesten Flug genommen und alles hinter sich gelassen.

Jemand hatte die Liebe seines Lebens getötet. Dafür müsste der Schuldige bezahlen.

Koste es, was es wolle.

Er ging zu den Taxiständen. Ein freundlicher dunkelhäutiger Taxifahrer nahm ihm das Reisegepäck ab und fragte ihn auf Spanisch nach der Adresse seiner Unterkunft.

Ihm wurde bewusst, dass er sich in der Hektik der letzten Tage gar nicht um eine Schlafmöglichkeit gekümmert hatte. Stockend nannte er dem Taxifahrer die Adresse, an der Adriana gewohnt hatte. Der Fahrer gab sie in sein Navigationssystem ein. Auf der Fahrt unterhielten sie sich ein wenig. Da er perfekt Spanisch sprach, konnte er die Fragen des Mannes beantworten. Doch in Gedanken war er woanders. Je näher sie dem Zielort kamen, desto einsilbiger antwortete er. Irgendwann verstummte der Fahrer, bis er vor dem Haus anhielt.

Er beglich die über einhundert Euro teure Taxirechnung und stieg aus. Der Fahrer holte ihm das Reisegepäck aus dem Kofferraum. Mit gerunzelter Stirn fragte er ihn, ob alles in Ordnung sei.

»Ich war lange nicht mehr hier. Erinnerungen«, sagte er.

Der Mann wünschte ihm einen schönen Aufenthalt, setzte sich wieder hinters Steuer und fuhr davon.

Langsam ging er auf den Eingang zu. Er betrachtete die Namensschilder auf den Briefkästen. An einen Namen erinnerte er sich. Miguel Blanco. Von diesem Nachbarn hatte Adriana gelegentlich gesprochen. Er hatte sich den Namen wegen des Schlagersängers Roberto Blanco gemerkt. Kurzentschlossen drückte er die entsprechende Klingel.

Der Spanier erwartete ihn an der Wohnungstür.

»Bist du von der deutschen Polizei?«, fragte er ihn. Der Bewohner sprach so nuschelig, dass der Deutsche ihn kaum verstand, trotz seiner Spanischkenntnisse.

»Nein«, antwortete er ehrlich. »Wie kommst du darauf?«

»Wenn sich in den letzten Monaten jemand nach Adriana erkundigt hat, war es ein Polizist.« Er reichte ihm die Hand. »Ich bin Miguel. Woher kanntest du Adriana?«

Er nannte seinen Namen und schüttelte dem Spanier die Hand.

»Entschuldige, aber ich kann mich nicht an dich erinnern. Warst du je mit Adriana hier?«

»Nein. Wir haben unsere Beziehung geheim gehalten.«

»Beziehung?«, wiederholte der Spanier überrascht. »Komm rein! Jetzt bin ich neugierig. Adriana hat dich nicht einmal erwähnt.«

Er führte ihn in ein kleines Wohnzimmer. Ähnelten sich die Grundrisse der Wohnungen? Dann hätte er zum ersten Mal einen Anhaltspunkt, wie Adriana gelebt hatte.

»Setzen wir uns auf den Balkon«, schlug Miguel vor. »Trinkst du einen Wein mit mir? Die Tasche kannst du einfach irgendwo abstellen.«

Miguel holte aus einem Schrank ein zweites Weinglas. Auf dem Balkon standen zwei Stühle und ein kleiner Tisch.

»Schreckliche Sache mit Adriana. Als ich von ihrem Tod gehört habe, konnte ich es nicht glauben.« Miguel verzog die Lippen zu einem Schmollmund. »So ein schrecklicher Verlust.«

»Ich hab sie geliebt.«

Überrascht sah Miguel ihn an. »Sie dich auch? Entschuldige meine Frage, aber wie gesagt, sie hat dich nie erwähnt.«

»Auf meinen Wunsch hin. Ich wollte in Deutschland erst einmal alles mit meiner Familie klären. Dann wäre ich zurückgekehrt.«

»Mein Gott! Das tut mir so leid.«

»Wir hatten Zukunftspläne. Wollten hier auf Mallorca leben. Kinder in die Welt setzen.«

»Verdammt. Du musst ja wegen deines Verlustes höllisch leiden.«

»Ohne meine familiären Verpflichtungen wäre ich gar nicht nach Deutschland zurückgekehrt. Aber es ging nicht anders. Plötzlich meldet sie sich nicht mehr bei mir. Beantwortet keine WhatsApp, keinen Anruf, keine E-Mail. Ich war verzweifelt. Hab geglaubt, sie hätte jemand anderen kennengelernt. Oder es sich anders überlegt. Ich wollte Hals über Kopf zurückkehren. Aber es ging einfach nicht. Dann las ich im Internet den Vermisstenaufruf. Ich konnte es nicht glauben. Und jetzt ... vor wenigen Tagen ...«

»... hast du von ihrem Tod erfahren. Mein Beileid.« Miguel schenkte ihnen Wein ein. »Trinken wir auf Adriana. Sie war ein großartiger Mensch.«

Sie stießen an. Der Rotwein schmeckte überraschend blumig. Ziemlich billig.

»Wieso bist du zurückgekommen? Sie wurde nicht auf Mallorca beigesetzt. Ihre Eltern leben in Andalusien.«

»In Deutschland hat sich für mich alles falsch angefühlt. Ich brauche Antworten, bevor ich mein Leben weiterleben kann.«

»Was sagt deine Familie dazu? Deine Frau?«

»Ich hab meine Familie verlassen.«

»War das klug? Hättet ihr keinen neuen Versuch wagen können?«

»Wie schon gesagt. Es hat sich falsch angefühlt. Als würde man jeden Morgen im falschen Körper aufwachen. Kannst du dich noch an den Abend ihres Verschwindens erinnern?«

»Na klar. Die Polizei hat mich ja mehrfach befragt. Das bleibt einem im Gedächtnis.« Er trank einen weiteren Schluck und schloss die Augen. »Ich war zufällig an der Wohnungstür, als ich sie die Treppen hochkommen hörte. Ich öffnete die Tür, um ihr ›Hallo‹ zu sagen. Ich sah ihr sofort an, dass es ihr nicht gut ging. Ich fragte, was los sei, aber sie meinte nur, es sei ein langer, anstrengender Tag gewesen. Also bot ich ihr an, einen Tequila mit mir zu trinken, denn bekanntermaßen würde Tequila jedes Problem dieser Welt lösen.« Miguel schmunzelte über den eigenen Scherz. »Adriana hatte nichts dagegen, wollte sich aber erst eine Stunde ausruhen. Ich gab ihr sogar eineinviertel Stunden Zeit, schnappte mir dann den Tequila und lief zu ihr hoch. Klopfte an. Sie öffnete nicht. Ich klopfte noch einmal und wartete. Keine Reaktion. Ich dachte, sie sei todmüde ins Bett gefallen und eingeschlafen. Also ging ich in meine Wohnung zurück.« Er zuckte mit den Achseln. »Ich hab sie nie wieder gesehen.«

»Du hast hier eine Stunde gewartet?«

»Eineinviertel Stunden«, wiederholte Miguel.

»Was hast du in der Zeit gemacht?«

»Auf dem Balkon gesessen. Musik gehört. So wie heute. Ich sitze gerne draußen.«

»Dir ist nichts Ungewöhnliches aufgefallen?«

»Das ist schon ein Jahr her. Woran soll ich mich jetzt noch erinnern?«

»Adriana ist zu Hause angekommen. Das wissen wir, weil du mit ihr gesprochen hast. Eine gute Stunde später öffnet sie dir nicht. Jemand muss in der Zeit ins

Haus gelangt sein und sie nach draußen gebracht haben.« Er stand auf und schaute vom Balkon hinunter. »Von hier aus siehst du die Parkplätze. Hast du niemanden bemerkt?«

»Herrje, du bist ja hartnäckiger als die spanischen Polizisten.« Er lachte unsicher.

»Die haben Adriana auch nicht geliebt.«

»Kann ich mich an etwas erinnern?« Miguel schloss die Augen. »Scheiße! Hoffentlich bringe ich die Tage nicht durcheinander.«

»Woran denkst du?«

»Und was ist, wenn ich mich irre?«

»Woran denkst du?«

Miguel seufzte. »Ich kann mich an einen Wagen erinnern. Typisches Mietfahrzeug. Hinten klebte der gelbe Aufkleber von Centauro. Sagt dir das was?«

»Ein Autoverleiher.«

»Genau. Der Fahrer stieg aus und schaute hoch. Ich glaube nicht, dass er mich bemerkt hat.«

»Was hat er dann gemacht?«

»Er hat sich seltsam verhalten. Ist nämlich wieder eingestiegen. Kurz darauf stieg er wieder aus und lief zur Haustür. Allerdings stehen die Häuser hier nah beieinander. Das hat nichts zu bedeuten. Er könnte genauso gut ins Nachbargebäude gegangen sein.«

»Hast du ihn auch wegfahren sehen?«

»Irgendwann war das Auto fort.«

»Hast du gesehen, wie er weggefahren ist?«

»Nein, verdammt! Ich war nicht die ganze Zeit auf dem Balkon. Bin ja nicht der Wachhund der

Nachbarschaft.« Er lachte. »Außerdem sag ich es noch mal. Es ist jetzt ein Jahr her. Vielleicht komme ich gerade mit den Tagen durcheinander.«

»Das glaube ich nicht. Wäre das an einem anderen Tag gewesen, könntest du dich an ein so unwichtiges Detail überhaupt nicht erinnern. Dein Unterbewusstsein hat das gespeichert.«

»Vor Gericht würde ich es nicht beschwören.«

»Wie hat er ausgesehen?«

»Wer?«

»Der Fahrer.«

»Wie ein deutscher Tourist halt aussieht!« Miguel lachte erneut.

Sein Besucher fand das gar nicht komisch. »Komm schon! War er groß oder klein? Dick oder dünn? Blond oder dunkelhaarig? Wir Deutschen sehen nicht alle gleich aus.«

Miguel schloss die Augen und stieß den Atem aus. »Dunkelblonde Haare. Etwas spärlich. Nicht so volles Haar wie du oder ich. Stattdessen diese ...« Er fasste sich an die Stirn. »Geheimratsecken. Ein paar Kilo zu viel auf den Rippen. Aber nicht richtig dick. Im Englischen gibt es dafür den Ausdruck ›Dad Bod‹. Der Körper eines Vaters. Weißt du, was ich meine? Du hast diese Figur ja nicht. Bist durchtrainiert.«

Er nickte. »Wie groß war er?«

»Das kann ich dir nicht sagen.«

»Wieso nicht?«

Miguel stellte sich an die Brüstung. »Guck von hier runter. Glaubst du, man kann bei dem Blickwinkel die

Größe eines Menschen bestimmen? Wäre er auffallend groß oder besonders klein gewesen, hätte ich das bemerkt. Normal, halt. Was ist in Deutschland normal?«

»So wie du und ich. Kannst du dich noch an etwas anderes erinnern? Die Kleidung?«

»T-Shirt und Hose.«

»Hatte das T-Shirt einen Aufdruck?«

»Nein. Das war einfach nur ein helles T-Shirt. Wieso willst du das alles wissen?«

»Weil ich den Mistkerl finden werde.«

»Das ist ausgeschlossen.«

»Der Polizei hast du das nie erzählt, oder?«

»Ich sag's dir noch mal. Vielleicht bringe ich die Tage durcheinander. Ich beschuldige niemanden. Hättest du mich nicht so bedrängt, wäre ich nicht damit herausgerückt.«

»Hatten du und Adriana etwas miteinander?«

Miguel lachte laut auf. »Adriana und ich? Mein Gott! Das hätte ja nie gepasst. Du kanntest sie! Als hätte sie sich auf jemanden wie mich eingelassen. Und ich hatte kein Interesse an ihr. Wir waren bloß befreundet. Fast wie Bruder und Schwester. Gerade deswegen hatten wir ja so ein gutes Verhältnis.«

24

Die Hauptkommissare Rosenberg und Weimar warteten mit Oberkommissar Schult im Präsidium. In den letzten Jahren hatten Drosten und Sommer mit Kollegen in verschiedenen Städten zusammengearbeitet. Neben den Leipziger Moko-Kollegen und Peter Stenzel aus Mettmann schätzte Drosten vor allem Rosenberg, sowohl persönlich als auch beruflich. Genau deswegen hatte er ihr und Stenzel ebenfalls den Job angeboten, den letztlich Verena Kraft bekommen hatte.

Bei der Begrüßung Rosenbergs fiel Drosten sofort der Ring an ihrem rechten Ringfinger auf. Er beäugte Schult und entdeckte an dessen Finger ein ähnliches Modell. »Sie haben endlich geheiratet? Herzlichen Glückwunsch. Wann war der große Tag?«

»Vor drei Monaten«, antwortete Schult.

Automatisch dachte Drosten an den Leipziger Kollegen Keller, der zu einem ähnlichen Zeitpunkt geheiratet hatte – und mittlerweile wie seine Braut nicht mehr lebte.

»Im ganz kleinen Kreis«, ergänzte Rosenberg. »Bloß die Familie und zwei Trauzeugen. Meiner war Frank. Daniel und ich haben unsere Namen behalten. Sonst müssten wir bei der Arbeit wohl ein Dauerfeuerwerk an Sprüchen ertragen.«

Auch Sommer und Kraft gratulierten zur Vermählung. Dann stellte Drosten Verena Kraft vor.

»Verena! Hauptkommissarin Rosenberg war neben Peter Stenzel aus Mettmann die dritte Kandidatin, die für den Job in der KEG vorgesehen war.«

»Und an mir ist der Mist dann hängen geblieben«, sagte Kraft lächelnd. »Vielen Dank auch.«

»Ohne meine familiäre Bindung hier in Köln wäre ich interessiert gewesen«, bekannte Rosenberg wahrheitsgemäß. »Ein bisschen beneide ich Sie.« Sie klatschte in die Hände. »Wir sind ja nicht zum lustigen Kaffeeklatsch zusammengekommen. Es gibt Neuigkeiten, die uns hoffentlich weiterbringen. Im Laufe der letzten Stunden waren drei Beamte damit beschäftigt, alle Kennzeichen der Fahrzeuge zu überprüfen, die in der Straße parkten. Bei den meisten Autos handelt es sich um Zweit- oder manchmal sogar Drittwagen der Anwohner. Zwei Pkw stammten von auswärtigen Gästen. Wir haben die Kfz-Halter schon überprüft. Keiner von denen kommt als Täter infrage. Ein Fahrzeug gehört zur Fahrzeugflotte eines großen Autoverleihers. Nach Rücksprache mit dem zuständigen Staatsanwalt kümmert der sich gerade um eine richterliche

Anordnung, damit uns die Firma die Daten des Mieters überlässt. Wahrscheinlich dauert das noch ein paar Stunden, aber vielleicht kennen wir dann den Namen des Mörders.«

Drosten teilte ihren Optimismus. Natürlich konnte der Wagen auch von jemand Unbeteiligten angemietet worden sein, doch er vermutete einen Zusammenhang zur Mordserie.

»Das klingt gut. Bis es so weit ist, wollen wir Ihnen die Theorie präsentieren, die Lukas, Verena und ich auf dem Weg hierher aufgestellt haben. Dafür benötige ich eine Wand und ein paar Nadeln oder Magnete.«

»Das lässt sich einrichten. Kommen Sie mit!« Die Hauptkommissarin führte sie in einen Besprechungsraum. An einer Wand hing ein großes Whiteboard.

Drosten entnahm seiner Aktentasche die ausgedruckten Fotos. In die oberste Reihe hängte er die Bilder der Männer, in deren Häuser der Mörder eingedrungen war. Darunter befestigte er mit den Magneten die Schnappschüsse anderer Urlauber, die Adriana auf ihrem Profil gepostet hatte. Die unterste Reihe bestand aus zwei Bildern, die deutsche Männer zeigten.

»Ganz oben sind die Opfer?«, fragte Rosenberg, die Tobias Lemmer auf einem Foto erkannte.

»Genau«, sagte Drosten. »Fällt Ihnen etwas auf?«

Die Kölner Polizisten musterten kurz die drei Reihen.

Frank Weimar brachte es auf den Punkt. »Die Männer oben sehen sich ziemlich ähnlich.«

»Die zweite Reihe zeigt die Familienväter, die anders aussehen. Dunklere Haare. Dicker«, führte Schult den Gedanken weiter.

»Ganz unten haben wir zwei Kandidaten, die vom Aussehen her perfekt nach oben passen würden«, fügte Rosenberg hinzu.

»Genau so sehen wir das auch«, bestätigte Sommer.

»Wie lautet Ihre Theorie?«, fragte Rosenberg.

»Der Täter will von den Familienvätern wissen, ob sie die spanische Masseurin getötet haben. Da er sich anscheinend auf einen speziellen Typ konzentriert, muss ihm irgendwer einen Hinweis gegeben haben. Zu diesem Schluss sind wir auf der Fahrt nach Köln gelangt.«

»Von der spanischen Polizei hat er diesen Tipp nicht erhalten«, ergänzte Kraft. »Ich habe mich heute Morgen mit dem zuständigen Ermittler kurzgeschlossen. Die haben keinerlei Hinweise auf einen potenziellen Verdächtigen.«

»Mysteriös«, murmelte Rosenberg. »Wer könnte dem Täter den Tipp gegeben haben?«

»Die spanische Polizei will noch einmal mit den wenigen Zeugen sprechen und uns Bescheid geben«, erklärte Kraft. »Bin gespannt, wie schnell das passiert.«

»Wir wollen den Polizeischutz vor Ort verstärken, und ich würde gern auf Ihre Unterstützung zugreifen«, sagte Drosten. »Halten Sie unsere Theorie für nachvollziehbar?«

»Definitiv«, bestätigte Rosenberg.

»Wir haben bloß ein Problem«, fuhr Drosten fort. Er trat an das Whiteboard. Mit dem Zeigefinger tippte er auf das linke Bild in der untersten Reihe. »Diesen Mann haben wir identifiziert. Er lebt in Ulm. Im Gegensatz zu den bisherigen Opfern übrigens nicht in einem Einfamilienhaus, sondern in einer Dachgeschosswohnung. Sollte der Mörder vorgehen wie bisher, hätte er es also deutlich schwerer. Nachbarn könnten Hilfeschreie hören und die Polizei alarmieren.« Sein Finger wanderte zu dem anderen Bild. »Wir haben leider keine Ahnung, wer dieser Mann ist. Dementsprechend können wir ihn nicht vorwarnen.«

***

Eine Stunde später hatte die KEG mit dem Kriminalkommissariat in Ulm gesprochen. Die dortigen Polizisten hatten ihnen unbürokratisch Amtshilfe angeboten. Gemeinsam entschieden sie, das betreffende Mehrfamilienhaus unauffällig durch Zivilbeamte bewachen zu lassen.

Kaum hatten sie das Telefonat beendet, lag auch endlich die richterliche Anordnung für die Autoverleihfirma vor. Frank Weimar übernahm die Aufgabe, die erforderlichen Daten zu ermitteln.

Rosenberg und Schult fuhren unterdessen mit Drosten, Sommer und Kraft zum Haus der Familie Lemmer. Nina Lemmer führte sie ins Wohnzimmer.

»Ich traue mich kaum noch in die Küche. Ständig habe ich das Gefühl, dort lauert der Maskierte auf mich.« Sie schauderte und schlang die Arme um ihren Oberkörper. »Hätte ich mich nicht mit meinem Mann gestritten und ihn aus dem Schlafzimmer geworfen ...«

»Aber Sie haben sich nicht wegen der spanischen Masseurin mit ihm gestritten?«, vergewisserte sich Drosten.

»Von der habe ich heute Nacht das erste Mal erfahren. Nein. Ich bin meinem lieben Gatten auf die Spur gekommen. Er konsumiert regelmäßig Pornos. Womit ich echt ein Problem habe. Und jetzt auch noch die Sache mit der Spanierin. Ich war bisher nicht im Krankenhaus. Wir haben nur telefoniert. Keine Ahnung, wie es mit uns weitergeht.«

Obwohl Drosten den Ablauf der Nacht schon von Rosenberg erzählt bekommen hatte, bat er die Frau um eine detaillierte Beschreibung.

»Es fing damit an, dass ich Schritte im Flur hörte«, erinnerte sie sich. »Natürlich dachte ich, es wäre Tobias. Plötzlich riss jemand die Tür auf, dann zielte ein maskierter Mann mit einer Waffe auf mich.«

Punkt für Punkt gingen sie die Ereignisse der Nacht durch.

Schon bald unterbrach Drosten aufgeregt die Frau. »Moment mal! Der Täter wusste also davon, dass die Polizei Urlauber wegen der Mordserie anruft?«

»Ja«, bestätigte Nina Lemmer.

Rosenberg schaute zu Drosten. »Ist das eine wichtige Information? Ich weiß das schon seit heute Nacht.«

Drosten nickte. Statt ihr die Bedeutung der Information zu erklären, befragte er weiter die Familienmutter. »Was ist dann passiert? Erinnern Sie sich an die genauen Worte des Mannes?«

Nina Lemmer überlegte. »Er hat etwas gesagt, das ich nicht richtig verstanden habe. Er wollte wissen, ob die Bullen – Entschuldigung, das war seine Wortwahl – meinem Mann ein Angebot gemacht haben.«

»Was hat er geantwortet?«

»Tobias' Antwort lautete ›Die SMS‹. Daraufhin verlangte der Täter von mir, dass ich das Handy aus dem Keller hole. Er gab mir nur ein paar Sekunden Zeit. Ich brachte es ihm, Tobias musste das Entsperrmuster eingeben, und dann prüfte der Mann etwas. Anschließend wollte er wissen, ob Tobias darauf geantwortet hatte. Was mein Ehemann verneinte und sich später als Schwindel herausstellte. Ein Schwindel, der uns vielleicht das Leben gerettet hat.«

»Entschuldigen Sie uns kurz, ich möchte mich mit meinen Kollegen besprechen. Wir gehen vor die Haustür.«

Drosten ging vor, die anderen folgten ihm.

»Ehrlich gesagt, verstehe ich die Wichtigkeit dieser Information nicht«, bekannte Rosenberg. »Aber dass sie offenbar bedeutend ist, sieht sogar ein Blinder.«

»Wir haben die Männer, die wir identifizieren konnten, angerufen«, erklärte Drosten. »Sie auf die potenzielle Gefährdung hingewiesen. Am Ende des Gesprächs haben wir jedem Mann eine SMS geschickt. Wir haben ihnen versprochen, dass wir sofort reagieren, falls sie eine Antwort schicken, selbst wenn da nur ein einzelner Buchstabe drinsteht.«

Rosenberg schlug sich an die Stirn. »Jetzt kapiere ich die Zusammenhänge. So weit habe ich nicht gedacht, wegen der Zuspitzung der Ereignisse in der Nacht.« Sie runzelte die Stirn. »Wenn also der Täter von der SMS wusste, haben Sie schon mit ihm telefoniert.«

»Der Verdächtigenkreis schrumpft gerade auf eine sehr kleine Gruppe zusammen.«

»Und einer davon hat hoffentlich den Mietwagen gemietet.« Sie nahm ihr Handy aus der Jackentasche. »Vielleicht hat Frank schon etwas erreicht.«

Doch eine Minute später verflog die Hoffnung. Weimar wartete noch auf eine Antwort des Autoverleihers, der ihm zumindest einen raschen Rückruf zugesagt hatte. Lange konnte es nicht mehr dauern.

»Gehen wir zu Frau Lemmer«, schlug Sommer vor. »Im besten Fall kann sie sich an weitere Einzelheiten erinnern, die im Nachhinein wichtig werden.«

Die Polizisten kehrten ins Wohnzimmer zurück. Die kleine Tochter saß auf der Couch und kuschelte sich an ihre Mutter.

Die zuckte entschuldigend die Schultern. »Vorhin hat mein Schatz geschlafen. Jetzt ist sie wach. Ich würde sie nur ungern ins Kinderzimmer schicken.«

Bevor einer der Polizisten darauf reagieren konnte, klingelte Rosenbergs Handy.

»Das ist Frank!«

Sie nahm das Gespräch an und nickte mehrfach. »Ich frag die Wiesbadener Kollegen. Moment.« Rosenberg senkte das Telefon. »Sagt Ihnen der Name David Hohenauer etwas?«

Drosten schaute sie mit großen Augen an. »Hohenauer? Der hatte angeblich ein Alibi! Ein Freund hat es Lukas gegenüber bestätigt.«

25

David Hohenauer hatte von Köln bis zum Frankfurter Hauptbahnhof einen ICE genutzt und war danach in einen Regionalexpress umgestiegen. In einer halben Stunde würde er endlich in Kassel ankommen.

Er dachte an den Mann, der dort mit seiner Ehefrau und ihrem gemeinsamen Sohn lebte. Matthias Bernstein. Während Bernsteins Frau Susanne als Maklerin die sozialen Medien ausgiebig nutzte, gab es von ihrem Ehemann kein Profil im Netz. Seinen Namen herauszufinden hatte Hohenauer mehrere Wochen gekostet. Dazu hatte er auf Mallorca eigens Freundschaft mit einem Hotelangestellten schließen müssen. Der Mann mit dem klingenden Vornamen Jesús war über Adrianas Tod ebenfalls erschüttert gewesen und hatte beschlossen, Hohenauer heimlich zu helfen, den Mörder zu finden. Deswegen hatte er ihm unter Gefährdung seines Jobs irgendwann eine komplette Gästeliste aus dem Jahr 2017 besorgt. Danach war es nur noch

Fleißarbeit gewesen, die einzelnen Männer zu identifizieren.

Gerade weil Bernstein öffentlich unter dem Radar lebte, hoffte Hohenauer, dass die Bullen ihn bisher nicht kontaktiert hatten. Das würde ihm den Vorsprung geben, den er für die nächsten Schritte benötigte.

Auf seiner Liste standen noch zwei Männer, die Miguels Beschreibung entsprachen. Matthias Bernstein und ein in Ulm lebender Steuerberater. Einer von beiden musste Adrianas Mörder sein. Graf, Kleefisch und Lemmer hatten bei der Frage nach Adrianas Tod so überrascht gewirkt, dass Hohenauer in dieser Hinsicht keinen Zweifel an ihrer Unschuld hegte.

Trotzdem hatten die drei Bastarde ihr Schicksal verdient. Sie hatten Adrianas Notsituation ausgenutzt und sie sexuell ausgebeutet. In Hohenauers Augen war das wie eine Vergewaltigung. Adriana hätte niemals freiwillig ihren Körper verkauft – das hätte den deutschen Touristen klar sein müssen. Ganz gleich, was Adriana damals Hohenauer erzählt hatte: Er wusste, sie hatte ihn bloß schützen wollen. Wahrscheinlich hatte sie geglaubt, er würde die Wahrheit nicht vertragen.

In Adrianas Augen hätte ihre Beziehung keine Zukunft gehabt, solange sie von anderen Deutschen ausgebeutet wurde. Nur deshalb hatte sie sich an ihrem letzten gemeinsamen Abend ihm gegenüber so kühl verhalten.

Hohenauer erinnerte sich an die Autofahrt. Den Schwenk auf die falsche Fahrbahn. Das entgegenkommende Auto, dessen Fahrer hektisch das Fernlicht aufblendete. Hätte er damals den Mut besessen, sein Vorhaben durchzuziehen, hätte er Adriana so viel erspart. Wer wusste schon, was der Mörder mit ihr angestellt hatte? In seiner Fantasie hatte sie Schreckliches durchlitten. Hohenauer hätte Gas geben sollen, statt zurückzulenken. Dann wären er und Adriana für immer vereint gewesen.

So blieb ihm bloß die schmerzhafte Erinnerung und der Wunsch, die Männer zu bestrafen, die sich an ihr vergangen hatten. Den Hurensohn, der die Liebe seines Lebens getötet hatte, würde er eigenhändig hinrichten. Alle anderen mussten eine qualvolle Entscheidung treffen, um ihre Schuld zu vergelten.

Die vordere Tür seines Abteils öffnete sich. Erschrocken zuckte Hohenauer zusammen. Zwei Bundespolizisten betraten das Abteil.

Was hatte das zu bedeuten? Waren sie bloß auf der Suche nach freien Sitzplätzen? Diese Hoffnung zerschlug sich rasch. Die Bullen gingen langsam an unbesetzten Plätzen vorbei und musterten jeden einzelnen Fahrgast.

Was sollte er jetzt tun? Noch könnte er aufstehen und das Abteil durch die hintere Tür verlassen. Ein ziemlich auffälliges Verhalten. Würden sie ihm hinterherrufen und ihn auffordern stehenzubleiben?

Meter für Meter kamen die verdammten Bullen näher. Wie hatten sie ihn so schnell aufgespürt? Das auf ihn registrierte Handy lag ausgeschaltet in der Bremer Wohnung. Stattdessen führte er ein spanisches

Prepaid-Telefon bei sich. Es war unmöglich, dass sie ihn darüber geortet hatten.

Hohenauer nahm den Rucksack vom Boden auf. Darin steckte die Pistole. Die Bullen trugen Schutzwesten. Doch ihre Köpfe waren ungeschützt. Er traute sich durchaus zu, zwei tödliche Treffer abzufeuern, bevor sie ihre eigenen Waffen gezogen hätten.

Vorläufig ließ er die Waffe im Seitenfach des Rucksacks. Scheinbar neugierig beobachtete er die sich nähernden Bundespolizisten.

Noch vier Reihen.

Wen suchten sie? Er spürte den Schweißfilm, der sich auf seinem Nacken bildete. Waren sie wirklich auf der Jagd nach ihm? Würden sie merken, wie nervös ihn ihre Anwesenheit machte? Hohenauer beruhigte sich mit einer stummen Litanei. *Sie meinen nicht dich. Sie meinen nicht dich. Sie meinen nicht dich.*

Einer der Bullen nahm ihn in Augenschein. Hohenauer blieb völlig reglos sitzen und brachte ein angedeutetes Lächeln zustande. Ihre Blicke trafen sich. Hohenauer dachte an Lemmer, dessen Blinzeln ihn verraten hatte. Er unterdrückte den Impuls, ebenfalls zu blinzeln.

Ohne eine Miene zu verziehen, ging der Bulle weiter. Nun musterte ihn der andere Mann. Allerdings deutlich weniger intensiv. Sie liefen den Gang entlang und verließen das Abteil.

Hatte ihr Auftauchen nichts mit ihm zu tun? Oder war das bloß ein Trick, mit dem sie ihn in Sicherheit wiegten?

Hohenauer schaute auf seine Uhr. Noch fünfundzwanzig Minuten bis Kassel. Sollte er einfach sitzen bleiben? Oder wäre das unklug?

Unsicher stand er auf und verließ das Abteil in die Richtung, aus der die Bullen gekommen waren. Er setzte sich in die Nähe eines Ausgangs. Falls ihm an einem der nächsten Bahnhöfe etwas Ungewöhnliches auffiel, würde er versuchen, aus dem Zug zu gelangen. Notfalls, in dem er sich den Weg freischoss.

»Nächster Halt ist Kassel Hauptbahnhof. Ausstieg in Fahrtrichtung links«, erklang die automatisierte Ansage.

Hohenauer erhob sich von seinem Sitz. Noch hatte er sich nicht völlig beruhigt, obwohl die Bullen anscheinend nicht nach ihm gesucht hatten.

Der Regionalexpress verlangsamte das Tempo und fuhr in Kassel ein. Auf dem Ankunftsgleis standen keine schwer bewaffneten Polizisten, um ihn in Empfang zu nehmen. Er schulterte den Rucksack und ging zur Tür, an der noch niemand wartete. Der Zug stoppte. Hohenauer drückte den Knopf, und zischend glitt die Zugtür auf. Er trat ins Freie.

Da alle Bahnhöfe videoüberwacht waren, streifte er seine Kapuze über und senkte den Blick. Schnellen Schrittes verließ er das Gebäude und machte erst Halt, nachdem er zwei Straßen überquert hatte. Schließlich beruhigte sich sein Herzschlag.

Zehn Minuten später saß er in einem türkischen Imbiss und aß einen Döner. In seinem Kopf spielte er die Alternativen durch. Wie lange würde es dauern, bis man ihn öffentlich zur Fahndung ausschrieb? Oder anders ausgedrückt: Wie lange konnte er noch unerkannt operieren?

War Matthias Bernstein der Urlauber, den er suchte?

Unter anderen Umständen hätte er die Familie mindestens ein oder zwei Tage lang beschattet. Sein letzter Besuch in Kassel lag sieben Wochen zurück. Die Familie konnte inzwischen ihre Angewohnheiten geändert haben. Blieb ihm die Zeit für eine weitere Beobachtungsphase? Hohenauer befürchtete das Gegenteil. Also musste er auf einen Ersatzplan zugreifen. Zum Glück hatte er die Grundzüge bereits vorbereitet.

In aller Ruhe aß er den Döner auf und brachte das silberne Tablett an die Kasse. Die Mitarbeiterin dankte ihm, und er lächelte ihr zu. Hohenauer verließ den Imbiss. Vor der Tür zog er das Handy aus der Jackentasche. Mit unterdrückter Rufnummer wählte er das Büro von Susanne Bernstein an.

»Immobilien Bernstein, Ludewig am Apparat«, meldete sich eine junge Stimme.

Katrin Ludewig war Bernsteins Mitarbeiterin und machte jeden Tag um sechzehn Uhr Feierabend. Freitags sogar schon um eins. Das hatte Hohenauer herausgefunden.

»Müller hier«, begrüßte er sie. »Ist Frau Bernstein zu sprechen?«

»Worum geht es?«

»Wir stehen in Kontakt wegen einer Ihrer Immobilien. Andreas Müller. Frau Bernstein weiß Bescheid.«

»Einen Moment bitte.«

In der Leitung erklang kurz Warteschleifenmusik.

»Susanne Bernstein, hallo Herr Müller. Wie geht es Ihnen?«

»Einerseits ganz wunderbar, andererseits bin ich gerade verdammt wütend auf die Deutsche Bahn. Wir müssen den heutigen Besichtigungstermin verschieben. Ist neunzehn Uhr noch in Ordnung für Sie? Hier fallen gleich zwei Züge aus.«

»Das ist ärgerlich. Tut mir sehr leid zu hören. Was halten Sie davon, wenn wir die Besichtigung auf morgen früh verlegen?«

»Das geht leider nicht. Ich habe morgen schon andere Verpflichtungen. Heute Abend ist der einzige Tag, an dem ich das ermöglichen kann. Sie wissen ja, ich bin sehr interessiert an dem Haus. Es wäre für meine Familie ideal. Aber natürlich kaufe ich keine Katze im Sack. Passt es Ihnen nachher nicht?«

Die Maklerin zögerte nur kurz. »Alles gut. Treffen wir uns an der Immobilie?«

»Lieber in Ihrem Büro. Bei der Summe, die im Raum steht, möchte ich mir einen Gesamtüberblick verschaffen.«

»Dann bis neunzehn Uhr.«

Hohenauer beendete das Telefonat. Gier schlug immer Misstrauen. Er hatte sich vor Monaten auf ihrer Homepage umgesehen und das Büro aufgesucht, um die Aushänge im Schaufenster zu prüfen. Es gab ein freistehendes Einfamilienhaus, das mit einem Kaufpreis von 1,2 Millionen veranschlagt war. Bei der aktuellen Marktlage eine offenbar unverkäufliche Immobilie. Spätestens seit seiner ersten E-Mail hatte die Maklerin wohl Hoffnung geschöpft, die Provision doch zu verdienen.

Heute Abend würde sie ihren Irrtum bemerken.

***

»Hallo, Schatz«, meldete sich Matthias Bernstein.

»Hi«, sagte Susanne. »Kannst du nachher Leon zum Sport bringen?«

Ihr achtjähriger Sohn spielte seit ein paar Wochen in einer Kindermannschaft Handball und war davon völlig begeistert. Allerdings bestand er momentan noch auf die Anwesenheit eines Elternteils beim Training, das von achtzehn bis neunzehn Uhr ging.

»Dein Ernst?«

»Leider ja. Ich habe einen Interessenten für das Schuhmann-Haus. Du weißt, welche Courtage ich da erhalten würde. Die Schuhmanns wollen demnächst den Makler wechseln. Vielleicht ist das heute meine letzte Chance.«

Matthias seufzte. »Zeitlich würde ich es so gerade eben schaffen.«

Sie lächelte. Ihr Ehemann wusste, um wie viel Geld es ging. »Du bist der beste Papa der Welt.«

Zumindest, seit sie ihre letzte, heftige Krise vor zwei Jahren überstanden hatten.

»Was weißt du über den Interessenten? Wieso hat der nur abends Zeit?«

»Er heißt Andreas Müller und lebt mit seiner Familie in Hamburg.«

»Und da zieht er freiwillig von Hamburg nach Kassel? Wie verrückt ist das?«

»Nicht jeder ist so vernarrt in die Hansestadt wie du. Er hat wohl einen Spitzenjob bei K+S in Aussicht. Nun sucht er die richtige Bleibe für sich und seine Familie.«

»Wie alt ist er?«

»Keine Ahnung. Bei dem Allerweltsnamen habe ich ihn nicht im Internet gefunden. Aber seine Stimme klingt noch jung. Höchstens Mitte dreißig. Seine Frau und er haben zwei Kinder. Sieben und zwei Jahre alt.«

»Hoffentlich kann er sich das Objekt leisten.«

»Das hoffe ich auch. Nachher bin ich schlauer.«

»Das dauert bestimmt mindestens eine Stunde, oder?«

»Eher länger. Im Idealfall bringe ich ihn dazu, den Vorvertrag zu unterschreiben. Nicht, dass mir die Schuhmanns noch dazwischenfunken.«

»Das wären rund siebzigtausend Euro Courtage. Soll ich schon einmal nach Luxushotels auf den Malediven schauen?«

Susanne Bernstein lachte. »Wehe! Das bringt Unglück. Mein Vater sagt immer ...«

»... nicht das Fell des Bären verteilen, bevor der Bär erlegt ist. Ist klar.« Matthias kannte die Lebensweisheiten seines Schwiegervaters zur Genüge. »Okay. Ich drück dir die Daumen. Wenn du nachher fertig bist, kannst du ja eine WhatsApp schicken.«

»Mache ich. Bis später.« Susanne Bernstein beendete das Gespräch mit einem vernehmlichen Kuss. Sie schaute auf die Uhr – ein teures Geburtstagsgeschenk, das er ihr nach der gemeisterten Krise gemacht hatte. Da Matthias selbst ein Uhrensammler war, würde sie ihn ebenfalls mit einem wertvollen Exemplar überraschen, sofern es heute zum Vertragsabschluss käme. Doch bis dahin müsste sie hart arbeiten. Am PC rief sie das Exposé des Objektes auf. Nachher wollte sie jede Einzelheit parat haben, ohne nachschauen zu müssen.

26

In Rekordzeit schafften es Sommer und seine Kollegen von Köln nach Bremen. Lukas nutzte mehrfach das mobile Blaulicht, um im zähfließenden Verkehr zügig voranzukommen. Kraft, die auf dem Beifahrersitz saß, forderte ihn zu immer riskanteren Manövern auf, sobald sich eine Lücke auftat. Wenn er Gelegenheiten verpasste, stöhnte sie und fragte ihn, ob sie das Steuer übernehmen sollte. Drosten telefonierte unterdessen einige Male mit den Bremer Kollegen.

Vor Hohenauers Adresse warteten schließlich zwei Kriminalkommissare der Bremer Polizei. Sie hatten einen Durchsuchungsbeschluss beim zuständigen Richter besorgt und vorausschauend auch einen Schlüsseldienst organisiert.

»Wir waren vor einigen Tagen in der Wohnung zu einer Zeugenbefragung«, erklärte Drosten. »Inzwischen hat sich der Bewohner als Tatverdächtiger herausgestellt. Die Details hab ich ja bereits am Telefon geschildert.«

Die Bremer Kommissare nickten.

»Wir vermuten, er ist nicht zu Hause. Vor wenigen Stunden ist ihm die Flucht aus Köln gelungen. Trotzdem sollten wir vorsichtig sein. Wir lassen uns die Wohnungstür öffnen und gehen dann so vor, als müssten wir im Inneren mit Widerstand rechnen. Einverstanden?«

Zu fünft überprüften sie alle Räume der Dachgeschosswohnung, fanden jedoch keine Hinweise darauf, dass Hohenauer in den vergangenen Stunden hier gewesen war. Seit ihrem letzten Besuch hatte sich nichts verändert. Allerdings fanden sie ein ausgeschaltetes Handy auf dem Küchentisch. Nutzte er mehrere Telefone? Oder verzichtete er aus Angst vor einer Ortung auf mobile Kommunikationsmöglichkeiten?

»Ob er einen Kellerraum hat?« Kraft trat an einen Schlüsselschrank, der in der Diele über dem Sideboard an zwei Haken hing. Darin fand sie einige Schlüssel. »Erwischt!«, murmelte sie zufrieden. An einem Schlüsselanhänger stand das Wort Keller. »Wer kommt mit runter?«

Die Bremer Kommissare verzichteten dankend. Offenbar waren sie froh, nicht die Hauptverantwortung zu tragen.

»Ich mach das«, sagte Drosten.

Gemeinsam gingen sie nach unten.

»Bist du eigentlich Fußballfan?«, fragte Kraft ihn.

Überrascht warf Drosten ihr einen Seitenblick zu. »Wie kommst du jetzt darauf?«

»Ich hatte früher einen Freund, der war großer Werder-Fan. Irgendwie musste ich gerade daran denken.«

»Welt- und Europameisterschaftsspiele schaue ich mir gern an. Falls es der Job zulässt. Der ganze restliche Kram interessiert mich nicht sonderlich. Lukas ist da anders. Er und sein Sohn gehen regelmäßig zur Eintracht ins Stadion.«

Sie erreichten das Kellergeschoss und probierten den Schlüssel an verschiedenen Türen aus. Beim vierten Versuch passte er. Drosten stieß die weiße Holztür auf. Statt des typischen Gerümpels, das er erwartet hatte, blickten sie auf eine Kellereinheit, die zu einer Art Zimmer hergerichtet war.

»Wow«, sagte er.

An einer Wand stand ein kleiner Schreibtisch, auf dem sich ein Drucker, aber kein Computer befand. Über der Holzplatte hingen ausgedruckte Fotos – dieselben Facebook-Bilder, mit denen sie nach den verschiedenen Männern gesucht hatten.

Drosten trat näher. Hätte Hohenauer geahnt, was in Köln passieren würde, hätte er das Material wohl vernichtet, um ihnen die Jagd zu erschweren.

Auf dem Bild des ihnen bislang namentlich unbekannten Familienvaters stand ein Name. Matthias Bernstein. Dahinter das Kürzel KS.

»Was heißt KS?«, fragte Drosten.

»Das ist jedenfalls nicht sein Namenskürzel«, erwiderte Kraft.

»Und es hat auch nichts mit Adriana oder Mallorca zu tun, vermute ich zumindest.«

»Auf einem Autokennzeichen würde KS für Kassel stehen.« Kraft begutachtete die anderen Bilder und tippte auf Lemmers Schnappschuss, hinter dem der Buchstabe K stand. »Köln.«

»Und bei dem Mann in Ulm steht UL. Das passt.« Drosten öffnete die erste Schublade. »Leer.«

Im zweiten Schubfach wurde er fündig. Er nahm eine Kladde heraus, in der fast alle Seiten vollgeschrieben waren. Drosten setzte sich an den Schreibtisch und blätterte die Notizen durch. Kraft öffnete einen Wandschrank.

»Aktenordner«, sagte sie und zog den ersten heraus.

»Hast du hier unten Netz?«, fragte Drosten nach ein paar Minuten.

Kraft griff zu ihrem Telefon. »Zwei Balken.«

»Googele bitte *Immobilien Bernstein* in Kassel.«

Die für Mobilfunkgeräte optimierte Seite baute sich zügig auf. »Laut Impressum ist eine gewisse Susanne Bernstein die Inhaberin«, sagte Kraft. »Sollen wir in ihrem Büro anrufen?«

»Ich würde lieber mit dem Ehemann telefonieren. So häufig wird es den Namen Bernstein in Kassel hoffentlich nicht geben.«

***

Matthias Bernstein schaute aufs Display des Festnetztelefons. Es zeigte eine ihm unbekannte Handynummer an. Höchstwahrscheinlich ein Anruf für Susanne. Solventen oder sonstigen wichtigen Kunden gab sie gerne alle drei Nummern. Büro, Handy und sogar die private Festnetzkennung.

»Bernstein«, meldete er sich.

»Hauptkommissar Robert Drosten. Spreche ich mit Matthias Bernstein?«

»Das bin ich. Worum geht's?« *Was will ein Polizist von mir?, dachte er besorgt.*

Seine Befürchtung, es könne um Susanne und einen ihrer Kunden gehen, zerschlug sich rasch. Trotzdem klang das, was der Kommissar ihm mitteilte, sehr beunruhigend.

»Ja, ich erinnere mich an die Masseurin«, gestand Bernstein. »Und an ihre Zusatzleistungen. Ich war dumm genug ...« Plötzlich hielt er inne. »Woher weiß ich, dass Sie tatsächlich Polizist sind? Falls das der Versuch ist, mich zu erpressen, vergessen Sie's. Ich hab damals meiner Ehefrau alles gebeichtet. Sie hat mir nach einer Paartherapie verziehen.«

»Mir geht es nicht um Ihre eheliche Untreue. Sondern um Ihre Sicherheit. Soll ich Ihnen Telefonnummern nennen, unter denen Sie sich nach mir erkundigen können?«

Bernstein zögerte. »Nein. Was heißt, es geht Ihnen um unsere Sicherheit?«

In den nächsten Minuten klärte der Polizist ihn über eine Mordserie an deutschen Familien auf, die ebenfalls vor zwei Jahren Urlaub in dem Hotel gemacht hatten. Alle betroffenen Familienväter hatten Kontakt zu Adriana Sanches gehabt. Bernstein verfluchte seine damalige Dummheit. Hoffentlich würde die Sache nicht erneut am Fundament seiner Ehe kratzen.

»Der Täter hat sich gestern Nacht in letzter Sekunde unserem Zugriff entzogen. Aus Gründen, die ich nicht am Telefon erläutern will, hat er es auf einen speziellen Typ Mann abgesehen. Sie passen in dieses Muster.«

»Ist das Ihr Ernst?«

»Leider ja. Wir halten die Gefahr für sehr real. Ich werde das Kassler Kriminalkommissariat informieren. Bestimmt wollen die Kollegen Sie zu Hause befragen. Ist Ihre Ehefrau auch schon daheim?«

»Ich erwarte Susanne erst gegen acht Uhr zurück. Vielleicht sogar erst halb neun. Sie hat noch einen beruflichen Termin um neunzehn Uhr. Außerdem bringe ich gleich unseren Sohn zum Handballtraining. Wir sind vermutlich um Viertel nach sieben wieder hier.«

»Ich leite die Information so weiter. Später meldet sich ein ortsansässiger Kollege bei Ihnen. Wie lautet Ihre Handynummer?«

***

Rouven Schiller, der angeblich mit seinem Freund David am zweiten Mordabend gebowlt hatte, öffnete ihnen am späten Nachmittag die Tür. Diesmal begleiteten Drosten und Kraft Sommer, um eine einschüchternde Wirkung auf den Mann zu erzielen. Schiller erkannte Sommer sofort wieder und warf einen verräterischen Blick über die Schulter.

»Was wollen Sie?«, fragte er leise.

In diesem Moment trat seine Lebensgefährtin in die Diele.

»Es geht um das vermeintliche Alibi, das Sie Ihrem Freund David Hohenauer gegeben haben«, erklärte Sommer grimmig. »Das sind übrigens meine Kollegen Kraft und Drosten.«

»Was heißt vermeintlich?«, fragte Tamara misstrauisch.

»Wir wissen, dass Ihr Partner gelogen hat«, sagte Sommer. »Nun interessiert uns der Grund.«

»Du hast was?«, schrie Tamara fassungslos.

Sie saßen im Wohnzimmer. Schiller hatte einen Sessel in Beschlag genommen und sich nicht zu seiner Freundin auf die Zweiercouch gesetzt.

»Tut mir leid«, sagte er kleinlaut.

Wie eine Furie sprang Tamara auf und unternahm zwei Schritte auf ihn zu. Geistesgegenwärtig verstellte Kraft ihr den Weg und berührte sie am Arm.

»Du Mistkerl!«, brüllte Tamara. »Wie kannst du mir das antun?«

»Weil du dich ständig so aufführst wie jetzt. Immer eifersüchtig. Immer misstrauisch.«

»Offenbar mit Grund, du Arsch!«

Sommer deutete mit dem Kopf zur Tür.

Kraft nickte kaum merklich. »Gehen wir in die Küche.«

Tamara wehrte sich nicht. An der Wohnzimmertür jedoch blieb sie abrupt stehen, riss sich von Kraft los und nahm einen ihrer grünen Clogs in die Hand. Sie warf mit dem Schuh nach Schiller und traf ihn an der Schulter.

»Spinnst du?«, rief er in jammervollem Ton.

Kraft zerrte die wütende Freundin aus dem Zimmer und schloss die Tür.

»Stehen Sie beide im Mietvertrag?«, fragte Drosten.

»Nein. Das ist Tamaras Wohnung.«

»Dann würde ich Ihnen raten, gleich Ihre Sachen zu packen. Wir können nicht den ganzen Abend auf Sie aufpassen.«

»Hat Hohenauer Sie um ein Alibi gebeten?«, fragte Sommer.

Schiller schüttelte den Kopf. »Ich hab ihn vor ein paar Monaten ins Vertrauen gezogen und gefragt, ob er mir eins geben könnte. Er und Tamara haben sich noch nie gut verstanden. Also war er schnell einverstanden. Was hat er eigentlich getan?«

Die Beamten schilderten ihm den Sachverhalt.

Schiller erblasste zusehends. »Das kann nicht sein! Sie irren sich!«

»Nein«, sagte Sommer. »Es sei denn, Hohenauer hatte einen nachvollziehbaren Grund, den angemieteten Leihwagen in Köln zurückzulassen.«

»Es tut mir leid«, flüsterte er erneut. »Oh Gott! Dann hat er mich ausgenutzt ...«

»... um sich selbst ein Alibi zu verschaffen«, führte Drosten den Gedanken zu Ende. »Was können Sie uns eigentlich über Hohenauers Ex-Partnerin und das Kind sagen, das die beiden großgezogen haben?«

Schiller runzelte die Stirn. »Von wem reden Sie?«

Die Reaktion weckte Drostens Argwohn. »Nadine und Philip Ankermann.«

»Das ist nicht seine Partnerin. Sondern seine Stiefschwester. Philip ist sein Neffe.«

»Sind Sie sicher?«, fragte Sommer.

»Absolut. David hat eine Zeit lang damit kokettiert, dass es seine Familie sei. Irgendwie hielt er das für eine gute Anmachmethode. Hab nie verstanden, was das sollte. Nadine hat übrigens vor einem Jahr geheiratet. Sie heißt jetzt ...« Er schnippte mit Daumen und Zeigefinger, um sein Erinnerungsvermögen anzuregen. »Ich war doch auf der Hochzeit.« Er lächelte. »Blume. Nadine Blume.«

»Unseren Informationen zufolge war Hohenauer mit Nadine und Philip vor zwei Jahren in einem mallorquinischen Familienhotel.«

»Das kann sein. Die beiden hatten schon immer ein enges Verhältnis. Das war dann noch zu der erwähnten Zeit. Bestimmt haben sie so getan, als seien sie ein Paar. Vor dreieinhalb Jahren ist ihre Mutter gestorben. Sie haben darunter gelitten. Übertrieben, wie ich fand. Obwohl es ein unerwarteter Tod war. Trotzdem. Immerhin war ihre Mutter Mitte sechzig. Da kann das passieren.« Er zuckte mit den Achseln.

»Lebt Frau Blume in Bremen?«

»Nein. Sie ist zu ihrem Ehemann gezogen. Die Hochzeitszeremonie fand in Berlin statt. David hat mich mitgenommen, weil er nicht als Single dort auftauchen wollte. Wir hatten noch Witze gemacht, dass es nirgendwo so einfach sei, willige Frauen abzuschleppen, wie auf einer Hochzeit. Gelungen ist es uns nicht.«

»Hatte Hohenauer in den letzten Jahren überhaupt feste Partnerinnen?«, fragte Sommer.

»Ist länger her. In diesem Spanienurlaub mit seiner Schwester hat es ihn wohl ziemlich erwischt. Aber daraus ist natürlich nichts geworden.«

27

Pünktlich um neunzehn Uhr öffnete sich die Tür zum Maklerbüro. Susanne Bernstein saß am Empfangstresen, an dem normalerweise ihre Angestellte Katrin die Kunden begrüßte. Natürlich hatte die schon seit drei Stunden Feierabend. Auf dem Tresen stand eine Getränkeauswahl in kleinen Flaschen. Wasser, Softdrinks, Orangen- und Apfelsaft, außerdem Sekt. Bei einem potenziellen Millionengeschäft fuhr sie grundsätzlich immer eine größere Auswahl auf.

»Guten Abend«, sagte der Mann. »Frau Bernstein?«

Sie erhob sich lächelnd vom Hocker und versuchte, ihre Enttäuschung zu verbergen. Gerechnet hatte sie mit einem Kunden, der sich zu einem solchen Termin angemessen kleiden würde, gemäß seiner finanziellen Situation. Stattdessen trug der Mann legere Jeans, einen Hoodie und einen Rucksack auf dem Rücken. Der Hoodie war zwar von einer Nobelmarke, trotzdem erschien er ihr unangemessen.

»Ich vermute, Sie sind Herr Müller.«

»So ist es.« Er schaute sich demonstrativ um. »Endlich in Kassel.« Er nickte anerkennend. »Schönes Büro. Ich hoffe, das Haus entspricht auch meinen Erwartungen. Am liebsten würde ich zwar mit meiner Familie nach Mallorca auswandern, aber das ist berufsbedingt noch nicht möglich. Vielleicht in ein paar Jahren.«

»Ein Mallorca-Fan. So wie ich.«

»Eine traumhafte Insel, oder? Seit unser Philip auf der Welt ist, waren wir schon fünfmal im Sommer dort, um dem Schmuddelwetter in Hamburg zu entfliehen.«

»Haben Sie einen favorisierten Ort auf der Insel?«

»Nein. Wir wechseln immer die Hotels.«

»Auch nicht schlecht. Möchten Sie etwas trinken, bevor wir zum Objekt fahren?«

»Nicht nötig. Nehmen Sie mich in Ihrem Auto mit?«

»Natürlich!«

Auf dem Weg zur Immobilie pries Bernstein dem Interessenten die Wohngegend an. Sie informierte ihn über den bloß zwei Kilometer entfernten Park, die Grundschule, Einkaufsmöglichkeiten, Bushaltestellen und das Gymnasium, das leicht mit dem Fahrrad zu erreichen wäre. Im Laufe der Jahre seien immer wieder Menschen hinzugezogen – was die Integration erfahrungsgemäß erleichtere.

»Mögen Sie oder Ihre Frau Gartenarbeit? Sonst kann ich Ihnen einen guten Gärtnerbetrieb empfehlen. Der kümmert sich günstig und zuverlässig um einige Grundstücke der Nachbarschaft.«

»Das wird meine Frau gerne hören. Mich können Sie mit Gartenarbeit jagen. Rasenmähen ist das höchste der Gefühle.«

Bernstein lachte. »Sie erinnern mich gerade an meinen Mann. Der hasst es genauso.«

Um zwanzig nach sieben erreichten sie das Grundstück.

»Sie sehen, die Auffahrt und die Garage sind groß genug für zwei Autos. Sofern es keine breiten SUVs sind.«

»Nadine liebt ihren Smart. Den wird sie unter keinen Umständen hergeben.«

»Das passt doch wunderbar! Die Photovoltaikanlage auf dem Dach ist übrigens erst vier Jahre alt und sehr wartungsarm. Wenn Sie sich für das Objekt entscheiden, gehören hohe Stromrechnungen der Vergangenheit an.«

Die beiden stiegen aus, und Bernstein pries ihm weitere Vorzüge an. »Sie sehen ja. Alle Fenster haben Rollläden. Damit können Sie das Haus nicht nur nachts abdunkeln, sondern es ist auch ein perfekter Einbruchschutz. Zum Beispiel während Ihres nächsten Mallorca-Urlaubs. Das System ist an frei programmierbare Schaltuhren gekoppelt.«

»Klingt gut.«

Bernstein nahm den Schlüssel für die Eingangstür aus der Handtasche. »Das Schloss entspricht ebenfalls modernstem Standard zum Schutz vor Einbrechern.«

»Ist das hier in der Nachbarschaft ein Problem?«

»Nicht größer als anderswo. In solchen Dingen sage ich immer ›safety first‹.«

Bernstein tastete nach dem Lichtschalter und ließ dem Interessenten den Vortritt. »Ich ziehe eben die Rollläden hoch. Dann fällt zumindest ein bisschen Licht von den Straßenlaternen herein.« Sie schloss die Haustür und trat ans erste Fenster.

»Lassen Sie das!«

Alarmiert drehte sie sich um und zuckte zusammen. Der Mann zielte mit einer Pistole auf sie.

»Bitte nicht«, flüsterte sie. In ihrem Beruf kannte sie genügend Horrorgeschichten von Maklerinnen – und manchmal auch Maklern –, die während eines abendlichen Besichtigungstermins überfallen, ausgeraubt oder vergewaltigt worden waren. »Was wollen Sie?« In Gedanken ging sie die Wertgegenstände durch, die sie bei sich trug. Neben der Armbanduhr und dem Ehering noch ein bisschen Schmuck, ihr ziemlich neues iPhone, rund einhundert Euro Bargeld und die EC-Karte. Das würde sie alles freiwillig herausrücken. Inklusive der PIN für die EC-Karte.

»Du rufst jetzt deinen Ehemann an. Per Videoanruf.«

»Was?« Wieso verlangte er das von ihr?

»Der Anruf darf nicht unterbrochen werden. Wenn dein Mann die Verbindung trennt, stirbst du. Los! Wo ist dein Telefon?«

»In meiner Handtasche.« Zögerlich öffnete Bernstein die Tasche und fingerte es heraus. Sie startete die App für Videotelefonie und wählte Matthias' Nummer.

»Hallo, Schatz«, begrüßte er sie. »Ist dein Termin schon durch? Leon und ich sind gerade eben nach Hause gekommen.«

Der Bewaffnete entriss ihr das Handy. »Hallo, Matthias!«

»Wer sind Sie?«

»Das hier sollte dich mehr interessieren.« Er hielt das Handy so, dass der Mann die Waffe sah.

»Mein Gott!«, stöhnte der. »Was soll das? Geben Sie mir meine Frau.«

»Wenn du sie lebend wiedersehen willst, hörst du mir jetzt ganz genau zu.«

***

Hohenauer hatte dem Familienvater achtzehn Minuten Zeit gegeben, es zum Haus zu schaffen. Er verfolgte live, wie der Mann seinen Sohn ins Auto beförderte, das Handy in die Kfz-Halterung steckte und losfuhr.

Achtzig Sekunden vor Ablauf der Deadline hörte Hohenauer ein Fahrzeug, das in die Garagenauffahrt bog.

»Geh an die Tür!«, sagte er. »Ein Fehler, und du hast eine Kugel im Rücken.«

Die Maklerin öffnete die Haustür.

»Mama!«, rief der Junge, der ihr entgegenrannte. »Was ist los?«

Seine Mutter umarmte ihn.

»Ihr kommt alle rein!«, befahl Hohenauer. »Matthias, du machst die Tür zu.«

Die Maklerin nahm ihren Sohn auf den Arm, der Vater stellte sich schützend vor sie.

Die Geste amüsierte Hohenauer. »Gib mir dein entsperrtes Handy!«, forderte er von Bernstein.

Der folgte dem Befehl. Hohenauer überprüfte den SMS-Eingang, ohne auf eine verräterisches Kurzmitteilung zu stoßen. Er ließ die Telefone seiner Opfer zu Boden fallen. Dann trampelte er darauf herum, bis beide Geräte zerstört waren.

»Was soll das?«, fragte Matthias Bernstein verwundert.

»Du bringst jetzt die Überreste der Telefone mit dem Auto in den Park, von dem mir deine Frau vorgeschwärmt hat.«

»In welchen Park?«

Seine Frau beschrieb ihm den Weg. »Hier die Straße runter, am Ende links abbiegen. Dann fährst du automatisch darauf zu.«

»Du entsorgst die kaputten Handys in einem Mülleimer. Danach lässt du das Auto dort stehen und kommst zurück. Zu Fuß, verstanden? Du hast vierzehn Minuten. Brauchst du auch nur eine Sekunde länger, ist dein Sohn tot.«

»Das schaffe ich niemals«, jammerte Bernstein. »Ich bin kein geübter Läufer.«

»Jetzt hast du nur noch dreizehn Minuten und dreißig Sekunden.«

Bernsteins Mund klappte auf, doch er war intelligent genug, nicht erneut zu protestieren.

Hohenauer trat drei Schritte zurück. »Sammle den Schrott auf. Stopf ihn in die Handtasche deiner Frau.«

»Da ist mein Portemonnaie drin und ...«

»Das kannst du vorher rausnehmen.«

Bernstein folgte dem Befehl. Dann bückte er sich und packte die kaputten Smartphones in die Handtasche.

»Du schmeißt alles mit der Tasche weg. Deine Zeit läuft ...«

»Moment!«, bat Bernstein. »Darf ich ihnen einen Kuss geben?«

Hohenauer verdrehte die Augen. »Wenn du dich beeilst, ist es kein Abschied. Dreizehn Minuten und dreißig Sekunden ab jetzt!«

Der Familienvater schaute panisch auf die Armbanduhr und rannte los. Kurz darauf flog die Haustür ins Schloss.

»Das wird spannend.« Hohenauer lächelte dem verängstigten Jungen zu. »Ich hoffe, dein Vater ist ein guter Läufer.«

***

Kriminaloberkommissarin Yvonne Geissler tauchte eine Viertelstunde vor der telefonisch vereinbarten Zeit am Haus der Familie Bernstein auf. Sie hoffte, den Termin so schnell wie möglich hinter sich zu bringen. Danach könnte sie den angenehmen Teil des Abends einläuten. Seit mittlerweile vier Wochen war sie mit Jonas liiert. Noch steckten sie in der hoffentlich lange anhaltenden Phase, in der man nicht genug voneinander bekam. Deswegen störte es sie, bei der Familie nach dem Rechten sehen zu müssen. Normalerweise läge sie jetzt schon verschwitzt in Jonas' Armen.

Geissler stieg aus dem Wagen und ging auf den Hauseingang zu. Zu beiden Seiten brannten Lampen. Wenige Meter vor der Tür schaltete sich der Bewegungsmelder ein. In dessen Licht sah sie einen Gegenstand auf der Fußmatte. Verwundert hob sie ihn auf. Hatte der Junge der Familie seinen Kuschelbären verloren? Ungewöhnlich, dass er es bis jetzt nicht bemerkt hatte.

Sie drückte die Klingel und wartete. Nichts passierte. Der Ehemann hatte ihr versichert, spätestens um Viertel nach sieben zu Hause zu sein. Wann seine Frau zurückkehren würde, hatte er nicht gewusst. Geissler klingelte erneut. Niemand öffnete ihr.

»Typisch!«, brummte sie. Sie beäugte den Teddybären in ihren Händen. Ihr Instinkt erwachte. Sie setzte das Kuscheltier vor die Haustür und griff zum Handy. Nacheinander wählte sie die drei Rufnummern, die ihr Hauptkommissar Drosten genannt hatte. Zuerst probierte sie den Festnetzanschluss. Durch die geschlossene Tür hörte sie das Klingeln des Telefons. Nach einer Weile sprang der Anrufbeantworter an. Bei ihrem zweiten Versuch landete sie auf der Mobilmailbox von Matthias Bernstein – ohne dass zuvor das Freizeichen ertönt war. Auch der Anruf bei der Maklerin führte zur sofortigen Umleitung auf die Mailbox.

Noch einmal nahm sie den Bären in die Hand. Um diese Uhrzeit würde ein Achtjähriger schon im Bett liegen, oder? Sie hatte zwar nicht viel Ahnung von Kindern, trotzdem glaubte sie, dass mittlerweile jemand den Verlust des Kuscheltiers bemerkt haben würde. Geissler scrollte durch die Liste der angenommenen Anrufe und drückte die Verbindungstaste.

»Drosten«, meldete sich der Hauptkommissar zügig.

Geissler schilderte ihm die Situation. »Das muss nichts heißen. Ich war zu früh hier. Aber eigentlich hatte ich erwartet, zumindest Herrn Bernstein anzutreffen. Und dann der Teddybär vor der Tür. Das ...«

»Ich teile Ihre Einschätzung«, unterbrach Drosten sie. »Das klingt nicht gut. Wir sind unterwegs nach Kassel. Aber wir brauchen noch anderthalb Stunden.«

»Eineinviertel«, ertönte eine andere Männerstimme im Hintergrund.

»Frau Bernstein hatte einen Besichtigungstermin«, fuhr Drosten fort. »Finden Sie heraus, wo der stattfand. Vielleicht bringt uns das auf ihre Spur. Schicken Sie einen Kollegen zu Bernsteins Büro. Ich habe das ungute Gefühl, der späte Termin könnte der Grund dafür sein, dass Sie Herrn Bernstein jetzt nicht antreffen. Ich versuche, die Handys der Familie orten zu lassen. In einer Viertelstunde telefonieren wir noch mal.«

»Bis gleich«, sagte Geissler und beendete das Telefonat.

***

Matthias Bernstein warf einen verzweifelten Blick auf die Armbanduhr. Er hatte nur noch acht Minuten und ein paar Sekunden für den knapp zwei Kilometer langen Rückweg. Wie sollte er das schaffen? Er war kein Läufer. Trotzdem rannte er los, als seien tollwütige Hunde hinter ihm her. Ob er unterwegs jemanden um Hilfe anflehen könnte? Doch wie viel Zeit würde er dabei verlieren, vor allem, wenn er erst einmal außer Atem war? Ganz davon zu schweigen, dass derjenige ihm glauben müsste.

Der Bewaffnete hatte alles durchkalkuliert. Bernstein hatte nur eine Chance, seine Familie zu retten. Er musste in der gesetzten Frist das Haus erreichen.

Er beschleunigte sein Tempo. Kurz darauf spürte er die ersten Anzeichen von Seitenstechen.

28

Völlig außer Atem kam Matthias Bernstein am Haus an. Susannes Auto stand nicht mehr in der Auffahrt. Er schaute auf die Uhr. Er hatte eine, maximal anderthalb Minuten länger gebraucht, als der Mann ihm eingeräumt hatte.

»Bitte nicht«, flüsterte er leise. Das konnte er ihm nicht antun!

Mit zittrigen Beinen ging er auf die Haustür zu. Er befürchtete, sie nur angelehnt vorzufinden, weil der Mörder Susanne und Leon erst erschossen hatte und dann verschwunden war.

Die Tür war jedoch geschlossen. Bernstein klopfte an. Es dauerte ein paar Sekunden, bis ihm der Mann mit der Pistole öffnete.

»Du hast verdammt lange gebraucht«, sagte er vorwurfsvoll.

»Wo ist meine Familie?«, fragte Bernstein. Sein Atem beruhigte sich langsam. »Wo ist Susannes Wagen?« Er wischte sich mit dem Handrücken den Schweiß vom Gesicht.

»Deine Frau hat ihn in die Garage gefahren. Diese Immobilie ist wirklich der Hammer«, sagte der Fremde mit aufgesetzter Begeisterung. »Von der Küche gibt es einen direkten Zugang zur Garage. Ist das nicht toll?« Das künstliche Lächeln auf dem Gesicht des Mannes verschwand. »Komm rein.« Er trat ein paar Schritte zurück. »Sie sind im Wohnzimmer. Hast du unterwegs mit irgendwem gesprochen?«

»Mir ist noch nicht mal jemand begegnet«, antwortete Bernstein ehrlich.

»Wie bedauerlich.«

Bernstein betrat das Wohnzimmer.

»Papi!«, rief Leon verängstigt.

»Was haben Sie mit ihnen gemacht?«

»Nur die Ruhe! Ich habe deine Lieblingsmenschen bloß an die Heizung gefesselt. Du setzt dich zu ihnen. Sobald du sitzt, werfe ich dir ein paar Handschellen zu, mit denen du dich fesselst. Dann reden wir.«

***

Oberkommissarin Geissler musterte das Foto. Soziale Medien waren für Ermittlungen manchmal ein Segen. Über die Facebook-Präsenz der Immobilienfirma hatte sie die Mitarbeiterin Katrin Ludewig ausfindig gemacht und deren privates Profil geöffnet. Die Frau hatte nicht einmal ein Pseudonym angenommen, sondern postete unter ihrem richtigen Namen. Im

Internettelefonbuch gab es für den Nachnamen nur zwei Einträge. Einer davon ohne Vornamen. Geissler probierte zunächst diesen Festnetzanschluss.

»Hallo?«, meldete sich eine weibliche Stimme.

»Frau Katrin Ludewig? Ich bin Oberkommissarin Geissler. Kripo Kassel.«

»Kripo?«

»Sie arbeiten bei der Immobilienfirma Bernstein, richtig?«

»Ja. Wieso?«

»Ich fürchte, Ihre Chefin Susanne Bernstein schwebt in Lebensgefahr. Soweit wir es wissen, hat sie einen abendlichen Besichtigungstermin.«

»Das Schuhmann-Haus. Ein Mann aus Hamburg interessiert sich dafür. Er hatte nur heute Abend Zeit.«

»Wo ist diese Immobilie? Haben Sie die Adresse?«

In ihrem Privatwagen fuhr Geissler eine Viertelstunde später an dem freistehenden Einfamilienhaus vorbei. Von außen deutete nichts darauf hin, dass sich Menschen darin aufhielten. Die Rollläden waren heruntergelassen, und die Außenbeleuchtung war nicht eingeschaltet. Vor dem Haus oder in der Garageneinfahrt stand kein Fahrzeug. Ludewig zufolge fuhr ihre Chefin jedoch immer mit dem eigenen Auto zu Besichtigungsterminen.

Geissler parkte rund zweihundert Meter entfernt am Straßenrand und überlegte. Hatte sich der Verdächtige mit Frau Bernstein im Haus verschanzt? Vielleicht sogar den Ehemann und den gemeinsamen Sohn zu ihnen gelockt? Zumindest könnte das erklären, warum sie den Teddybären vor der Haustür gefunden hatte.

Sie griff zu ihrem Handy und wählte Drostens Nummer. »Wie weit sind Sie noch von Kassel entfernt?«, fragte sie ihn nach der Begrüßung.

»Ungefähr fünfundzwanzig Minuten«, antwortete der Hauptkommissar.

***

Hohenauer betrachtete seine wehrlosen Opfer. Sie saßen vor der Heizung auf dem nackten Boden, jeweils mit einer Hand an die Heizung gefesselt.

In wenigen Augenblicken würde er mit dem Verhör des Ehemanns beginnen. Vorab musste er allerdings eine Sache klären.

»Haben euch Bullen kontaktiert?«, fragte er.

»Leider nicht!«, sagte die Maklerin. »Sonst hätte ich mich wohl kaum mit Ihnen getroffen.«

Matthias Bernsteins Mimik war aufschlussreicher. Ihn schien ein Gedanke zu beschäftigen. Hohenauer wartete ab. Aus dem Verhalten des Mannes könnte er wertvolle Rückschlüsse ziehen.

»Mich hat vor ein paar Stunden eine Kommissarin der Kripo Kassel angerufen«, bekannte Bernstein schließlich leise.

Hohenauer fluchte innerlich. Bestimmt hatten die Bullen seinen Keller durchsucht und waren so auf die

Kassler Familie gestoßen. Das verkürzte sein Zeitfenster erheblich.

»Was?«, entfuhr es Susanne Bernstein. »Du wusstest, dass ich in Gefahr schwebe und sagst ...«

»Nein, ich hatte keine Ahnung. Das habe ich doch nicht mit deinem Termin in Verbindung gebracht. Es ging um Einbrüche in Familienhäuser.«

»Du hättest mir Bescheid sagen müssen.«

»Ich wollte nicht, dass du vor der Besichtigung beunruhigt bist.«

»Ich hätte sie verschoben.«

»Bei der großen Courtage?« Bernstein sprach nicht weiter. Sein Zweifel war unüberhörbar.

»Hat dir die Kommissarin gesagt, weshalb ihr in Gefahr schwebt?«

»Wegen eines Urlaubs auf Mallorca.«

Susanne Bernsteins Kopf ruckte herum. Ihr Blick durchbohrte ihren Mann. »Nicht *dieser* Urlaub!«

Ihre Reaktion war verräterisch. Hohenauer zählte zwei und zwei zusammen. »Was ist denn damals passiert?«, fragte er scheinheilig.

»Ich habe einen Fehler begangen, der fast meine Ehe ruiniert hätte.«

»Fehler«, zischte Susanne Bernstein. »So nennst du das inzwischen? Einen Fehler?«

»Du bist auf Adrianas Angebot eingegangen«, kürzte Hohenauer das Gespräch ab. »Was hast du genommen?«

Bernstein sah ihn einen Moment überrascht an. Hatte er nicht damit gerechnet, dass der Fremde Bescheid wusste?

»In den zwei Wochen zweimal das volle Programm und einmal die Handentspannung«, bekannte er.

»Du Schwein«, flüsterte Hohenauer. Er trat zu dem Gefangenen und schlug ihm hart mit der flachen Hand ins Gesicht. Dann sah er die Maklerin an. »Wie hast du es herausgefunden?«

»Er hat es mir Wochen nach dem Urlaub gestanden«, sagte sie leise.

»Und dann?«

»Susanne wollte mich verlassen. Aber ich habe sie angefleht, mir zu verzeihen. Wir haben eine Ehetherapie gemacht. Die zog sich über Monate. In der Zeit haben wir wieder zueinandergefunden.«

»Hast du Adriana getötet?«, fragte Hohenauer unvermittelt.

»Wie bitte? Getötet? Wovon reden Sie?« Bernstein wirkte perplex.

»Es muss doch einen Grund geben, warum du es deiner Frau gebeichtet hast. Wochen später. Dich hat der Mord beschäftigt, nicht das bisschen Vergnügen.«

»Nein! Ich habe niemanden getötet. Wieso überhaupt Mord? Ist Adriana tot?«

Dass der Mistkerl ihren Namen aussprach, fachte seine Wut an. Erneut holte er mit der Hand aus. Eingeschüchtert wandte der feige Hund das Gesicht ab. Im letzten Moment beherrschte sich Hohenauer. Der Mistkerl war es nicht wert.

***

Geissler hatte ihren Wagen fast vierhundert Meter von der Immobilie entfernt geparkt. Von ihrer Position aus konnte sie noch erkennen, ob weiter vorn etwas passierte.

»Ich hab mich umgesehen«, erklärte sie den Wiesbadener Kollegen, die kurz zuvor eingetroffen waren. »Niemand kann ungesehen von dem Grundstück verschwinden. Am Anfang der Straße hat sich mein Partner Oberkommissar Schmidt postiert.«

»Fantastisch!«, lobte Drosten sie.

»Hat die Handyortung etwas gebracht?«, fragte Geissler. »Oder warten Sie noch auf Ergebnisse?«

»Momentan sind beide Handys nicht eingebucht«, erklärte Drosten. »Die Techniker versuchen derzeit, den letzten Standort der Handys zu ermitteln. Aber das dauert erfahrungsgemäß länger.«

»Trotzdem teilen wir Ihre Einschätzung«, fügte Sommer hinzu.

Bevor Drosten die Gründe ausführen konnte, klingelte sein Telefon. Er nahm das Gespräch an, lauschte kurz und bedankte sich schließlich. »Volltreffer. Beide Telefone waren zuletzt in dieser Straße eingebucht.«

»Was machen wir jetzt?«, fragte Geissler. »Fordern wir ein Einsatzkommando an?«

»Wir wissen, dass der Mann bewaffnet ist«, erklärte Kraft. »Bei einer Hausstürmung müssten wir mit maximalem Widerstand rechnen. Entweder erschießt er seine Opfer oder feuert auf die Polizisten.«

»Aber ist das nicht trotzdem unsere einzige Chance? Je länger er sich mit seinen Geiseln verschanzt, desto größer ist die Gefahr für deren Leben.«

»Genau deswegen wollen wir ihn zu einem Geiselaustausch überreden«, erklärte Sommer. »Er kann mich haben, wenn er im Gegenzug die Familie freilässt.«

»Falls er sich darauf einlässt, haben wir für ihn eine Überraschung parat«, knurrte Kraft.

29

Warum fand er den Mörder nicht? Hohenauer dachte an die Reaktion der vier Bastarde. Sie alle hatten ihre Schuld an Adrianas Tod perplex und überzeugend von sich gewiesen. War er einem der Männer auf den Leim gegangen? Oder war tatsächlich ausgerechnet der letzte infrage kommende Kandidat der Schuldige? Dann müsste er es irgendwie nach Ulm schaffen, bevor die Bullen ihn aufhielten.

Noch ein Gedanke beschäftigte ihn. Er hatte blind auf Miguels Aussage vertraut. Was, wenn der Spanier die Tage durcheinandergebracht hatte? Oder aus anderen Gründen gelogen hatte?

War dann alles umsonst gewesen?

Nicht völlig, redete er sich ein. Jeder der Männer hatte Adrianas Notsituation ausgenutzt und ...

»David Hohenauer, hier spricht Hauptkommissar Lukas Sommer«, erklang unvermittelt eine laute Megaphonstimme.

Hohenauer riss fassungslos die Augen auf. Mit einem Bullen namens Sommer hatte er telefoniert. Von ihm stammte die SMS. Wie hatte der ihn gefunden?

»Wir wissen, dass Sie im Haus die Familie Bernstein gefangen halten. Sie haben keine Chance, das Gebäude zu verlassen. Geben Sie auf!«

»Fuck!«, brüllte Hohenauer. Er zog sein spanisches Prepaidhandy aus der Tasche. Bevor er nach Köln aufgebrochen war, hatte er die SMS des Bullen an das neue Gerät weitergeleitet. Ehe er darüber nachdachte, welche Alternativen ihm zur Verfügung standen, musste er sich Klarheit verschaffen.

Er trat zur Maklerin. »Ich löse jetzt deine Handschelle, damit du für mich aus dem Fenster schauen kannst. Aber ich warne dich, Schlampe! Nur weil die Bullen das Haus umzingelt haben, bist du noch lange nicht in Sicherheit. Ein Fehler, und dein Kind stirbt!«

»Ich mache alles, was Sie wollen.«

Hohenauer löste ihre Handschelle und half ihr auf. »In die Küche! Du ziehst den Rollladen hoch und sagst mir, was du siehst.«

Sie ging voran. Hohenauer folgte ihr bis zur Türschwelle und verharrte dort. Scharfschützen könnten ihn an dieser Stelle vermutlich nicht erwischen. Die Maklerin drückte einen Knopf, woraufhin sich die Außenjalousie surrend in Bewegung setzte.

»Stopp!«, rief er, als der Rollladen halb hochgezogen war, und die Frau berührte erneut die Bedienfläche. »Was siehst du?«, fragte er.

»Vor dem Haus stehen drei Autos. Zwei normale Fahrzeuge, ein Streifenwagen. Der Streifenwagen blockiert die Garagenzufahrt.«

»Wieder runterlassen.«

Sie drückte eine Taste. Hohenauer wartete, bis die Jalousie heruntergefahren war. Dann brachte er die Maklerin zurück ins Wohnzimmer. Sie legte sich auf seinen Befehl die Handschelle um. Erst dann griff er zum Telefon.

***

Sommers Handy klingelte. Im Display stand lediglich ›unbekannter Anrufer‹.

»Ich wette, das ist er.« Er nickte Drosten verschwörerisch zu, bevor er das Gespräch entgegennahm. »Hauptkommissar Sommer.«

»Wenn Sie sich nicht zurückziehen, ist die Familie tot«, warnte Hohenauer mit leiser Stimme.

»Sie wissen, das können wir nicht tun. Dafür haben Sie sich zu unberechenbar verhalten.«

»Dann haben Sie die Familie auf dem Gewissen«, schrie der Geiselnehmer.

»Und Sie werden nie erfahren, was mit Adriana Sanches passiert ist.«

»Wovon reden Sie?«

»Wir wissen, nach welchem Kriterium Sie die Männer ausgesucht haben. Wenn Sie heute Nacht im Kugelhagel sterben, bringen Sie Ihre Mission nie zu Ende. Dabei wollen Sie nach Ulm, richtig? Dort lebt der letzte

Mann auf Ihrer Liste. Ich biete mich im Austausch gegen Familie Bernstein an. Wir können gemeinsam nach Ulm fahren. Ich schwöre Ihnen, niemand wird uns aufhalten.«

Sekundenlang sagte Hohenauer nichts. Sommer wartete ab.

»Ich melde mich wieder!« Der Mörder beendete das Telefonat.

***

Wie hatten es die Bullen geschafft, ihn zu durchschauen? Vermutlich wegen der Informationen, auf die sie in seinem Keller gestoßen waren. Trotzdem hatten sie die Puzzlestücke ungewöhnlich schnell zusammengesetzt. Er hatte gehofft, sie würden dafür länger benötigen.

Sollte er auf das Angebot eingehen? Bestimmt würden die miesen Schweine Tricks versuchen. Doch falls er es schlau anstellte, könnte er sie überlisten.

Hohenauer fiel die Garage ein, die er durch die Küche betreten konnte. Wenn er sich auf die Rückbank setzte, wäre er wegen der Lichtverhältnisse und den Kopfstützen für Scharfschützen nur schwer zu treffen. Bernstein hatte den Wagen rückwärts in die Garage gefahren. Zudem könnte er das Fernlicht einschalten. Der Bulle müsste sich unbewaffnet hinters Steuer setzen und sie nach Ulm fahren.

War das seine einzige Chance, den letzten Mann zu befragen? Adrianas Mörder zu finden?

Um seine innere Unruhe im Zaum zu halten, tigerte er im Wohnzimmer auf und ab. Er malte sich Tricks aus, mit denen die Bullen versuchen würden, ihn zu überlisten.

***

Verena Kraft wartete hinter dem Steuer des Dienstwagens. Ob es Sommer gelänge, den Täter zu einem Geiselaustausch zu bewegen? Falls Hohenauer sein Einverständnis gab, würde am Ende alles von ihr abhängen. Ihr Herzschlag beschleunigte sich. Nie könnte sie es sich verzeihen, wenn Sommer etwas zustieße.

***

Sommers Telefon klingelte erneut. Diesmal wartete er ein paar Sekunden länger, bis er das Gespräch annahm.

»Einverstanden«, sagte Hohenauer. »Sie gegen die komplette Familie.«

»Wie sollen wir vorgehen? Ich könnte zu Ihnen kommen und ...«

»Nein! Ich öffne gleich die Garage. Sie stellen sich davor. Ausgezogen bis auf Unterhose und T-Shirt. Nur so sehe ich, ob Sie unbewaffnet sind. Ich warte auf der Rückbank. Sie müssen sich einmal um die eigene Achse drehen. Wenn Sie meine Bedingungen erfüllen, dürfen Sie sich hinters Steuer setzen. Dann fahren wir nach Ulm.«

»Und die Familie Bernstein?«

»Die wartet in der Garage. Sobald Sie in meiner Gewalt sind, lasse ich sie gehen. Einverstanden?«

»Ja«, erwiderte Sommer, ohne zu zögern.

»Ich öffne in genau fünf Minuten das Tor. Die Zeit läuft ab jetzt!«

Das Telefonat brach ab. Sommer fasste für die umstehenden Kollegen das Gespräch zusammen.

»Sorgt dafür, dass wir uns nur in eine Richtung vom Haus entfernen können. Den Rest besorgen Verena und ich.« Er deutete nach rechts. »Den Teil der Straße sperrt ihr ab.«

»Bist du dir sicher?«, fragte Drosten. »Du weißt, dass der Plan riskant ist.«

»Ich bin früher größere Risiken eingegangen.« Sommer bückte sich und schnürte seine Schuhriemen auf.

Fünf Minuten später stand er lediglich in einem weißen T-Shirt und einer dunkelblauen Pants vor dem Garagentor. Er ignorierte die kalte Luft. Lässig hob er die Arme. Surrend fuhr das Garagentor in die Höhe. Das Fernlicht des Wagens blendete ihn. Sommer schaute zur Seite und drehte sich um die eigene Achse.

»Die Bernsteins stehen neben dem Auto, Hohenauer sitzt hinten«, rief Drosten. »Er hat eine Waffe in der Hand. Alles wie angekündigt.«

Sommer ging los. Wegen des gleißenden Lichts sah er noch schwarze Punkte vor den Augen, die allmählich verschwanden. Er trat an die Fahrerseite und öffnete die Tür.

»Hinters Steuer!«, befahl Hohenauer. »Dann dürfen die Bernsteins rennen.«

Sommer setzte sich und zog die Tür zu.

»Haut ab!«, schrie der Geiselnehmer.

Die Familie rannte nach draußen.

»Motor starten. Ich habe die Adresse ins Navi eingegeben.«

Sommer fuhr los. »Ich muss nach rechts abbiegen«, sagte er. »Links haben meine Kollegen den Weg gesperrt.«

»Ich hoffe, Ihr Leben ist ihnen etwas wert. Beim ersten Trick erschieße ich Sie.«

Sommer bog von der Garagenauffahrt in die Straße ein. Obwohl sie sich in einer Tempo-30-Zone bewegten, beschleunigte er auf fast fünfzig Stundenkilometer. Wenn ihr Plan aufgehen sollte, musste er eine gewisse Grundgeschwindigkeit aufbauen.

»Wie kommen Sie eigentlich darauf, dass Adrianas Mörder dunkelblond ist?«, fragte er.

Hohenauer schwieg einige Sekunden. »Ich habe einen Tipp bekommen«, sagte er schließlich leise.

»Und wenn der Tipp falsch war? Haben Sie dann unschuldige Menschen ins Unglück gestürzt?«

»Unschuldig? Niemand von denen war unschuldig. Die Wichser haben Adriana vergewaltigt. Jeder von ihnen hat verdient, was er bekommen hat.«

»Sie haben Adriana geliebt.«

»Die größte Liebe meines Lebens. Ich träume fast jede Nacht von ihr.«

»Haben Sie Ihre Stiefschwester und Ihre Nichte als Ihre Familie ausgegeben?«

Hohenauer lächelte. »Was Sie alles herausgefunden haben. Adriana war beeindruckt von meiner Liebe für sie. Irgendwann hätte ich den Irrtum aufgeklärt.«

Das Fahrzeug näherte sich einer Seitenstraße. Sommer reduzierte die Geschwindigkeit minimal. In den nächsten Sekunden würde sein Leben am seidenen Faden hängen.

»Hat Adriana Sie auch *massiert*?«

»Was soll dieser höhnische Unterton?«, schrie Hohenauer.

Er war so aufgebracht, dass er die Umgebung nicht wahrnahm. Sommer hingegen sah das heranschießende Fahrzeug aus dem Augenwinkel. Er bremste scharf. Im gleichen Moment erschütterte ein Schlag das Heck. Airbags lösten aus. Hohenauer schrie erschrocken auf. Sommer beugte sich nach links. Der befürchtete Schuss blieb aus. Obwohl er sich angeschnallt hatte, schüttelte es ihn ebenso durch wie Sommer. Im Gegensatz zu ihm jedoch hatte der Polizist mit dem Aufprall gerechnet. Hohenauer fiel die Pistole aus der Hand. Der Wagen der Maklerin kam zum Stillstand. Stöhnend fasste sich der Geiselnehmer an den Kopf. Wütend sah er nach vorne. Dann tastete er nach der entglittenen Waffe.

Um Bewegungsfreiheit zu gewinnen, löste Sommer den Gurt. Im selben Moment ertastete Hohenauer die Pistole. Er griff danach. Sommer würde es nicht rechtzeitig schaffen, ihn außer Gefecht zu setzen.

Jemand riss die hintere Tür auf.

»Stopp!«, schrie Kraft. »Wehe, Sie greifen nach der Pistole! Dann schieße ich!«

Hohenauer zögerte. Das gab Sommer die benötigte Zeit. Er beugte sich vor und verpasste dem Mörder einen Schlag auf die Schläfe. Hohenauers Kopf ruckte zur Seite, und seine Augenlider flatterten. Für einen kurzen Moment verlor er das Bewusstsein.

»Bist du okay?«, rief Kraft. Sie legte dem Mörder den Arm um den Hals und zog ihn aus dem Fahrzeug.

»Alles in Ordnung«, stöhnte Sommer. »Meine Ohren klingeln noch von den Airbags.« Er öffnete die Tür und kletterte hinaus. Um nicht das Gleichgewicht zu verlieren, hielt er sich an der Türkante fest.

Kraft fesselte dem wieder zu sich kommenden Mörder die Hände auf den Rücken. »Willst du meine Jacke haben?«, fragte sie ihren Kollegen.

Sommer begutachtete die ineinander verkeilten Fahrzeuge. Kraft hatte den Wagen der Maklerin perfekt getroffen, auf Höhe der Hinterachse. Polizeirat Karlsen wäre über die Reparaturkosten bestimmt nicht begeistert. Vielleicht war der Dienstwagen sogar ein Totalschaden.

»Lukas, willst du meine Jacke?«, wiederholte sie.

Er winkte ab. »So ein bisschen Kälte macht mir doch nichts aus.«

Kaum hatte er das gesagt, schlang er die Arme um den Oberkörper. Kam es ihm nur so vor, oder hatte es sich in den letzten Minuten empfindlich abgekühlt?

Kraft grinste amüsiert.

»Seid ihr okay?«, schrie Drosten, der die Straße entlang auf sie zu rannte.

30

»Ich habe neue Informationen aus Mallorca«, informierte Verena Kraft zwei Tage später ihre Kollegen.

»Schieß los!«, sagte Drosten.

»Dieser Nachbar, Miguel Blanco, wohnt seit Anfang Juli letzten Jahres nicht mehr in der Wohnung.«

»Juli?«, fragte Sommer überrascht. »Hohenauer war im Juni dort. Ob das irgendwie zusammenhängt?«

Kraft nickte zustimmend. »Die Spanier haben ihn zur Fahndung ausgeschrieben und den Fall wieder aufgerollt. Blanco ist jetzt ihr Verdächtiger Nummer eins.«

***

Am nächsten Tag saß Drosten dem Untersuchungshäftling gegenüber. Sommer und Kraft beobachteten die Vernehmung aus einem Nebenraum. Um die Rechte des Mannes zu wahren, hatte das Gericht einen

Pflichtverteidiger bestellt, der beim Verhör ebenfalls anwesend war.

»Wir haben Neuigkeiten für Sie«, sagte Drosten. »Habe ich es richtig notiert, dass Sie zuletzt letztes Jahr im Juni auf Mallorca waren?«

Hohenauer nickte. Bislang kooperierte er vollumfänglich, auf Anraten des Anwalts.

»Sie haben Adrianas Nachbarn aufgesucht. Sogar eine Nacht bei ihm geschlafen.«

»So ist es.«

»Hat Blanco damals erwähnt, dass er umziehen würde?«

Hohenauer runzelte die Stirn. »Nein. Wieso?«

»Er ist wohl ziemlich überstürzt Anfang Juli weggezogen. Er lebt nicht mehr auf Mallorca. Die mallorquinische Polizei behandelt ihn inzwischen wie einen Verdächtigen. Sie haben ihn zur Fahndung ausgeschrieben.«

»Das darf nicht wahr sein! Dieses Schwein.«

»Er hat Ihnen bloß erzählt, was Sie hören wollten. Sie haben wegen der Lügen eines Mannes getötet.«

Hohenauer hob den Blick. »Da irren Sie sich. Ich wollte jeden dieser Wichser leiden lassen. Sie haben meine Adriana vergewaltigt. Missbraucht. Jeder von ihnen hatte sein Schicksal verdient.«

»Sie hat die Dienste freiwillig angebo...«

»Schweigen Sie!«, schrie Hohenauer.

Sein Anwalt legte ihm beruhigend die Hand auf den Arm und flüsterte ihm etwas ins Ohr.

»Wir haben über Ihre Aussage nachgedacht«, erklärte Drosten. »Ihnen ging es nie darum, Adrianas Mörder zu finden. Sie wollten sich bloß an den Männern rächen, mit denen sie Sex hatte. Wie lang hätten Sie das durchgezogen?«

»Das stimmt nicht«, widersprach Hohenauer. »In erster Linie ging es mir um die Aufklärung des Mordes.«

»Nein«, sagte Drosten. »Und ich erkläre Ihnen genau, warum. Die Familien Graf, Kleefisch und Lemmer haben Urlaub auf Mallorca gemacht, bevor Adriana verschwunden ist. Adriana verschwand am Abreisetag der Bernsteins. Ihrer Aussage zufolge fuhren Sie Adriana abends nach Hause. Der Flieger der Bernsteins hob abends um neunzehn Uhr ab. Somit ist Matthias Bernstein aus dem Schneider. Lediglich die Ulmer Familie war noch zwei Tage länger auf der Insel. Die anderen Familienväter konnten gar nicht die Mörder sein. Das müssen Sie gewusst haben.«

Hohenauer schnaubte. »Schwachsinn! Von Deutschland aus ist man in zweieinhalb Stunden auf der Insel. Jeder von ihnen hätte zurückfliegen und sie ermorden können. Die Ehefrauen hätten das gar nicht bemerkt.«

»Jeder? Auch Matthias Bernstein?«

Hohenauer schwieg.

»Ihnen ging es nie um Aufklärung. Sie haben aus Eifersucht getötet. Weil Sie den Gedanken nicht ertrugen, dass die Männer Sex mit Frau Sanches hatten. Deswegen haben Sie zugeschlagen. Nur aus Eifersucht!«

»Und wenn schon!«, schrie Hohenauer. »Was ist daran falsch? Ich habe sie geliebt! Ich allein habe sie geliebt!« Er schluchzte verzweifelt.

***

Am Montag erreichte der nächste Anruf aus Spanien Verena Kraft. Aufmerksam hörte sie zu und bedankte sich am Ende für die gute Zusammenarbeit. Sie versprach dem spanischen Kollegen jede Unterstützung, falls eine Aussage von Hohenauer vor einem spanischen Gericht nötig werden sollte. Direkt nach dem Telefonat lief sie zu Drosten ins Büro. Sommer hatte sich an diesem Tag freigenommen und würde die Neuigkeiten erst später erfahren.

»Die spanische Polizei hat Miguel Blanco in Barcelona verhaftet. Er hat nicht versucht unterzutauchen. Offensichtlich fühlte er sich nach der Rückkehr aufs Festland sicher genug und hat sich überall unter seinem richtigen Namen angemeldet. Im Verhör hat er sich in Widersprüche verwickelt und mittlerweile die Tat gestanden. Er ist Adrianas Mörder.«

»Warum hat er es getan?«

»Er hat sich von ihr abgewiesen gefühlt. Blanco war in sie verliebt, aber Sanches zeigte ihm die kalte Schulter. Daraufhin hat er die Strategie gewechselt und wollte als Freund ihr Herz gewinnen. An jenem Abend hat er die Geduld verloren. Er hat sie betäubt und zum nächsten Strand geschleppt, wo er schon die ganze

Woche ein Boot gemietet hatte. Damit fuhr er aufs Meer, vergewaltigte sie und warf sie über Bord.«

»Komisch, dass er nicht direkt nach dem Mord abgehauen ist.«

»Das kam ihm zu auffällig vor. Er ist erst in Panik geraten, als Hohenauer ein Jahr später nachgeforscht hat.«

»Die Personenbeschreibung hat er sich aus den Fingern gesaugt«, folgerte Drosten.

Kraft nickte. »Plötzlich musste er befürchten, dass Hohenauer die Polizei einschalten würde. Also hat er innerhalb weniger Tage die Zelte abgebrochen und ist nach Barcelona übergesiedelt.«

»Lügen, Geheimnisse und Eifersucht. Deshalb sind drei Menschen gestorben.«

»Vier, wenn wir Johann Materna dazuzählen.«

Traurig schüttelte Drosten den Kopf.

***

Abends gingen ihm seine eigenen Worte durch den Kopf. Lügen, Geheimnisse und Eifersucht. Was für eine schreckliche Kombination. So wollte er nicht leben.

Dana lag schon im Bett, als sich Drosten zu Melanie ins Wohnzimmer gesellte.

»Setzt du dich zu mir?« Sie deutete mit dem Kopf zum Fernseher. »Willst du etwas Bestimmtes sehen? Mir ist es egal.«

»Ich würde gern mit dir reden.«

Überrascht schaute sie ihn an. »Okay.« Sie griff zur Fernbedienung und schaltete den Fernseher aus. »Bleibst du stehen, oder setzt du dich?«

Drosten nahm ihr gegenüber auf dem Sessel Platz. »Mich beschäftigt seit ein paar Wochen etwas.«

»Was?«

Drosten erzählte ihr, was ihm aufgefallen war – kurz, bevor ihn die Arbeit wieder voll in Beschlag genommen hatte.

Sie schaute ihn mit undurchdringlicher Miene an. »Und jetzt fürchtest du, ich hätte nachts heimlich mit jemandem gechattet?«, fragte sie.

Er nickte unsicher.

»Robert, warum sollte ich das nachts tun? Ich weiß, wie zickig das klingt, aber du bist ständig weg. Wenn ich mit jemandem texten will, muss ich das nicht zu nachtschlafender Zeit erledigen.« Ein Lächeln stahl sich in ihr Gesicht. »Irgendwie finde ich das süß. Du bist auf einen nicht-existierenden Unbekannten eifersüchtig. Das sollte ich als Kompliment auffassen.«

»Ich habe Angst, euch zu verlieren«, gab er zu. »Nach allem, was während Danas Entführung zwischen uns vorgefallen ist, wäre das sogar verständlich.«

»Aber dafür haben wir die Therapie gemacht. Ja, die ersten Monate waren hart. Ich gebe zu, ich habe an eine vorübergehende Trennung gedacht. Dann kam der Urlaub mit Dana und Sven. Ich hab dich und Rocky jeden Tag vermisst. Jeden Tag! Mir wurde klar, wie wichtig du mir bist. Ist dir nicht aufgefallen, wie viel besser wir uns verstehen, seit ich zurück bin?«

»Natürlich! Und ich hatte Angst ...«

»... das hätte etwas mit einem anderen Mann zu tun.« Sie erhob sich und nahm auf der Armlehne des Sessels Platz. »Obwohl du ständig Mörder fängst, kombinierst du manchmal ziemlich miserabel. Ich kann mich ehrlich gesagt nicht daran erinnern, warum ich damals ein bisschen länger auf dem Klo war und das Handy dabeihatte. Eins versichere ich dir: Garantiert nicht wegen eines anderen Mannes.«

Melanie streichelte ihm die Wange. »Ich liebe nur dich! Es wäre schön, wenn du nicht ständig fort wärst, aber momentan komme ich damit einigermaßen klar. Bestimmt ändert sich das irgendwann wieder. Du kennst mich ja. In diesem Punkt bin ich wankelmütig. Trotzdem fange ich dann nicht an, nachts heimlich Nachrichten zu schicken. Das mache ich tagsüber.«

Melanie zwinkerte ihm zu. Im nächsten Moment küssten sie sich. Schon lange hatte sich ein Kuss für Robert nicht mehr so gut angefühlt wie dieser.

Nachwort

Liebe Leserinnen und Leser,

die Frage, wie ich immer zu meinen Ideen komme, ist eine der häufigsten Fragen, die ich gestellt bekomme. Meistens habe ich darauf keine Antwort. Bei diesem Roman hingegen habe ich sogar zwei sehr konkrete Antworten. Meine Frau und ich fuhren vor einigen Monaten auf der Autobahn, als plötzlich eine Warnmeldung vor einem Falschfahrer verlesen wurde. Zum Glück nicht auf unserer Autobahn, trotzdem verschafft mir eine solche Meldung immer ein ungutes Gefühl. Vielleicht ergeht es Ihnen ja ähnlich, wenn Sie mit dem Auto unterwegs sind. Dieses Unbehagen löste eine Gedankenflut in mir aus. Was, wenn es einem Mörder gelingen würde, jemanden zu einer Geisterfahrt zu zwingen? Der erste Stein war gemauert. Kurz darauf flogen wir zu Recherchezwecken nach Mallorca. Wir recherchierten vor Ort für ein Kinderbuch, das nächstes Jahr erscheinen wird, und hatten uns für das im Roman beschriebene Hotel entschieden. Während ich am Pool lag (auch das gehört zu einer guten Recherche), hatte ich plötzlich gedanklich den zweiten Stein gefunden. Ein Deutscher, der sich im Urlaub in eine Hotelangestellte verliebt, die kurz darauf ermordet wird. Die Idee zum *Geisterfahrer* war endgültig geboren und direkt nach dem Urlaub begann ich, den Roman zu skizzieren. Das

Endergebnis dieses Prozesses halten Sie gerade in Ihren Händen. Übrigens habe ich mich bei dem Urlaub nicht von einer hübschen Spanierin massieren lassen – das möchte ich der Vollständigkeit halber erwähnt haben. Nicht, dass Sie von mir einen falschen Eindruck bekommen.

Wollen Sie immer zeitnah informiert werden, wenn es etwas Neues von mir gibt? Dann tragen Sie sich doch in meinen Newsletter ein:
www.huennebeck.eu/newsletter

Alle neuen Empfänger erhalten die Kurzgeschichte *Die Namen des Todes – Die Jagd beginnt* als Dankeschön geschenkt.

Wenn Ihnen der Roman *Der Geisterfahrer* gefallen hat und Sie mich unterstützen wollen, nehmen Sie sich doch bitte ein paar Minuten Zeit und hinterlassen eine Bewertung auf der Produktseite meines Buches bei Amazon. Neben Rezensionen freue ich mich auch über persönliches Feedback von Ihnen, sei es per Mail oder per Facebook. Ich bemühe mich stets, darauf zu antworten. Das klappt meistens, aber leider nicht immer. Sehen Sie mir das bitte nach.

Per E-Mail kontaktieren Sie mich unter:
marcushuennebeck@outlook.de

Per Facebook erreichen Sie mich wie folgt: www.facebook.com/MarcusHuennebeck

Vielen Dank und herzliche Grüße

Marcus Hünnebeck

Lesetipps

Die Todestherapie

Gero Ruppert kennt sich aus mit Trauer und Verzweiflung. Der Psychologe betreut Eltern, die ihre Kinder auf schmerzliche Weise verloren haben. Als ein 17-jähriges Mädchen brutal missbraucht und ermordet wird, kontaktiert Ruppert die verwaiste Mutter und bietet ihr an, sie psychologisch zu behandeln.

Drei weitere junge Frauen sterben, und Ruppert kümmert sich um die trauernden Hinterbliebenen. Für die Soko rund um die Kommissare Drosten und Sommer steht trotz wasserdichter Alibis der Hauptverdächtige fest: Der Mörder kann nur Gero Ruppert selbst sein. Hat er einen Helfer? Spielt er ein falsches Spiel mit traumatisierten Eltern? Doch die Polizisten ahnen nicht, dass der Psychologe bedroht wird. Er muss den Anweisungen eines Erpressers folgen, um nicht seine eigene Tochter zu verlieren. Je näher die Soko den wahren Hintergründen kommt, desto stärker gefährdet sie das Leben des Mädchens – wogegen Ruppert mit allen Mitteln kämpft.

Der Wundennäher

Anonyme Anrufe, Blumen auf der Fußmatte, spätabends ein Klopfen an der Tür. Svenja hat Angst vor einem unheimlichen Verehrer und verkriecht sich. Trotzdem geschieht das Unvorstellbare, als sie eines Tages einem Nachbarn die Tür öffnet. Sie wird zur Gefangenen in ihrer eigenen Wohnung und erleidet grausame Qualen. Svenjas einzige Chance ist ihre Freundin Irina, der sie von den unheimlichen Vorkommnissen erzählt hat. Als Irina endlich versteht, warum sie ihre Freundin nicht mehr erreicht, hängt auch ihr Leben am seidenen Faden.

Robert Drosten und Lukas Sommer jagen den besonders brutalen Serienmörder, doch der scheint ihnen immer einen Schritt voraus zu sein. Es gelingt ihm sogar, die Polizei in eine tödliche Falle zu locken. Aber dann wendet sich das Blatt und der Mörder gerät unter Zugzwang. Den Polizisten bleibt nicht viel Zeit, um das Schlimmste zu verhindern.

Der Schädelbrecher

Vanessa kennt sich aus mit Gewalt. Ihre Mutter ist Kriminalkommissarin, ihr Vater war Profiler beim LKA. Die Studentin berichtet in den sozialen Medien über Schwerverbrechen und hat unzählige Fans. Als eine ehemalige Schulfreundin niedergemetzelt wird, erweckt dies großes Interesse auf Vanessas Kanälen. Kurz darauf bekommt sie einen blutverschmierten Würfel zugespielt und beschließt, auf eigene Faust zu recherchieren.

Weitere Morde geschehen. Lukas Sommer und Robert Drosten übernehmen die Ermittlungen, ahnen jedoch nicht, dass die junge Frau wichtige Hinweise zurückhält. Denn sie will endlich aus dem Schatten ihrer Eltern treten und den Schuldigen eigenmächtig überführen. Doch genau darauf hat der Mörder spekuliert.

Blut und Zorn

Marko denkt sich zunächst nichts dabei, als er eine Person aus seiner Vergangenheit zufällig wiedertrifft. Doch am nächsten Abend steht sie unerwartet vor seiner Tür. Sekunden später ist Marko tot. Niedergemetzelt in rasender Wut. Aber das ist erst der Beginn eines Strudels der Gewalt: Wochen später stirbt ein zweites Opfer auf die gleiche Weise.

Lukas Sommer und Robert Drosten finden heraus, dass die beiden Toten Jahre zuvor für dieselbe Firma gearbeitet haben. Was hat beim Täter den Wunsch nach Vergeltung ausgelöst? Ist ein ehemaliger Mitarbeiter der Mörder? Sommer und Drosten bleibt nicht viel Zeit, um die Hintergründe aufzuklären, denn der Rachedurst des Täters ist noch lange nicht gestillt.

Die TodesApp

Alexandra starrt fassungslos auf den Bildschirm ihres Laptops. Aus dem Lautsprecher erklingt eine Stimme, auf dem eingefrorenen Bildschirm erscheint ein Totenkopfsymbol. Alle Versuche, den Virus zu entfernen, scheitern. Der Hacker verlangt für die Freigabe des Computers kein Geld, sondern lediglich einen Gefallen. Zögerlich geht sie darauf ein.

Robert Drosten und Lukas Sommer stoßen auf eine bizarre Mordserie an drei jungen Frauen, die sich mit einem Unbekannten an verlassenen Orten getroffen haben. Aus ihrem Besitz fehlen jeweils Handy und Laptop. Als die Polizisten die Nachforschungen vorantreiben, nimmt der Täter das nächste Opfer ins Visier. Unterdessen finden Drosten und Sommer heraus, dass die Ermordeten das Programm einer kleinen Softwarefirma benutzt haben. Können sie den Wahnsinn stoppen, bevor weitere Morde geschehen?

Muttertränen

Melanie Drosten läuft besorgt übers Schulgelände und ruft Danas Namen. Doch sie entdeckt ihre Pflegetochter nirgendwo. Dabei hatte sie das Mädchen nur kurz unbeobachtet gelassen, um mit einer Lehrerin zu reden. Ihr Mann Robert stößt hinzu, aber auch nach einer intensiven Suche finden sie keine Spur. Niemand hat etwas gesehen. Ist Dana verschwunden, weil sie wegen des Lehrergesprächs Ärger befürchtet hat? Zu Hause erfahren die Drostens die grausame Wahrheit. Ein Mann hat das Mädchen verschleppt und stellt seine Forderungen. Sie werden zu Gefangenen im eigenen Haus. Der Entführer zwingt sie, neun Tage ohne Kontakt zur Außenwelt durchzuhalten. Danach verspricht er ihnen die wohlbehaltene Rückkehr des Kindes. Robert ahnt jedoch, dass der Unbekannte ein viel schrecklicheres Ziel verfolgt. Er sieht nur eine Chance, seine Familie zu retten. Dank einer List schickt er Lukas Sommer heimlich eine Nachricht. Während Sommer im Alleingang das Schlimmste verhindern will, spielt der Entführer die Ehepartner brutal gegeneinander aus. Und die Zeit, die für ihre Rettung bleibt, tickt erbarmungslos herunter

Todesschimmer

Lukas Sommer und Robert Drosten jagen einen Mörder, der seine Opfer erwürgt und ihre Haut mit einem Stern verziert. Als ein junges Paar dem Verbrecher zufällig in die Quere kommt, flieht der Mann Hals über Kopf. Die Polizisten identifizieren anhand der zurückgelassenen Beweise den berühmten Schauspieler Leander Hell als Verdächtigen. Bevor sie ihn verhaften können, verschwindet der Prominente spektakulär von der Bildfläche. Von nun an kennt er nur noch ein Ziel: Er will sich an seinen Verfolgern rächen. Während Hell ein Massaker vorbereitet, läuft den Polizisten die Zeit davon. Beobachtet von der Öffentlichkeit fragen sich Sommer und Drosten, wie man einen Mann fängt, den seine Fans bedingungslos unterstützen – selbst wenn das am Ende ihren eigenen Tod bedeutet.

Vaters Rache

Lautlos dringt der Mörder in die Wohnung ein und horcht. Schlafzimmer oder Kinderzimmer? Wo soll er zuerst zuschlagen? Er bringt den Tod über die friedlich schlafende Familie.
Robert Drosten und Lukas Sommer ermitteln in einer grausamen Mordserie und werden von ihrer neuen Kollegin Verena Kraft bei der Aufklärung unterstützt. Verena kämpft zur gleichen Zeit gegen Dämonen aus der Vergangenheit, denn ihr Ex-Partner akzeptiert die Trennung nicht. Mit allen Mitteln versucht er, sie zurückzugewinnen. Als sich die Ereignisse dramatisch zuspitzen, teilt sich das Team auf, um unterschiedlichen Spuren zu folgen. Jeder auf sich allein gestellt, schweben die Polizisten selbst in höchster Gefahr. Können sie die nächste Blutnacht noch rechtzeitig stoppen?

Rachekrieger

Wenige Tage nach seinem Gefängnisausbruch entführt ein Serienmörder die frisch verheiratete Frau des Leipziger Hauptkommissars Maik Keller. Er zerrt sie in seinem Unterschlupf vor eine Kamera, drückt ihr eine Pistole an den Kopf und schießt. Dann stoppt das Video abrupt.

Der im Internet veröffentlichte Film verbreitet sich rasend schnell. Währenddessen stellt sich der Polizei die quälende Frage: Wurde die Braut wirklich getötet, oder handelt es sich um einen raffinierten Trick?

Lukas Sommer und Robert Drosten versuchen mit ihren Leipziger Kollegen, das Versteck des Mörders aufzuspüren. Doch der greift auf ein Netzwerk an Helfern zurück und kann sich dem massiven Fahndungsdruck entziehen. Sein Rachedurst ist durch die Entführung noch lange nicht gestillt. Er will all jene Menschen bestrafen, die ihn hinter Gitter gebracht haben. Und er ist dafür bereit, erbarmungslos über Leichen zu gehen.

Printed in Poland
by Amazon Fulfillment
Poland Sp. z o.o., Wrocław

17333397R00190